МЭРИ ХИГГИНС КЛАРК

ПРОГУЛКА ПО ГОРОДУ

ЭКСМО

МОСКВА
САНКТ-ПЕТЕРБУРГ
ИД ДОМИНО
2011

УДК 82(1-87)
ББК 84(7США)
    Х 42

Mary Higgins Clark

ALL AROUND THE TOWN

Руководитель проекта *А. Жикаренцев*

Перевод с английского *М. Жученкова*

Художественное оформление *С. Власова*

Оригинал-макет подготовлен ООО «ИД «Домино»

Хиггинс Кларк М.

Х 42   Прогулка по городу / Мэри Хиггинс Кларк ; [пер. с англ. М. Жученкова]. — М. : Эксмо ; СПб. : Домино, 2011. — 400 с.

ISBN 978-5-699-49685-3

В детстве Лора Кеньон была похищена. Когда девочку нашли и вернули домой, ее память заблокировала все воспоминания об этом ужасном периоде ее жизни. Но после смерти родителей страшные воспоминания неожиданно возвращаются. Вокруг Лоры начинают происходить непонятные вещи, и девушка постепенно погружается в мрак безумия. А после того как ее обвиняют в убийстве преподавателя колледжа, становится ясно, что лишь чудо может спасти ее.

УДК 82(1-87)
ББК 84(7США)

ISBN 978-5-699-49685-3

MARY
HIGGINS
CLARK

ALL AROUND
THE TOWN

ЧАСТЬ 1

1

За десять минут до того, как это случилось, четырехлетняя Лори Кеньон сидела, поджав ноги, на полу в детской и переставляла мебель в кукольном домике. Ей уже порядком надоело играть в одиночестве и не терпелось пойти в бассейн. Из столовой доносились голоса матери и ее подруг, с которыми та училась в Нью-Йорке. Они разговаривали и смеялись.

Мама за обедом обещала, что в бассейн Лори пойдет с Бет, сидевшей иногда с ней по вечерам, поскольку ее старшая двенадцатилетняя сестра Сара отправилась со своими сверстниками на день рождения. Но Бет, как только пришла, сразу засела за телефон.

Лори откинула назад длинные белокурые волосы, щекотавшие ей лицо. Она давным-давно сходила наверх и надела свой новый розовый купальник. Может, стоит еще раз напомнить Бет?..

Бет уютно расположилась на кушетке, плечом прижимая телефонную трубку к уху. Лори потянула ее за руку.

— Я уже готова.

Бет раздраженно взглянула на нее.

— Подожди чуть-чуть, золотце, — сказала она. — У меня очень важный разговор.

И Лори услышала, как Бет шепотом добавила в трубку:

— Ненавижу сидеть с детьми.

Лори подошла к окну. Мимо дома медленно проезжал длинный автомобиль, следом за ним ехала машина, полная цветов, и еще много машин с зажженными фарами. Когда Лори видела подобную процессию, то ей казалось, что они едут на праздник, но мама объясняла, что это похороны и машины направляются на кладбище. Но Лори все-таки хотелось думать, что они едут на праздник, и она любила выбегать на дорогу, чтобы помахать сидевшим в машинах людям, которые иногда махали ей в ответ.

Лори услышала, как Бет положила трубку, и собралась было предложить ей пойти посмотреть на проезжавшие мимо машины, но Бет вновь взялась за телефон.

«Противная Бет», — подумала про себя Лори. Она на цыпочках вышла в коридор и заглянула в столовую. Мама с подругами по-прежнему весело болтала.

— Трудно поверить, что мы окончили «Виллу» тридцать два года назад, — говорила мама.

— Ну уж, Мэри, по тебе этого не скажешь. Ведь у тебя четырехлетняя дочь. А у меня уже четырехлетняя внучка! — ответила сидевшая рядом с ней дама.

— Мы все еще хоть куда, — сказал кто-то, и все дружно рассмеялись.

Никто даже не обратил внимания на Лори. Они тоже противные. Лори взяла стоявшую на столе красивую музыкальную шкатулку, которую подарила ей одна из маминых подруг. Бесшумно открыв дверь, она выскочила на крыльцо, побежала по дорожке к улице и помахала по-прежнему проезжавшим мимо машинам.

Лори проводила их взглядом, пока они не скрылись из виду, и вздохнула, надеясь, что процессия скоро поедет назад. Она завела музыкальную шкатулку, и оттуда раздался звук пианино и пение: «На востоке, на западе...»

— Малышка.

Лори не заметила, как неподалеку, затормозив, остановилась машина. За рулем была женщина. Сидевший возле нее мужчина вышел из машины, взял Лори на руки, и не успела она опомниться, как оказалась между ними на переднем сиденье. От удивления Лори не могла сказать ни слова. Мужчина улыбался ей, но улыбка казалась недоброй. Распущенные волосы женщины падали ей на лицо. Мужчина был с бородой и очень волосатыми руками. Лори оказалась прижатой к нему настолько сильно, что чувствовала колечки волос на его руках.

Машина поехала. Лори стиснула свою музыкальную шкатулку. Теперь оттуда раздавалось: «По всему городу... И мальчики, и девочки...»

— Куда мы едем? — спросила она, вспомнив, что ей не разрешали одной ходить на дорогу.

Мама могла рассердиться, Лори почувствовала, что на глаза навернулись слезы.

Женщина выглядела очень раздраженной. А мужчина ответил:

— По городу, малышка. По всему городу.

2

Сара торопливо шла по обочине дороги, стараясь не уронить кусочек торта, который она несла с дня рождения на бумажной тарелочке. Лори обожала шоколадную начинку, и Сара надеялась таким образом загладить свою вину, заключавшуюся в том, что она не играла с Лори в то время, как мама принимала гостей.

Ей было двенадцать лет. Худенькая, длинноногая, с большими серыми глазами, вьющимися ярко-рыжими волосами и веснушчатым носом, она была совершенно не похожа на своих родителей: ни на мать, миниатюрную голубоглазую блондинку, ни на отца, который, до того как поседел, был темноволосым.

Сару беспокоило, что Джон и Мэри Кеньон были намного старше родителей ее сверстников. Она всегда боялась, что они могут умереть до того, как она вырастет. Мать как-то рассказала ей:

— Мы были женаты уже пятнадцать лет, и я не надеялась, что у нас будет ребенок. Но в тридцать семь я забеременела тобой — просто подарок судьбы. А еще через восемь лет родилась Лори. Это было чудом, Сара!

Сара помнила, как во втором классе она спросила у сестры Кэтрин:

— Что лучше — подарок или чудо?

— Самый большой подарок для человека — это чудо, — ответила ей тогда сестра Кэтрин.

В тот же день Сара неожиданно расплакалась на уроке и притворилась, что у нее болит живот.

Хотя Сара знала, что любимица в доме Лори, она все равно обожала своих родителей. В десять лет она условилась с Богом о том, что если Он не даст маме с папой умереть до того, как она вырастет, то каждый вечер она будет убираться на кухне, помогать родителям с Лори и никогда больше не будет жевать жвачку. Она выполняла свои обещания, и Господь был пока к ней благосклонен.

Невольная улыбка скользнула по ее лицу. Свернув за угол, она пошла по Твин-Оукс-роуд и вдруг от удивления вытаращила глаза. На дорожке перед ее домом стояли две полицейские машины с зажженными огнями. Возле дома толпились соседи. Среди них были даже те, кто недавно переехал сюда и с кем Кеньоны еще не успели толком познакомиться. Все выглядели какими-то грустными и испуганными и крепко держали своих детей за руки.

Сара бросилась бежать к дому. Может, маме или папе плохо? На лужайке возле дома стоял Ричи Джонсон, учившийся с ней в одном классе в Маунт-Кармел. Сара спросила у Ричи, почему собралось столько народу.

Он грустно посмотрел на нее и ответил, что Лори пропала. Старушка миссис Уэлан видела, как какой-то мужчина посадил ее в машину, но она не поняла, что он хотел ее похитить...

3

1974—1976 годы
Бетлехем, Пенсильвания

Они и не собирались везти ее домой.

Они долго колесили по городу, а затем привезли ее куда-то в лес, в незнакомый грязный дом. Они шлепали ее, если она начинала плакать. Мужчина то и дело брал Лори на руки и начинал тискать. Затем относил куда-то наверх. Она пыталась сопротивляться, но он лишь смеялся над ней. Они называли ее Ли. Их звали Бик и Опал. Некоторое время спустя Лори научилась мысленно убегать от них. Иногда она просто взлетала к потолку и наблюдала за тем, что происходит с маленькой белокурой девочкой. Иногда ей было жалко эту маленькую девочку. А иногда она смеялась над ней. Временами ее клали спать одну, и тогда она представляла себе кого-нибудь — маму с папой или Сару. Но тут она снова начинала плакать, и они опять били ее. И она пыталась забыть и маму, и папу, и Сару.

«Вот и хорошо, — говорил ей внутренний голос. — Забудь о них совсем».

4

Поначалу к ним каждый день приходили из полиции, и фотография Лори печаталась на первых страницах газет Нью-Джерси и Нью-Йорка. Сара сквозь слезы смотрела, как отец с матерью, появляясь в передаче «С добрым утром, Америка», умоляли похитителей вернуть ребенка.

Десятки людей звонили по телефону и сообщали, что они видели Лори, но все было бесполезно. Полиция рассчитывала, что последует требование о выкупе, но их расчеты не оправдались.

Лето тянулось медленно. Сара видела, как лицо матери становилось все более бледным и осунувшимся, а отец то и дело доставал из кармана нитроглицерин. Каждое утро родители ходили на семичасовую службу в церковь и молили Бога, чтобы Он вернул Лори домой. Просыпаясь по ночам, Сара часто слышала, как мать рыдала, а отец тщетно пытался ее успокоить.

— Рождение Лори было чудом. Давай же надеяться, что чудо и вернет ее нам, — говорил он ей.

Вновь начались занятия в школе. Сара всегда хорошо училась. Теперь она подолгу просиживала над книгами, обнаружив, что учеба помогает отвлечься от постоянных мыслей о Лори. Будучи прирожденной спортсменкой, она начала заниматься гольфом и теннисом. Но все равно она мучительно переживала отсутствие своей маленькой сестренки. Уж не наказал ли ее Господь за ревностное отношение к тому, что основное внимание всегда уделялось Лори? Сара не могла простить себе, что пошла тогда на день рождения, и даже не пыталась найти оправдание в том, что Лори было строго-настрого запрещено выходить на улицу одной. Она поклялась Богу, что, если Он вернет Лори, она будет всегда, всю жизнь заботиться о ней.

Прошло лето. Сквозь щели в стенах подул ветер. Лори постоянно мерзла. Как-то раз Опал, вернувшись домой, принесла рубашки с длинными рукавами, широкие штаны и зимнюю куртку. Одежда была совсем не такой красивой, как та, которую раньше носила Лори. Когда же вновь потеплело, они принесли ей шорты, майки и сандалии. Прошла еще одна зима. Лори смотрела, как на высоком старом дереве перед домом набухали почки и потом все ветви покрылись листьями.

В спальне у Бика стояла старая пишущая машинка. Когда Лори убирала на кухне или смотрела телевизор, ей был слышен громкий треск клавиш. Она полюбила этот звук, потому что он означал, что Бик не будет донимать ее.

Через некоторое время он появлялся из спальни с пачкой листов в руке и начинал вслух читать то, что напечатал. Он неизменно заканчивал чтение одними и теми же словами: «Аллилуйя. Аминь!» После этого они с Опал вместе пели, называя это тренировкой. Песни были о Боге и о возвращении домой.

Дом. Внутренний голос подсказывал Лори, что об этом слове ей лучше не вспоминать.

Лори никого больше не видела. Только Бика и Опал. И когда они куда-нибудь уходили, то запирали ее в подвале, что случалось очень часто. В подвале было страшно. Забитое досками окно находилось почти под самым потолком. Подвал был полон теней, и иногда чудилось, что они шевелятся. Всякий раз, оказавшись там, Лори сразу же старалась уснуть на матрасе, который они оставляли на полу.

Бик и Опал почти всегда были одни. А если кто-то и приходил к ним, Лори тут же отправляли в подвал и привязывали цепью за ногу к трубе, чтобы она не смогла подняться по лестнице и постучать в дверь.

— И не смей звать нас, — предупреждал ее Бик, — а не то тебе будет очень плохо, да к тому же мы все равно тебя не услышим.

Возвращаясь откуда-нибудь домой, они обычно приносили деньги. Иногда совсем немного, а иногда целую кучу. В основном двадцатипятицентовыми монетами и долларовыми бумажками.

Они разрешили Лори выходить с ними во дворик, показывали, как пропалывать грядки и собирать в курятнике яйца. Там был маленький цыпленок, с которым ей позволяли играть. И она играла с ним всякий раз, когда выходила во дворик. Запирая ее в подвале, они иногда разрешали Лори брать с собой цыпленка.

До того злосчастного дня, когда Бик зарезал его.

Как-то ранним утром они стали собираться, складывая лишь одежду, телевизор и пишущую машинку Бика. Бик и Опал смеялись и пели: «Алли-луй-я».

— Станция в Огайо! Пятнадцать киловатт! — кричал Бик. — «Библейский пояс»! Наконец-то!

Они ехали часа два. Лори, скорчившись, лежала среди старых побитых чемоданов на заднем сиденье.

— Давай заедем в какую-нибудь закусочную и нормально поедим. Никто не обратит на нее никакого внимания. Кому она нужна?

Это был голос Опал.

— Ты права, — отозвался Бик.

Он мельком взглянул через плечо на Лори.

— Опал возьмет тебе сэндвич и молоко. Ни с кем не разговаривай, слышишь?

Они приехали в какое-то место, где напротив длинной стойки стояли столы со стульями. Лори так проголодалась, что почти ощущала вкус жарившегося бекона. Но у нее появилось и другое ощущение. Она вспомнила, что уже с кем-то бывала в подобном месте. Она не смогла сдержать подступившие к горлу рыдания. Бик подтолкнул ее, чтобы она шла за Опал, и тут Лори заплакала. Она плакала так горько, что задыхалась от слез. Она видела, как на нее удивленно уставилась кассирша. Бик схватил девочку и потащил на стоянку. Опал торопливо шла рядом.

Бик швырнул Лори на заднее сиденье машины, и они с Опал бросились к передней дверце. В тот момент, когда Опал нажала на акселератор, Бик ударил Лори. Она попыталась увернуться, увидев перед лицом его волосатую руку. Но после первого удара она уже не чувствовала боли. Ей было просто жалко ту маленькую девочку, которая так горько плакала.

6

Июнь 1976 года
Риджвуд, Нью-Джерси

Сара сидела с отцом и матерью и смотрела передачу о пропавших детях. В заключительной части говорилось о Лори. Показывали ее фотографии, сделанные незадолго до того, как она исчезла. Затем — ее предполагаемый портрет два года спустя после похищения, сделанный с помощью компьютера.

Когда передача закончилась, Мэри Кеньон выбежала из комнаты с криком:

— Верните мне моего ребенка! Верните мне мою девочку!

Со слезами на глазах Сара слушала, как отец безуспешно пытался успокоить мать.

— Может, благодаря этой передаче и случится чудо, — говорил он.

Однако его слова звучали неубедительно.

Когда часом позже зазвонил телефон, трубку взяла Сара. Начальник полицейского управления Риджвуда Билл Коннерс всегда разговаривал с Сарой как со взрослой.

— Ну что, миленькая, твоих родителей сильно расстроила эта передача? — спросил он.

— Да.

— Не знаю, стоит ли их обнадеживать, но нам кое-что сообщили по телефону. Кассирша из какого-то кафе в Гаррисберге, Пенсильвания, уверяет, что сегодня днем она видела Лори.

«Сегодня днем!» Сара почувствовала, как у нее перехватило дыхание.

— Ее встревожило то, что у маленькой девочки вдруг началась истерика. Но это было не похоже на каприз. Она просто задыхалась, стараясь сдерживать слезы. У гаррисбергской полиции есть последний портрет Лори.

— С кем она была?

— С мужчиной и женщиной, похожими на хиппи. К сожалению, нам описали их весьма приблизительно. Внимание кассирши привлекла девочка, и она лишь мельком взглянула на эту парочку.

Он предоставил Саре самой решать, стоит ли обнадеживать родителей этим сообщением. И она вновь условилась с Богом: «Сотвори для них это чудо. Помоги гаррисбергской полиции найти Лори. Я всегда буду заботиться о ней».

Она побежала наверх, чтобы подарить матери с отцом новую надежду.

7

С машиной начались неполадки вскоре после того, как они уехали из закусочной. Каждый раз, когда движение на дороге вынуждало их тормозить, мотор захлебывался и глох. Когда он заглох в третий раз и стоявшие сзади машины стали их объезжать, Опал сказала:

— Когда мы окончательно сломаемся и подойдет полицейский, ты уж будь поосторожнее, Бик. Не исключено, что он начнет расспрашивать о ней.

С этими словами она кивнула в сторону Лори.

Бик сказал ей, что надо найти бензоколонку и свернуть с дороги. Они доехали до автозаправочной станции, и, прежде чем туда въехать, он велел Лори лечь на пол и завалил ее мешками для мусора, набитыми старой одеждой.

Машине требовался основательный ремонт, который могли выполнить лишь к следующему дню. Возле автозаправки был мотель, по словам механика дешевый и довольно уютный.

Они подъехали к мотелю. Бик зашел в него и вернулся с ключом. Остановившись возле своего номера, они торопливо затащили туда Лори. После того как Бик отвел машину на бензоколонку, они до конца дня смотрели телевизор. На ужин Бик принес гамбургеры. Лори заснула в тот момент, когда началась передача о пропавших детях. Ее разбудила ругань Бика.

«Не открывай глаза, — предупредил ее внутренний голос. — А не то он выместит свою злость на тебе».

— Кассирша хорошо ее разглядела, — говорила Опал. — А если она сейчас смотрит эту передачу? Нам надо отделаться от девчонки.

На следующий день Бик отправился за машиной один. Вернувшись, он усадил Лори на кровать и сжал ей руки.

— Как меня зовут? — спросил он ее.

— Бик.

Он кивнул головой на Опал.

— А как ее зовут?

— Опал.

— Я хочу, чтобы ты это забыла. Я хочу, чтобы ты забыла про нас. Не смей никогда говорить о нас. Ты поняла меня, Ли?

Лори не понимала. «Скажи "да", — тревожно прошептал ей внутренний голос. — Кивни головой и скажи "да"».

— Да, — тихо ответила она, послушно кивая головой.

— Помнишь, как я отрезал голову цыпленку? — спросил Бик.

Она закрыла глаза.

Цыпленок судорожно ковылял по двору, из его перерезанной шеи разлетались брызги крови. Потом он упал Лори на ноги. Увидев на себе его кровь, она пыталась кричать, но горло словно онемело. После этого Лори больше не подходила к цыплятам. Иногда ей снилось, что безголовый цыпленок гонится за ней.

— Помнишь? — повторил Бик, сильнее сжав ей руки.

— Да.

— Нам надо уехать. Мы оставим тебя там, где тебя смогут найти. Если ты когда-нибудь кому-нибудь назовешь наши с Опал имена или расскажешь, как мы звали тебя, где мы жили и что делали, я приду с тем же ножом, которым убил цыпленка, и отрежу тебе голову. Ты поняла это?

Нож. Длинный и острый, весь в крови.

— Обещай, что ничего никому не расскажешь, — настойчиво повторил Бик.

— Обещаю, обещаю, — в страхе пролепетала она.

Они сели в машину. Ее вновь заставили лечь на пол. Он был очень горячим. Мусорные мешки прилипали к коже.

Когда стемнело, они остановились перед большим домом. Бик вытащил Лори из машины.

— Это школа, — сказал он ей. — Завтра утром здесь будет много детей, с которыми ты сможешь поиграть. Оставайся здесь и жди.

Она содрогнулась от его влажного поцелуя и оттого, как сильно он сжал ее.

— Я безумно люблю тебя, — сказал он, — но помни: если скажешь кому-нибудь хоть слово...

Он поднял и сжал руку, словно в ней был нож, и провел ей по шее.

— Я обещаю, — всхлипнула Лори, — обещаю.

Опал протянула ей пакет с печеньем и кока-колу. Лори смотрела им вслед. Она знала, что, если она здесь не останется, они вернутся и накажут ее. Было очень темно. Она слышала, как неподалеку в лесу бродили звери.

Съежившись и обхватив себя руками, Лори прижалась к двери здания. Весь день она страдала от жары, а теперь ей было холодно и страшно. Наверное, где-то недалеко бегал и безголовый цыпленок. Девочка задрожала.

«Посмотри на этого испуганного котенка». Она забылась, став частью того голоса, который смеялся, глядя на маленькую, сжавшуюся в комок фигурку у входа в школу.

8

Утром вновь позвонил начальник полиции Коннерс. Он сообщил, что надежды, похоже, оправдываются. Неподалеку от Питсбурга найдена девочка, по описанию похожая на Лори. Ее увидела уборщица местной школы, пришедшая утром, чтобы открыть дверь. Полиция срочно направила туда отпечатки пальцев Лори.

Позвонив еще через час, Коннерс сообщил о полном соответствии отпечатков. Лори возвращалась домой.

9

Джон и Мэри Кеньон вылетели в Питсбург. Лори положили в больницу на обследование. На следующий день в дневном выпуске теленовостей Сара увидела, как мать с отцом выходят из больницы и с ними идет Лори. Опустившись перед телевизором, она обхватила его руками. Лори подросла, длинные белокурые волосы были спутаны, выглядела она сильно похудевшей. Но еще больше бросалось в глаза другое. Лори всегда была очень приветливой. Сейчас же, несмотря на то что она шла, опустив голову, Лори то и дело настороженно посматривала по сторонам, словно в ожидании какой-то опасности.

Репортеры атаковали их со всех сторон. Джон Кеньон уставшим голосом отвечал на вопросы:

— Врачи говорят, что Лори вполне здорова, хоть и похудела. Разумеется, она взволнована и испугана.

— Она рассказывала что-нибудь о тех, кто ее похитил?

— Нет, она ни о чем не рассказывала. Мы очень признательны вам за участие и заботу, но я прошу вас проявить милосердие и не делать большого шума из нашей встречи.

В голосе отца звучала почти мольба.

— Не обнаружены ли следы надругательства над девочкой?

Сара увидела, как на лице матери появилось выражение ужаса.

— Нет-нет. Никаких следов! — В ее голосе слышался испуг. — Мы уверены, что Лори была похищена людьми, которые очень хотели ребенка. Остается надеяться, что они не подвергнут подобным мучениям другую семью.

Саре нужно было дать выход кипевшей в ней энергии. Она приготовила Лори кроватку, постелив ее любимые простыни с Золушкой. В комнате Лори она расставила все ее любимые игрушки: кукол-близнецов в колясках, кукольный домик, медведя, книжки про Кролика Питера.

Сара съездила на велосипеде в магазин купить сыру, лапши и мясного фарша. Лори обожала лазанью. Пока Сара готовила, телефон звенел не переставая. Ей удавалось убедить всех, кто звонил, чтобы они не приходили к ним по крайней мере в ближайшие несколько дней.

Родители должны были приехать с Лори к шести часам. В половине шестого, поставив лазанью в духовку, а салат — в холодильник и накрыв стол на четверых, как и прежде, Сара побежала наверх переодеваться. Она внимательно посмотрела на себя в зеркало. Помнит ли ее Лори? За эти два года она вытянулась на три дюйма. Раньше она носила длинные волосы, сейчас же у нее была стрижка. Прежде ее фигура была абсолютно плоской, теперь, в четырнадцать лет, у нее начала оформляться грудь. Вместо очков она носила контактные линзы.

Сара вспомнила, что вечером накануне похищения Лори она была за ужином в длинной майке и потертых джинсах. Эта майка по-прежнему лежала в шкафу. Она надела ее с джинсами.

Когда подъехала машина, на дорожке перед домом собрались репортеры с телекамерами. За ними толпились соседи и друзья. Все дружно зааплодировали, когда дверца машины открылась и оттуда вышли Джон и Мэри Кеньон с Лори.

Подбежав к своей маленькой сестренке, Сара встала на колени.

— Лори, — нежно сказала она.

Потянувшись к ней, Сара вдруг увидела, как Лори внезапно закрыла лицо руками. «Она испугалась, что я могу ее ударить», — подумала Сара.

Взяв Лори на руки, она отнесла ее в дом, пока родители вновь отвечали на вопросы журналистов.

Казалось, что Лори совсем не узнавала дома. Она ни с кем не разговаривала. За ужином она молча ела, глядя в свою тарелку. Поев, отнесла тарелку в раковину и начала убирать со стола.

Мэри встала.

— Миленькая, тебе не...

— Не мешай ей, мам, — прошептала Сара.

Она стала помогать Лори, говоря, как та выросла, и вспоминая, как они раньше всегда вместе мыли посуду. Помнила ли это Лори?

Затем они все пошли в детскую, и Сара включила телевизор. Когда Мэри и Джон попросили Лори сесть между ними, она вдруг задрожала и отпрянула.

— Она напугана, — сказала Сара. — Сделайте вид, что не обращаете на нее внимания.

Глаза матери наполнились слезами, но она притворилась, что увлеченно смотрит передачу. Выбрав себе укромное местечко, откуда ей было все хорошо видно, Лори села на пол, скрестив ноги по-турецки.

Когда в девять часов Мэри предложила ей принять теплую ванну и лечь спать, Лори охватила паника. Прижав колени к груди, она закрыла лицо руками. Сара с отцом переглянулись.

— Бедняжка, — сказал он. — Если не хочешь, можешь сейчас не ложиться.

В глазах отца Сара увидела ту же беспомощность, что была в глазах матери.

— Тебе просто все кажется незнакомым, да?

Мэри старалась скрыть слезы.

— Лори нас боится, — пробормотала она.

«Нет, — думала Сара, — она боится идти спать. Но почему?»

Они не стали выключать телевизор. Лори уснула, лежа на полу, без четверти десять. Сара отнесла ее наверх, надела на нее ночную рубашку и положила в постель.

Войдя на цыпочках в комнату, Джон и Мэри сели с обеих сторон маленькой белой постельки и стали смотреть на подаренное им чудо. Они даже не заметили, когда Сара выскользнула из комнаты.

Лори крепко спала и долго не просыпалась. Заглянув утром в ее комнату, Сара с тихой радостью посмотрела на безмятежно спящую маленькую девочку с разметавшимися по подушке длинными волосами. Она вновь повторила данное Господу обещание: «Я всегда буду заботиться о ней».

Отец с матерью уже встали. Оба выглядели измученными, но их лица светились радостью.

— Мы все время заглядывали в комнату, чтобы убедиться, что она действительно с нами, — сказала Мэри. — Я не знаю, как бы мы пережили эти два года без тебя, Сара.

Сара помогла матери приготовить любимый завтрак Лори — оладьи и бекон. Через несколько минут в комнату вбежала Лори. Ночная рубашка, которая раньше была ей до пят, теперь едва доходила до икр.

Она забралась к Мэри на колени.

— Мама, — с обидой в голосе сказала она. — Вчера я хотела пойти в бассейн, а Бет беспрестанно болтала по телефону.

ЧАСТЬ 2

10

Во время мессы Сара краем глаза все время наблюдала за Лори. Вид двух гробов, стоявших на ступенях перед алтарем, казалось, гипнотизировал ее. Она не отрываясь смотрела на них уже без слез, словно не слыша ни молитв, ни музыки, ни надгробных речей. Саре приходилось брать Лори за локоть, когда нужно было встать или опуститься на колени.

По окончании мессы, когда монсеньор Фишер осенил гробы крестом, Лори прошептала:

— Мама, папа, простите меня. Я больше не буду выходить на улицу одна.

— Лори, — тихонько окликнула ее Сара.

Лори взглянула на нее невидящими глазами, затем обернулась и удивленно посмотрела на собравшихся в церкви людей.

— Так много народу.

Ее голос прозвучал по-детски робко.

В завершение запели «Господь Всемилостивый».

Стоявшая позади собравшихся в церкви пара запела вместе со всеми поначалу тихо, но мужчина, привыкший к ведущим партиям, увлекаясь, запел громче. И вскоре его чистый баритон заглушил более слабый голос солиста. Все в растерянности оборачивались и с восхищением смотрели на него.

«Я когда-то заблудился, а теперь обрел свой дом...»

Душевная боль Лори вдруг усилилась леденящим душу страхом. Этот голос. Он пронзил ее слух, пронзил всю ее.

— Я заблудилась, — беззвучно застонала она. — Заблудилась.

Гробы стали выносить.

Колеса катафалка под гробом ее матери скрипнули.

Она услышала размеренные шаги носильщиков.

Затем стук пишущей машинки.

«Был слеп, но теперь прозрел».

— Нет! Нет! — истошно закричала Лори, погружаясь в спасительную темноту.

На мессу пришло несколько десятков однокурсников Лори по Клинтонскому колледжу и преподаватели с факультета. Среди них был профессор английского языка Элан Грант, который с ужасом наблюдал, как Лори потеряла сознание.

Грант пользовался большой популярностью у студентов. Ему едва перевалило за сорок. Густые непослушные темно-каштановые волосы посеребрила седина. На несколько вытянутом лице особенно выделялись глаза — большие, темно-карие, умные и живые. Он был высоким, худощавым, одевался нарочито небрежно, и многие девушки в колледже сходили по нему с ума.

Грант искренне любил своих студентов. Он преподавал в группе, где училась Лори. Он знал, что с ней произошло в детстве, и интересовался, не вызвало ли ее похищение каких-либо последствий. Но за все это время Грант обратил внимание лишь на то, что Лори не смогла на уроке написать свою биографию. Однако ее критические заметки о книгах, авторах и пьесах отличались глубоким содержанием и интересными мыслями.

Три дня назад, когда ее вдруг вызвали к декану, она как раз сидела у него на уроке. Занятие близилось к концу, и Грант, предчувствуя что-то неладное, решил пойти вместе с ней. Пока они шли по территории колледжа, она сказала, что отец с матерью собирались приехать, чтобы поменяться с ней машинами: она забыла поставить свою машину на техосмотр и вернулась в колледж на «седане» матери.

— Они, видимо, опаздывают, — сказала она, явно успокаивая себя. — Мама говорит, что я чересчур волнуюсь за них. Однако она не очень хорошо себя чувствует, да и папе уже семьдесят два.

От декана они узнали, что на Семьдесят восьмой магистрали произошла большая авария.

Элан Грант отвез Лори в больницу. Ее старшая сестра Сара была уже там. Пышные темно-рыжие волосы обрамляли ее лицо с большими печальными серыми глазами. Грант не раз встречал Сару на многочисленных праздниках, которые устраивались в колледже, и его удивляло покровитель-

ственное отношение молодой помощницы прокурора к Лори.

Едва взглянув на сестру, Лори поняла, что родители погибли. Она заплакала, повторяя сквозь
слезы:

— Это я виновата, я виновата.

Она как будто не слышала, как Сара, тоже не
сдержавшая слез, убеждала ее не винить себя.

С болью в сердце Грант наблюдал за тем, как
один из священников вынес Лори из нефа церкви.
Сара шла следом за ним. Органист заиграл последнее песнопение. Несущие гроб медленно пошли по проходу во главе с монсеньором. Грант заметил, что в переднем ряду какой-то человек про-
бирается вдоль скамьи.

— Разрешите, разрешите, пожалуйста. Я врач, —
тихо, но решительно говорил он.

Что-то заставило Элана Гранта последовать за
ним по проходу в маленькую комнатку, куда отне-
сли Лори. Она лежала на двух сдвинутых стуль-
ях. Сара, бледная как смерть, склонилась над ней.

Врач тронул Сару за плечо.

— Позвольте...

Лори пошевелилась и застонала. Врач поднял
ей веки и пощупал пульс.

— Она приходит в себя, но ее необходимо отвезти домой. Она не в состоянии ехать на кладбище.

— Я знаю.

Элан видел, как отчаянно Сара пытается со-
хранить присутствие духа.

— Сара, — сказал он.

Повернувшись, Сара словно впервые заметила его.

— Сара, позвольте мне отвезти Лори домой. С ней будет все в порядке.

— Правда?

На какое-то мгновение мучительная боль на лице девушки сменилась выражением благодарности.

— Дома остался кое-кто из соседей, они готовят еду… Лори вам доверяет. Вы мне очень поможете.

«Я когда-то заблудился, но теперь обрел свой дом».

Она видела, как рука с ножом приближается к ней, с рассекающего воздух ножа капала кровь. От крови промокли ее рубашка и джинсы. Она чувствовала ее, теплую и липкую, на своем лице. Что-то трепыхалось у ее ног. Нож уже совсем близко…

Лори открыла глаза. Она лежала в постели в своей комнате. Было темно. Что произошло?

Она вспомнила. Церковь. Гробы. Пение.

— Сара! — закричала она. — Сара! Где ты?

11

Они остановились в отеле «Уиндхем» на Манхэттене, на Западной Пятьдесят восьмой улице.

— Классно, — сказал он ей. — Здесь много людей из шоу-бизнеса. Самое подходящее место, чтобы устанавливать связи.

По дороге с кладбища в Нью-Йорк он все время молчал. Они собирались на обед с преподобным Ратландом Гаррисоном, пастором «Церкви в эфире» и продюсером телепередачи. Гаррисон хотел уйти на пенсию и подыскивал себе преемника. Каждую неделю вместе с ним в качестве ведущего передачи появлялся новый священник.

Она наблюдала, как он сменил три костюма, прежде чем остановил выбор на темно-синем, с белой рубашкой и голубовато-серым галстуком.

— Им нужен проповедник? Они его получат. Как я выгляжу?

— Превосходно, — заверила она его.

И он был с ней согласен. Хотя ему было всего сорок пять, его волосы совсем поседели. Он строго следил за своим весом и выработал манеру держаться прямо, чтобы всегда возвышаться над людьми, даже теми, кто выше его ростом. У него вошло в привычку, громко читая молитву, широко раскрывать глаза.

Он отверг выбранное ею платье в красно-белую клетку.

— Не годится для такой встречи. Слишком смахивает на Бетти Крокер*.

Они часто повторяли эту шутку, когда хотели произвести впечатление на прихожан, собиравшихся, чтобы послушать его в церкви. Но сейчас он совсем не шутил. Она показала черное узкое платье с подходящим к нему жакетом.

---

* Бетти Крокер — известная в Америке радиоведущая, а также автор более 200 книг по кулинарии.

— А это?

— Пойдет. — Он нахмурился. — И помни...

— Я никогда не называю тебя Биком в чьем-либо присутствии, — упреждая его раздражение, сказала она. — Уже давным-давно.

В его глазах появился нездоровый блеск. Она хорошо знала этот взгляд и боялась его. Прошло три года с тех пор, как его в последний раз вызывали в полицию и допрашивали в связи с тем, что какая-то белокурая девочка пожаловалась на него своей матери. Ему всегда удавалось урезонивать жалобщиков так, что им потом приходилось извиняться, однако это случалось слишком часто и не в одном городе. Этот блеск говорил о том, что он вновь теряет над собой контроль.

Ли была единственной, кого он похитил. С той минуты, когда Бик впервые увидел ее с матерью в магазине, он словно потерял голову. В тот день он последовал за их машиной и потом постоянно ездил мимо их дома в надежде вновь увидеть девочку. Заключив двухнедельный контракт, они с Опал играли на гитаре и пели в одном из дешевых ночных клубов на Семнадцатой магистрали в Нью-Джерси и жили в мотеле в двадцати минутах езды от дома Кеньонов. Это был их последний контракт с ночным клубом. Бик уже начал петь в церкви, а позже — читать проповеди в окрестностях Нью-Йорка. Его услышал владелец небольшой радиостанции в Бетлехеме, штат Пенсильвания, и пригласил вести религиозную передачу.

К несчастью, по пути в Пенсильванию Бик настоял на том, чтобы в последний раз проехать мимо дома Кеньонов. Ли стояла на улице совершенно одна. Он схватил ее и увез с собой, и в течение двух лет Опал жила в постоянно скрываемом страхе и ревности.

Прошло пятнадцать лет с тех пор, как они оставили девочку возле школы, но Бик так и не смог забыть ее. Он хранил фотографию в бумажнике, и Опал иногда видела, как он смотрит на нее и гладит пальцами. В эти последние годы, хотя ему все больше сопутствовал успех, его все чаще тревожила мысль о том, что в один прекрасный день к нему подойдут агенты ФБР и арестуют за похищение и надругательство над ребенком.

— Посмотри, как эта девочка из Калифорнии упрятала своего папу в тюрьму, после того как стала посещать психиатра и вспомнила то, чего не следовало бы вспоминать, — повторял он время от времени.

Они только что приехали в Нью-Йорк, и тут Бик прочел в «Таймс» сообщение о гибели супругов Кеньон в дорожной аварии. Несмотря на отчаянные попытки Опал отговорить его, они все-таки поехали на похороны.

— Опал, — убеждал он ее, — мы сейчас совсем не похожи на тех двух хиппи, которых запомнила Ли.

Они действительно выглядели совершенно иначе. Они начали изменять свою внешность с того самого утра, когда отделались от Ли. Бик сбрил бороду и коротко постригся. Опал перекрасилась в блондинку и стала собирать волосы в аккуратный пучок. В магазине «Джей Си Пенни» они ку-

пили себе приличную одежду, в которой не выделялись среди массы средних американцев.

— На случай, если в той забегаловке нас кто-
то успел рассмотреть, — говорил он.

Именно тогда он и запретил Опал называть его
Биком в чьем-либо присутствии, сказав, что теперь
и он будет звать ее на людях настоящим именем —
Карла.

— Ли часто слышала наши имена в течение
этих двух лет, — сказал он. — С этого момента я
для всех — преподобный Бобби Хоккинс.

Несмотря на это, когда они поднимались по
ступеням церкви, она чувствовала, что он боится.
В конце мессы, едва органист заиграл «Господь
Всемилостивый», он прошептал:

— Это наша песня, наша с Ли.

Его голос звучал громче остальных. Они сидели на краю скамьи. Когда мимо них проносили
бесчувственное тело Ли, Опал схватила его за
руку, чтобы он вдруг не потянулся и не дотронул-
ся до нее.

— Я еще раз спрашиваю тебя: ты готова?

В его голосе была насмешка. Он стоял возле
двери их номера.

— Да.

Взяв кошелек, Опал подошла к нему. Ей нужно было успокоить его. Он был как натянутая
струна. Она погладила его по лицу и нежно сказала:

— Бик, милый, тебе необходимо расслабиться.
Ты ведь хочешь произвести хорошее впечатление?

Он словно не слышал ее.

— Я все еще могу напугать эту малышку чуть ли не до смерти, правда?

Он зарыдал без слез, задыхаясь и содрогаясь всем телом, словно в конвульсиях.

— Господи, как же я люблю ее!

12

Десять дней спустя после похорон Сара позвонила риджвудскому психиатру, доктору Питеру Карпентеру. Саре уже доводилось с ним встречаться, он был ей чем-то симпатичен, и то, что она о нем узнала, укрепило ее симпатии. Босс Сары Эд Райен, прокурор округа Берген, очень рекомендовал Карпентера.

— Это честный парень. Ему я бы доверил кого угодно из своих, а ты понимаешь, что значит, когда я так говорю. Среди этой братии слишком много всяких шарлатанов.

Она решила срочно записаться к Карпентеру на прием.

— Моя сестра винит себя в том, что наши родители попали в аварию, — сказала она ему.

Во время разговора Сара вдруг отдала себе отчет в том, что избегает употреблять слово «смерть». Она все еще не могла в это поверить. Сжимая в руке телефонную трубку, она говорила:

— Много лет назад по ночам ее мучил один и тот же кошмар. Потом он прекратился. Сейчас он вновь регулярно повторяется.

Доктор Карпентер хорошо помнил случай с похищением Лори. После того как похитители бросили девочку и она вернулась домой, он со своими коллегами обсуждал, какие последствия может вызвать ее полная потеря памяти. Ему было бы очень интересно встретиться теперь с этой девушкой, однако он сказал Саре:

— Мне кажется, прежде чем я поговорю с Лори, мне следовало бы встретиться с вами. Сегодня днем у меня будет час свободного времени.

Как часто шутила его жена, Карпентер мог бы сойти за образец семейного врача. Он был седоволосым, розовощеким, в очках без оправы, всегда любезным, подтянутым и выглядел не старше своих пятидесяти двух лет.

Его кабинет был продуманно уютным: зеленоватые стены, шторы в зелено-белых тонах, письменный стол из красного дерева, уставленный мелкими цветущими растениями, напротив его вертящегося стула — массивное бордовое кожаное кресло и такая же кушетка неподалеку от окна.

Когда секретарша пригласила Сару войти, Карпентер внимательно посмотрел на привлекательную молодую женщину в строгом синем костюме, со стройной спортивной фигурой и легкой походкой. На лице без каких-либо следов косметики выделялись веснушки. Темные брови и ресницы подчеркивали грустные ясно-серые глаза. Гладко зачесанные назад волосы были стянуты голубой ленточкой, и их свободные пышные темно-рыжие концы волнами спускались до плеч.

Вопросы доктора Карпентера показались Саре довольно простыми.

— Да. Лори вернулась совсем другой. Я уже тогда была уверена, что она подверглась сексуальному насилию. Но моя мать настойчиво повторяла, что Лори была похищена людьми, мечтавшими о ребенке. Она очень хотела в это верить. Пятнадцать лет назад люди не осмеливались рассказывать о подобном надругательстве. Но Лори очень боялась ложиться в постель. При всей своей любви к отцу она отказывалась садиться к нему на колени, старалась избегать его прикосновений. Она вообще стала бояться мужчин.

— Лори наверняка обследовали, когда нашли?

— Да, в больнице в Пенсильвании.

— Эти записи, вероятно, сохранились. Я бы хотел, чтобы вы их запросили. А что за повторяющийся сон, о котором вы упоминали?

— Прошлой ночью он опять приснился ей. Она была ужасно напугана. Лори говорит, что это сон про нож. С тех пор как она к нам вернулась, она боится острых ножей.

— Что вы скажете о переменах в ее характере?

— Поначалу они были весьма заметными. До похищения Лори была очень общительным ребенком. Возможно, несколько избалованным, но очень добрым. Она любила играть с другими детьми и ходить к ним в гости. После того как вернулась, она никогда не оставалась ночевать в гостях. Она словно сторонилась своих сверстников. Лори решила поступить в Клинтонский колледж, потому что он был всего в полутора часах езды от дома и она могла часто приезжать домой на выходные.

— Встречается ли она с молодыми людьми? — спросил Карпентер.

— Вы сами увидите, что Лори весьма привлекательная девушка. Разумеется, ее часто куда-то приглашали, и в колледже она обычно ходила на разные вечера и танцы. Ее вроде бы никто не интересовал, до того как она подружилась с Грегом Беннетом. Однако их дружба закончилась очень неожиданно.

— Почему?

— Этого никто не знает — ни мы, ни Грег. Весь прошлый год они были вместе. Он тоже учится в Клинтонском колледже и часто приезжал к нам на выходные вместе с ней. Грег нам очень нравился, и мы думали, что Лори с ним счастлива. Они оба любили заниматься спортом, особенно играть в гольф. И вдруг прошлой весной все было кончено. Никаких объяснений. Ничего. Она не говорила об этом ни с нами, ни с Грегом. Он еще приезжал к нам, не понимая, что послужило причиной разрыва. До конца этого семестра он будет находиться в Англии. Думаю, ему ничего не известно о том, что случилось с нашими родителями.

— Я бы хотел, чтобы Лори пришла ко мне завтра в одиннадцать.

На следующий день Сара отвезла сестру на прием и обещала вернуться за ней ровно через пятьдесят минут.

— Я поищу что-нибудь к ужину. Надо же как-то раздразнить твой аппетит.

Кивнув, Лори последовала за Карпентером в его кабинет. С выражением испуга на лице она отказалась расположиться на кушетке и предпочла сесть к столу напротив него. Грустная и подавленная, она молча ждала. Без сомнения, глубокая депрессия, решил про себя Карпентер.

— Мне хочется помочь тебе, Лори.

— Вы можете вернуть мне мать с отцом?

— Увы, Лори. Твои родители погибли из-за того, что что-то случилось с автобусом.

— Они погибли из-за того, что я не поставила машину на технический осмотр.

— Ты забыла об этом.

— Нет, не забыла. Я решила отказаться от осмотра на заправочной станции, сказав, что поставлю машину на бесплатную профилактику в автотранспортной компании, а потом забыла об этом. От осмотра на станции я отказалась намеренно. Так что во всем виновата я.

— Почему же ты отказалась от осмотра на заправочной станции?

Он внимательно наблюдал за тем, как Лори Кеньон обдумывала свой ответ.

— Была какая-то причина, но я не помню.

— Сколько стоит технический осмотр на заправочной станции?

— Двадцать долларов.

— А в автотранспортной компании он бесплатный. Разве это не убедительная причина?

Она казалась погруженной в свои собственные мысли. Карпентер сомневался в том, что она вообще слышала его вопрос.

— Нет, — шепотом произнесла она, покачав головой.

— Так почему же ты все-таки отказалась от осмотра на заправочной станции?

Теперь он уже был уверен в том, что Лори не слышит его. Она словно перенеслась куда-то в другое место. Он решил задать следующий вопрос.

— Лори, Сара говорит, что по ночам тебя опять мучают кошмары, точнее, тот же кошмар, что и прежде.

Лори услышала громкий плач, раздавшийся у нее в голове. Поджав ноги к груди, она уткнулась в них лицом. И плач раздавался не только у нее в голове. Он вырывался из груди, из горла, изо рта.

13

Встреча с преподобным Ратландом Гаррисоном и телепродюсерами успокоила его.

Обед прошел в баре компании «Уорлдуайд кейбл», которая транслировала передачу Гаррисона на разные страны. За кофе преподобный ясно дал им понять, чего он хочет.

— Я создал свою передачу, еще когда черно-белые телевизоры с экраном в десять дюймов считались роскошью, — сказал он. — За все эти годы «Церковь в эфире» подарила умиротворение, надежду и веру миллионам людей. Благодаря ей на благотворительные цели были собраны огромные средства. Я намерен найти себе достойного преемника.

Бик и Опал понимающе кивнули, выразив на своих лицах уважение, почтение и набожность.

В следующее воскресенье их представили в передаче «Церковь в эфире». Речь Бика продолжалась сорок минут. Он рассказывал о своей зря потерянной молодости, о глупом желании стать рок-звездой, о незаурядном голосе, подаренном ему Господом, и о том, как он бездарно растрачивал его, исполняя мирские песни. Он говорил о чуде своего перевоплощения. Поистине поняв, что означал путь в Дамаск, он прошел его по стопам Павла. Господь не спросил его: «Почему ты преследуешь меня, Савл?» Вопрос был более мучительным. Когда он, Бобби, пел в этом дешевом баре низкопробные песенки, в его душе раздался голос, услышанный сердцем. Голос прозвучал громко и грустно, он был гневным и всепрощающим. Голос спрашивал его: «Зачем ты богохульствуешь, Бобби?»

И в это время он зарыдал.

В конце проповеди преподобный Ратланд Гаррисон по-отечески положил ему на плечо руку. Бобби сделал знак Карле подойти к нему. Она появилась на экране с мокрыми от слез глазами и дрожащими губами. Он представил ее зрителям.

Они вместе запели завершающий гимн.

После передачи в студию посыпались звонки с благодарностями преподобному Бобби Хоккинсу. Через две недели его вновь пригласили на передачу.

Когда они возвращались в Джорджию, Бик долго молчал. Затем он сказал:

— Ли учится в Клинтонском колледже в Нью-Джерси. Может, она туда вернется, а может, и нет. Господь советует мне напомнить ей, что с ней будет, если она проболтается о нас.

Ратланд Гаррисон выберет Бика своим преемником. Опал предчувствовала это. Гаррисон проникся к нему так же, как и все остальные. Но если к Ли вернется память...

— Что ты собираешься с ней делать, Бик?

— У меня есть кое-какие соображения. Меня осенило, когда я читал молитву.

14

Когда Лори пришла на прием к доктору Карпентеру во второй раз, она сказала ему о том, что собирается вернуться в колледж в понедельник.

— Так будет лучше и для меня, и для Сары, — спокойно пояснила она. — Сара так беспокоится обо мне, что не может вновь приступить к работе, а работа для нее очень много значит. Да и мне нужно сейчас вовсю заниматься, чтобы наверстать то, что я пропустила за эти три недели.

Карпентер не верил своим глазам. Лори Кеньон словно подменили: скованность и подавленность, которые он наблюдал неделю назад, сменились деловитой энергичностью.

В прошлый раз на ней был золотистый шерстяной жакет, черные, безупречно сидящие брюки и черная с белым шелковая блузка с золотой отделкой. Распущенные волосы лежали на плечах. Сегодня Лори была в джинсах и в свободном свитере. Зачесанные назад волосы держала заколка. Девушка казалась предельно собранной.

— Тебя еще мучили кошмары, Лори?

Она пожала плечами.

— Мне очень неловко за свое поведение на прошлой неделе. Ведь многим снятся плохие сны, но никто не жалуется по этому поводу направо и налево, правда?

— Неправда, — тихо возразил он. — Лори, раз ты чувствуешь себя намного лучше, может, мы с тобой побеседуем? Почему бы тебе не лечь на кушетку и не расслабиться?

Он внимательно следил за ее реакцией, которая была такой же, как и на прошлой неделе. Но на этот раз испуг в глазах быстро сменился вызывающим, почти презрительным выражением, появившимся на ее лице.

— А зачем мне ложиться? Я вполне могу разговаривать сидя. Да к тому же и говорить нам особенно не о чем. Жизнь дважды наказывала меня. В обоих случаях я сама виновата в этом. И я это признаю.

— Ты считаешь себя виноватой в том, что тебя похитили, когда тебе было четыре года?

— Конечно. Мне не разрешали выходить одной на улицу. Точнее, даже запрещали. Мама боялась, что я случайно выскочу на дорогу. А в квартале от нас жил подросток, который гонял на машине как сумасшедший. Мама ругала меня единственный раз, когда увидела, что я одна играю с мячиком на лужайке перед домом. Мои родители, как вам известно, тоже погибли из-за меня.

Сейчас был неподходящий момент, чтобы обсуждать это.

— Лори, я хочу тебе помочь. По словам Сары, твои родители решили не показывать тебя психологу после похищения. Вероятно, это и является одной из причин твоего нежелания поговорить со мной. Почему ты не хочешь закрыть глаза, расслабиться и довериться мне? Может, нам в дальнейшем удастся работать вместе?

— А вы уверены в том, что наши сеансы будут продолжаться?

— Я надеюсь на это. Или я ошибаюсь?

— Только для того, чтобы не расстраивать Сару. Я буду приезжать домой на выходные и смогу приходить к вам только по субботам.

— Мы договоримся. Ты регулярно приезжаешь домой на выходные?

— Да.

— Это из-за того, что тебе хочется побыть с Сарой?

Ему показалось, что этот вопрос вызвал у нее волнение. Она больше не выглядела равнодушной. Лори положила ногу на ногу и, запрокинув голову, сняла заколку, державшую волосы.

Карпентер смотрел, как ей на лицо упали золотистые локоны, а на губах появилась загадочная улыбка.

— На выходные его жена приезжает домой, — произнесла она. — И болтаться в колледже нет смысла.

15

Лори открыла дверцу машины.

— Уже чувствуется дыхание осени, — сказала она. — Но прошлым вечером все еще было жарко.

— Да, — ответила Сара, — уже осень. Послушай, если тебе очень тяжело...

— Это пройдет. Ты сажай всех мерзавцев в тюрьму, а я постараюсь успешно наверстать пропущенное. У меня еще есть шансы закончить курс с отличием. А то ты совсем затмила меня своими успехами в учебе. Увидимся в пятницу вечером.

Обняв Сару, она прильнула к ней.

— Сара, никогда не меняйся со мной машинами.

Сара провела рукой по волосам сестры.

— Мы, кажется, решили с тобой, что маме с папой такие мысли не понравились бы. Давай сыграем с тобой в гольф, после того как ты в субботу сходишь к доктору Карпентеру.

Лори попыталась улыбнуться.

— Обед за счет победителя.

— Ты так говоришь, потому что заранее уверена в своей победе.

Сара махала рукой до тех пор, пока машина не скрылась из виду, а затем вернулась в дом. Там было очень тихо и пусто. По общепризнанному мнению, после смерти кого-либо из близких в доме не следует делать больших перемен, но интуиция подсказывала Саре, что нужно немедленно сменить жилье, может быть, подыскать квартиру, а дом продать. Наверное, стоит позвонить доктору Карпентеру и посоветоваться с ним.

Она уже оделась, чтобы идти на работу, взяла со столика в прихожей папку и дамскую сумку. Изящный, инкрустированный мрамором столик восемнадцатого века и висевшее над ним зеркало принадлежали еще бабушке. Трудно было представить все эти прекрасные вещи и библиотеку редких изданий, собранную Джоном Кеньоном, в какой-то квартире с двумя спальнями. Сара гнала от себя эти мысли.

Машинально взглянув в зеркало, она ужаснулась своему отражению: смертельно бледная, под глазами темные круги; на лице, и прежде худощавом, ввалились щеки; губы приобрели пепельно-серый оттенок. Она вспомнила, как мать сказала ей в то последнее утро:

— Сара, почему бы тебе слегка не подкраситься? Тени выделят твои глаза...

Положив сумку с папкой на столик, Сара поднялась наверх. Из туалетной тумбочки в ванной она достала свою косметичку, которой пользовалась крайне редко. В памяти возник образ матери в перламутрово-розовом пеньюаре, как всегда ухоженной и нежно любящей, советовавшей ей подкрасить глаза, и по щекам потекли слезы, которые она старательно сдерживала в присутствии Лори.

———

Было так приятно вновь оказаться в своем душном кабинете с облупившимися стенами, с горами бумаг и трезвонившим телефоном. На похоронах были все ее коллеги по работе и все близкие друзья, которые в течение нескольких недель после похорон звонили ей и навещали ее.

Казалось, все понимали, что сегодня ей хотелось поскорее оказаться в привычной обстановке.

— Рада вновь тебя видеть, — говорила одна из коллег, обнимая Сару.

— Дай знать, когда у тебя появится свободная минутка, — приветливо окликала другая.

На завтрак Сара съела бутерброд с сыром и выпила черный кофе в служебном кафетерии. К трем часам она не без удовольствия отметила, что ей удалось ответить на все срочные письма истцов, свидетелей и адвокатов.

В четыре часа она, не выдержав, набрала телефон комнаты Лори в колледже. На другом конце сразу же ответили:

— Алло.

— Лори, это я. Как дела?

— Так себе. Я сходила на три занятия, а с четвертого ушла. Просто почувствовала, что устала.

— Немудрено. Ты же ночью толком и не спала. Что ты делаешь сегодня вечером?

— Хочу пораньше лечь спать. Надо дать голове отдохнуть.

— Хорошо. Я собираюсь задержаться на работе. Дома буду около восьми. Хочешь, я позвоню тебе?

— Я буду рада.

Сара ушла с работы в пятнадцать минут восьмого. Заехав по дороге в кафе, она купила себе гамбургер. В половине девятого позвонила сестре.

Она долго не клала трубку, слушая гудки. Наверное, Лори принимает душ. А может быть, ей стало плохо? Сара продолжала держать трубку с несмолкающими в ней отрывистыми гудками. Наконец кто-то раздраженно ответил:

— Комната Лори Кеньон.

— Можно позвать Лори к телефону?

— Нет, и я попросила бы вас, если номер не отвечает после пяти-шести гудков, больше не пытаться звонить. Я не могу бегать к телефону через весь коридор, мне нужно готовиться к контрольной.

— Простите. Дело в том, что Лори собиралась сегодня пораньше лечь спать.

— Она передумала и ушла несколько минут назад.

— С ней все в порядке? Это ее сестра, я немного волнуюсь за нее.

— Простите, я не знала, что это вы. Примите мои соболезнования в связи со смертью ваших родителей. Мне кажется, что с Лори все в порядке. Она была одета так, словно шла на свидание.

Сара пыталась дозвониться в десять, в одиннадцать, в двенадцать, и наконец в час ночи в трубке раздался сонный голос Лори:

— У меня все хорошо, Сара. Сразу после обеда я легла спать и проснулась только сейчас.

— Я звонила много раз, Лори. Какая-то девушка подошла к телефону и сказала мне, что ты куда-то ушла.

— Она ошиблась, Сара. Клянусь, я никуда не уходила. — В голосе Лори послышался испуг. — Зачем мне тебя обманывать?

«Не знаю», — подумала Сара.

— Ну что ж, раз у тебя все в порядке, ложись спать, — сказала она и медленно положила трубку.

16

Доктор Карпентер почувствовал перемену в Лори, когда она откинулась в его большом кожаном кресле. Он не предлагал ей лечь на кушетку, так как совершенно не хотел потерять слабый намек на появившееся у нее к нему доверие. Он спросил ее о том, как прошла неделя в колледже.

— По-моему, неплохо. Все были ко мне невероятно внимательны. Мне нужно так много наверстывать, что приходится сидеть ночи напролет.

Она собиралась сказать что-то еще, но передумала.

— Ты хотела о чем-то рассказать, Лори? — подождав, мягко спросил Карпентер.

— Вчера вечером, когда я приехала домой, Сара спросила меня, не знаю ли я, как дела у Грега Беннета.

— У Грега Беннета?

— Я раньше встречалась с ним. Он очень нравился маме с папой и Саре.

— А тебе?

— Тоже, пока...

Он опять подождал.

Ее глаза округлились.

— Он не отпускал меня.

— Ты хочешь сказать, что он был навязчив по отношению к тебе?

— Нет. Грег поцеловал меня. И все было хорошо. Мне было приятно. Но потом он сжал мне руки.

— И тебя это испугало.

— Я знала, что будет дальше.

— Что же могло случиться?

Отвернувшись, она смотрела куда-то в пустоту.

— Не стоит об этом говорить.

Минут десять она молчала, затем грустно произнесла:

— Я чувствую, что Сара не поверила мне, когда я сказала ей недавно, что никуда вечером не уходила. Она очень волновалась.

Доктор Карпентер уже знал об этом от Сары.

— Наверное, ты уходила, — предположил доктор. — Тебе было бы полезно проводить время с друзьями.

— Нет. Мне сейчас не до свиданий. Я слишком занята.

— А как дела со снами?

— Снится сон про нож.

Когда он спросил ее об этом две недели назад, Лори была на грани истерики. Сегодня в ее голосе слышалось безразличие.

— Мне нужно свыкнуться с этим. Он будет сниться мне до тех пор, пока нож не настигнет меня. Так и будет, я знаю.

— Лори, в медицине воспроизведение стрессовой ситуации для освобождения от угнетающих воспоминаний называется абреакцией. Я хотел бы, чтобы ты сейчас дала выход эмоциям при помощи абреакции. Покажи мне, что ты видишь в этом сне. Мне кажется, ты боишься ложиться спать из-за того, что тебе может присниться этот сон. А спать необходимо всем. Ты можешь не рассказывать ничего. Просто покажи, что происходит в этом сне.

Лори медленно встала и подняла руку. Ее губы растянулись в коварной улыбке. Размеренным шагом огибая стол, она неторопливо направилась к доктору Карпентеру. Она резко взмахивала рукой, словно сжимая воображаемый нож. Подойдя к доктору почти вплотную, она остановилась. Ее поза изменилась. Лори стояла с широко раскрытыми глазами, будто прикованная к этому месту. Рукой она пыталась что-то стряхнуть с лица и волос. Посмотрев вниз, она в ужасе отпрыгнула назад.

Закрыв лицо руками, она упала на пол, затем прижалась к стене, издавая звуки, похожие на крик раненого животного.

Прошло десять минут, прежде чем Лори затихла. Она опустила руки и медленно встала.

— Это тот самый сон про нож, — сказала она.

— А ты есть в этом сне, Лори?

— Да.

— Кто же ты — тот, кто с ножом, или тот, кто испуган?

— И тот и другой. И в конце мы вместе умираем.

— Лори, я бы хотел поговорить с одним своим знакомым психиатром, у которого большой опыт работы с людьми, перенесшими в детстве травму. Ты дашь мне расписку в том, что я могу это сделать с твоего согласия?

— Да, если вам надо. Какая мне разница?

17

В половине восьмого утра в понедельник доктор Джастин Донелли быстро шел по Пятой авеню, направляясь в больницу Лемана на Шестьдесят девятой улице. Каждый день он старался пройти это расстояние в две мили на одну-две минуты быстрее, чем в предыдущий день, стремясь тем самым побить собственный рекорд. Однако если не бежать, ему никак не удавалось улучшить свое же двадцатиминутное достижение.

Джастин был высокого роста, и, глядя на него, казалось, что дома он неизменно ходит в ковбойских сапогах и огромной шляпе. Донелли вырос на овцеферме в Австралии. Его вьющиеся черные волосы были постоянно взъерошены. Когда он улыбался, пышные черные усы подчеркивали белизну крепких зубов. Ярко-синие глаза с темными бровями и ресницами вызывали зависть у женщин. В начале своей медицинской карьеры он решил специализироваться на психических расстройствах, вызывающих расщепление личности. Неутомимый зачинатель всего нового, Донелли с энтузиазмом взялся за создание клиники психических расстройств в Новом Южном Уэльсе. Клиника быстро стала одной из ведущих в этой области. Статьи, опубликованные в известных медицинских журналах, вскоре принесли ему международное признание. В тридцать пять лет ему предложили создать аналогичный центр при больнице Лемана.

Прожив два года на Манхэттене, Джастин считал себя коренным жителем Нью-Йорка. По дороге на работу и с работы он с любовью смотрел на ставшие привычными картины: подъезжающие к парку экипажи с лошадьми, виднеющийся на Шестьдесят пятой улице зоопарк, роскошные жилые дома с привратниками на Пятой авеню. Многие приветствовали Джастина по имени. Сейчас, когда он проходил мимо, они с улыбкой отмечали, что в октябре стоит на редкость хорошая погода.

День предстоял трудный. Обычно Джастин старался оставлять время с десяти до одиннадцати на проведение консультаций со своими сотрудниками. Но сегодня он сделал исключение. Неожиданный субботний звонок психиатра из Нью-Джерси очень заинтересовал его. Доктор Питер Карпентер хотел срочно встретиться с ним, чтобы поговорить об одном из своих пациентов, у которого он подозревал расщепление личности и который был потенциальным самоубийцей. Джастин согласился встретиться с доктором Карпентером сегодня в десять часов.

Добравшись до пересечения Девяносто шестой улицы и Пятой авеню за двадцать пять минут, он успокоил себя тем, что ему мешало большое количество народа на улице. Главный вход в больницу находился на Пятой авеню. Почти незаметная дверь, ведущая в его клинику, была на Девяносто шестой улице. Джастин почти неизменно приходил на работу первым. Его небольшой кабинет находился в конце коридора. Первая комната со стенами цвета слоновой кости была обставлена довольно просто: письменный стол с вертящимся стулом, два кресла для посетителей, книжные шкафы и полки с историями болезни. Комнату оживляли лишь цветные фотографии яхт в гавани Сиднея. Дальняя комната предназначалась для приема пациентов. Она была оборудована видеокамерой и магнитофоном. Первой пациенткой Джастина была женщина сорока одного года из Огайо, находившаяся на лечении в течение шести лет с диагнозом «шизофрения». Она оказалась среди его пациентов, когда кто-то из наблюдательных психологов выяснил, что ей слышатся разные голоса. Сейчас она выздоравливала.

Доктор Карпентер пришел ровно в десять. Вежливо поблагодарив Джастина за его согласие на встречу, он тут же принялся рассказывать о Лори.

Донелли слушал, что-то записывал и задавал кое-какие вопросы. В заключение Карпентер сказал:

— Я не считаю себя большим специалистом в области психических расстройств, связанных с расщеплением личности, однако мне всегда удавалось распознать их при наличии характерных признаков. Во время двух наших с ней последних встреч в голосе пациентки и манере поведения произошли заметные изменения. Несомненно, она не отдает себе отчета в том, что как-то недавно на несколько часов выходила из своей комнаты. Уверен, она честна, когда говорит, что все это время спала. По ночам ее часто мучает кошмарный сон, в котором ей угрожают ножом. Однако во время абреакции она была то в роли нападавшего, то в роли жертвы. Я сделал копию ее истории болезни.

Донелли быстро просмотрел страницы, обводя и отмечая особо заинтересовавшие его места. Случай был, на его взгляд, исключительный. Любимый ребенок, похищенный в возрасте четырех лет и брошенный похитителями в возрасте шести! Потеря памяти: она не помнила того, что произошло с ней за эти два года! Повторяющийся кошмар! Утверждение сестры о детской реакции Лори на стресс. Трагическая смерть родителей, в которой Лори считает виновной себя.

Отложив историю болезни, он сказал:

— Записи, сделанные в питсбургской больнице, указывают на предполагаемое сексуальное насилие в течение длительного времени и содержат рекомендации о прохождении соответствующего курса лечения. Насколько я понимаю, никакого лечения не было.

— Ее родители наотрез отказались от какого бы то ни было лечения, — ответил доктор Карпентер.

— Пятнадцать лет назад подобное поведение было типичным — сделать вид, что ничего не произошло. К тому же Кеньоны были уже немолодыми родителями, — заметил Донелли. — Хорошо бы убедить Лори приехать сюда, чтобы побеседовать с ней. И на мой взгляд, чем быстрее, тем лучше.

— Думаю, что это будет очень непросто. Саре пришлось долго упрашивать Лори, прежде чем та согласилась прийти ко мне.

— Если она откажется, мне бы хотелось поговорить с ее сестрой. Она должна следить за любыми проявлениями аномалий и быть начеку при малейшем намеке на самоубийство.

Оба психиатра вместе подошли к двери. В приемной находилась темноволосая девочка-подросток с руками, перевязанными бинтами. Она грустно смотрела в окно.

— Вам следует отнестись к этому со всей серьезностью, — тихо сказал Донелли. — Пациенты, перенесшие в детстве травму, весьма склонны к самоубийству.

18

Когда в тот вечер Сара вернулась с работы домой, почта аккуратной стопкой лежала на столике в прихожей. Софи, уже давно работавшая у них горничной и приходившая ежедневно, после похорон предложила Саре сократить количество своих приходов до двух раз в неделю.

— Я не нужна вам чаще, Сара. К тому же я не так молода.

Понедельник был одним из тех дней, когда она приходила. Поэтому почта была разобрана, в доме стоял легкий запах политуры, шторы были задернуты, и неяркий свет ламп мягко освещал комнаты на первом этаже.

Возвращение в пустой дом было для Сары самым тягостным моментом. Когда родители были живы, они всегда ждали ее прихода, чтобы до обеда посидеть с ней за коктейлем.

Закусив губу, Сара пыталась отделаться от воспоминаний. Сверху лежало письмо из Англии. Открывая конверт, она уже знала, что оно от Грега Беннета. Пробежав его глазами, она перечитала письмо внимательнее. Грег только что узнал об их трагедии и очень трогательно выражал соболезнования. Он писал о своем теплом отношении к Джону и Мэри Кеньон, о том, как любил бывать у них, и о том, что он понимает, как должно быть тяжело им сейчас с Лори.

Сару встревожил последний абзац письма:

«Сара, я разговаривал с Лори по телефону. Ее голос показался мне очень подавленным. Потом она вскрикнула что-то вроде: "Нет, нет, не буду" и повесила трубку. Я очень беспокоюсь за нее. Она такая ранимая. Я знаю, что ты заботишься о ней, но будь осторожна. В январе я возвращаюсь в Клинтон и хотел бы встретиться с тобой. Поцелуй за меня девочку.

Любящий вас Грег».

Дрожащими руками Сара взяла почту и отнесла в библиотеку. Завтра она позвонит доктору

Карпентеру и прочтет ему это. Она знала, что он прописал Лори антидепрессанты, но у Сары не было абсолютно никакой уверенности в том, что она их принимает. Доктор Карпентер уже звонил в ее отсутствие и оставил свой домашний телефон.

Дозвонившись до доктора, она рассказала о письме Грега и, затаив от страха дыхание, выслушала подробный рассказ о том, зачем он встречался с доктором Джастином Донелли в Нью-Йорке и почему Саре тоже необходимо увидеться с ним как можно скорее. Он дал ей номер приемной Донелли. С трудом сдерживая волнение и стараясь говорить как можно спокойнее, она дважды повторила оператору свой номер телефона.

Софи приготовила жареную курицу и салат. Но когда Сара попробовала есть, еда застревала у нее в горле. Она только сварила кофе, когда позвонил доктор Донелли. Несмотря на загруженность, он согласился встретиться с ней завтра в шесть вечера. Повесив трубку, она еще раз перечитала письмо Грега и, охваченная отчаянной тревогой, набрала номер Лори. Никто не отвечал. Сара продолжала звонить каждые полчаса, пока наконец в одиннадцать часов на другом конце не взяли трубку.

— Алло?

Голос Лори казался довольно бодрым. Они поболтали несколько минут, и Лори сказала:

— Как тебе это нравится? После обеда я прилегла, чтобы проштудировать эту дурацкую статью, и уснула. А теперь мне придется сидеть с ней до ночи.

В понедельник в одиннадцать часов вечера профессор Элан Грант лег на кровать и включил стоящую на тумбочке лампу. Несмотря на слегка приоткрытое длинное окно спальни, в комнате было не так прохладно, как ему хотелось бы. Его жена Карен говорила в шутку, что в одной из своих предыдущих жизней он, скорее всего, был полярным медведем. Карен ненавидела, когда в спальне стоял холод. «Теперь она не так часто здесь бывает, чтобы шутить на эту тему», — подумал Грант, откинул одеяло, свесил ноги с кровати и встал на ковер.

Последние три года Карен работала в бюро путешествий гостиницы «Мэдисон армз» на Манхэттене. Сначала она оставалась ночевать в Нью-Йорке лишь изредка. Затем все чаще и чаще стала звонить ему днем по телефону и говорить:

— Милый, здесь так много работы, у меня просто горы бумаг. Ты сможешь сам позаботиться о себе?

Он уже заботился о себе сам в течение тридцати четырех лет до того, как они познакомились с Карен в турпоездке по Италии шесть лет назад. И вернуть утраченные навыки оказалось делом совсем несложным. Теперь Карен почти всю неделю жила в гостинице, приезжая домой лишь на выходные.

Мягко ступая по ковру, он пересек комнату и широко открыл окно. Струя ворвавшегося холодного воздуха всколыхнула шторы. Он поспешил было к кровати, но, передумав, направился в коридор. Ложиться было бесполезно. Спать не хотелось. Среди почты, которую ему принесли на работу, было очередное идиотское письмо. Что это, черт возьми, за Леона? Среди его студенток нет и не было ни одной с таким именем.

У Гранта был достаточно просторный дом, купленный еще до того, как они с Карен поженились. Какое-то время ей нравилось заниматься наведением порядка, покупкой новой мебели и перестановками, но постепенно квартира вновь приобрела свой изначальный холостяцкий вид.

Почесав голову и подтянув пижамные штаны, которые неизменно болтались у него на бедрах, Грант прошел по коридору мимо спален для гостей, через гостиную, мимо кухни и столовой в свой кабинет. Он включил верхний свет. Найдя ключ от ящика письменного стола, он открыл его, достал оттуда письма и начал их перечитывать.

Первое пришло две недели назад:

«Дорогой Элан!

Никак не могу забыть те чудесные часы, что мы провели вместе прошлой ночью. Трудно поверить, что мы полюбили друг друга совсем недавно. Может, потому, что другого времени для нас и не существовало, ведь так? Ты не представляешь, чего мне стоит сдержаться и не закричать на весь город, как я люблю тебя. Я знаю, что ты чувствуешь то же самое. Нам приходит-

ся скрывать от всех, что мы значим друг для друга. Я понимаю это. Просто люби меня и думай обо мне, как сейчас.

Леона».

Все письма были в таком же духе. Они приходили одно за другим через день, и в каждом говорилось о каких-то жарких любовных сценах, происходивших то в его кабинете, то у него дома.

Он провел здесь довольно много семинаров со студентами, так что многие знали его домашнюю обстановку. В письмах фигурировало старое кожаное кресло, стоявшее в его кабинете. Но еще ни разу он не приглашал студенток поодиночке. Элан был не настолько глуп.

Грант внимательно изучил письма. Совершенно очевидно, что они были напечатаны на старой пишущей машинке. Буквы «о» и «в» плохо пропечатывались. Просмотрев работы своих студенток, он пришел к выводу, что никто из них такой машинкой не пользовался. Неразборчивая подпись тоже была ему незнакома.

Его вновь стали терзать сомнения, стоит ли показывать письма Карен и руководству колледжа. Трудно было предсказать, какой будет реакция Карен. Он боялся огорчить ее, не хотел, чтобы она оставила работу и сидела дома. Несколько лет назад он, может, был бы и не против, но не сейчас. Надо было хорошо подумать, прежде чем принять решение.

Сказать руководству? Он расскажет о письмах декану, как только узнает, кто их ему посылал. Вся беда в том, что не было ни одной зацепки, и, если кто-то решит, что там есть хоть сотая доля правды, ему придется сразу же распрощаться с этим колледжем.

Грант вновь перечитал письма, обращая внимание на стиль, фразы, выражения, которые могли бы навести его на мысль о какой-нибудь из студенток. Ничего. В конце концов он положил письма в ящик, запер его, потянулся и понял, что смертельно устал и продрог. Одно дело спать в холодной комнате под теплыми одеялами, а другое — сидеть на сквозняке в тонкой пижаме. Откуда же, черт возьми, взялся этот сквозняк?

В отличие от него Карен всегда задергивала шторы, когда была дома. Он вдруг понял, что стеклянная дверь, ведущая из кабинета в сад, немного приоткрыта. Дверь была тяжелой и плохо задвигалась. Вероятно, когда в последний раз он выходил, то плохо закрыл ее. К тому же еще этот чертов замок частенько не закрывался! Подойдя к двери, Элан задвинул ее и щелкнул замком, не потрудившись проверить, закрылся ли он. Затем выключил свет и вернулся в постель.

Свернувшись под одеялом в достаточно выстуженной спальне, он закрыл глаза и вскоре уснул. Даже в самых невероятных фантазиях Грант не мог представить, что всего полчаса назад худенькая фигурка с длинными белокурыми волосами сидела свернувшись в его коричневом кожаном кресле и выскользнула из кабинета, едва заслышав звук приближающихся шагов.

20

Пятидесятивосьмилетний частный детектив Дэниел О'Тул был известен в Нью-Джерси как Дэнни — брачный сыщик. За внешностью простодушного любителя выпить скрывался педантичный и весьма осмотрительный работник, когда дело касалось сбора нужной информации.

Дэнни уже привык, что люди, нанимавшие его для проверки своих подозрений относительно неверности жен или мужей, скрывали свои настоящие имена. Это его не волновало. Пока клиенты исправно выплачивали ему авансы и последующие вознаграждения, они могли называть себя, как им заблагорассудится.

Однако он был несколько удивлен, когда женщина, назвавшаяся Джейн Грейвз, позвонила ему во вторник в офис и попросила понаблюдать за сестрами Кеньон, намекнув на то, что в этом заинтересована страховая компания, которая должна выплачивать им страховку. Ходит ли старшая сестра на работу? Вернулась ли младшая сестра в колледж для продолжения учебы? Часто ли она бывает дома? Как сестры реагировали на смерть родителей? Были ли у них признаки нервного потрясения? И, что очень важно, посещал ли кто-нибудь из них психиатра?

Дэнни это показалось подозрительным. Он несколько раз видел Сару Кеньон в суде. Гибель ее родителей произошла в результате неисправности тормозов летевшего на большой скорости автобуса. Вполне возможно, что автобусной компании был предъявлен иск, однако страховые агентства обычно пользовались услугами своих детективов. Впрочем, работа есть работа, к тому же экономический спад не способствовал увеличению количества разводов. Когда с деньгами туго, не до разводов.

Взявшись за это дело, Дэнни назвал сумму аванса вдвое больше обычной и получил заверения в том, что чек будет выслан ему незамедлительно. Ему было дано указание направлять свои отчеты и счета на оплату в частный абонентский ящик почтового отделения в Нью-Йорке.

С довольной улыбкой на лице Дэнни положил трубку.

21

Во вторник вечером после работы Сара приехала в Нью-Йорк. Она успевала на встречу, назначенную ей в шесть часов доктором Джастином Донелли, однако едва зашла в приемную, как увидела его, поспешно выходившего из своего кабинета.

Второпях извинившись, доктор сказал, что у него срочный вызов, и попросил ее подождать. Сара только успела обратить внимание на то, что он высок ростом и что у него темные волосы и проницательные глаза.

Секретарша, по всей видимости, ушла домой, телефон молчал. Минут десять Сара листала свежие журналы, но, не найдя для себя ничего интересного, отложила их и тихо сидела, погруженная в собственные мысли.

Доктор Донелли вернулся только после семи.

— Очень прошу меня извинить, — просто сказал он, приглашая ее в свой кабинет.

Сара слабо улыбнулась в ответ, стараясь не обращать внимание на мучившее ее чувство голода и явные признаки начинавшейся головной боли. С полудня, когда она съела бутерброд с ветчиной и выпила кофе, прошло уже много времени.

Доктор предложил ей сесть напротив своего стола. Почувствовав на себе его внимательный взгляд, она сразу перешла к делу.

— Доктор Донелли, я попросила свою секретаршу сходить в библиотеку и подобрать материал о психических расстройствах, связанных с расщеплением личности. Я имела об этом лишь слабое представление, однако то, что я сегодня прочла, испугало меня.

Он промолчал.

— Если я правильно поняла, изначальной причиной этого может являться перенесенная в детстве травма, в частности длительное сексуальное надругательство. Так?

— Да.

— Когда Лори была маленькой, для нее, несомненно, явилось травмой то, что ее похитили и в течение двух лет насильно держали вдалеке от дома. Врачи, обследовавшие ее после того, как она нашлась, уверены, что над ней надругались.

— Можно мне называть вас Сарой? — спросил Донелли.

— Конечно.

— Так вот, Сара. Если у Лори расщепление личности, то это, вероятно, началось с того времени, как ее похитили. Если предположить, что над ней надругались, это могло быть для нее настолько ужасным потрясением, что такое маленькое человеческое существо не могло постичь и вынести случившегося с ней. Тогда-то и произошло расщепление ее личности. Лори, маленькая девочка, психологически пыталась убежать от боли и страха, и другие личности помогали ей в этом. Они хранят память о тех годах. Похоже, что до настоящего времени они не напоминали о себе. Насколько я понимаю, после того как Лори в шесть лет вернулась домой, она постепенно вновь стала сама собой и лишь кошмарный сон напоминал о том времени. Смерть родителей причинила ей новую сильную травму, и доктор Карпентер отметил явные изменения ее личности во время их последних бесед. Он поспешил обратиться ко мне, опасаясь, что у нее может быть склонность к самоубийству.

— Этого он мне не говорил. — Сара почувствовала, как у нее пересохло во рту. — Конечно, у Лори была депрессия, но... О господи, неужели вы думаете, что такое возможно?

Она закусила задрожавшую губу.

— Сара, вы можете убедить Лори прийти ко мне? — спросил Донелли.

Она покачала головой.

— Я едва смогла убедить ее пойти к доктору Карпентеру. Наши родители были чудесными людьми, но они абсолютно не признавали психиатрию. Мама часто повторяла слова одного из ее бывших учителей. Он делил людей на три категории: тех, кто идет к врачам, когда им плохо, тех, кто изливает свои беды друзьям или первому встречному, и тех, кто сам справляется со своими проблемами. Учитель утверждал, что процент выздоровлений во всех трех категориях абсолютно одинаков. И Лори с детства слышала это.

Джастин Донелли улыбнулся.

— Не думаю, что это слишком распространенное мнение.

— Я понимаю, что Лори требуется помощь специалиста, — сказала Сара. — Проблема в том, что она не хочет быть откровенной с доктором Карпентером. Она словно боится, что он что-то узнает о ней.

— Тогда, по крайней мере, нужно досконально изучить все, что влияет на нее. Я перечитал историю болезни и кое-что отметил для себя.

В восемь часов, глядя на измученное лицо Сары, доктор Донелли сказал:

— Полагаю, что на сегодня хватит. Сара, следите за малейшим намеком на самоубийство, каким бы незначительным он вам ни показался, и немедленно сообщите об этом доктору Карпентеру или мне. Буду с вами предельно откровенен. Мне бы хотелось быть в курсе того, что происходит с Лори. Я занимаюсь изучением расстройств, связанных с расщеплением личности, и нам не часто попадаются пациенты с начальной стадией проявления признаков подобных расстройств. Я побеседую с доктором Карпентером после нескольких очередных встреч Лори с ним. Если не последует никаких кардинальных изменений, мне кажется, я смогу больше узнать от вас, чем от Лори. Будьте внимательны, старайтесь ничего не упускать из виду.

Помедлив, Сара спросила:

— Доктор, не значит ли это, что, пока Лори не вспомнит о тех злосчастных годах, она окончательно не выздоровеет?

— Приведу вам пример. Моя мать как-то сломала ноготь до мяса, и в рану попала инфекция. Через несколько дней палец распух и появилась дергающая боль. Мать продолжала заниматься самолечением, так как боялась, что ей будут вскрывать нарыв. Когда она наконец решилась обратиться к врачу, краснота уже распространилась вверх по руке и возникла угроза общего заражения крови. Вот видите, из страха перед болью она старалась не замечать предупреждающих симптомов.

— Вы хотите сказать, что у Лори налицо симптомы психического расстройства?

— Да.

Они вместе прошли по длинному коридору к двери. Дежурный охранник выпустил их на улицу. Ветра не было, но в вечернем воздухе чувствовалась октябрьская прохлада.

Сара стала прощаться.

— Ваша машина рядом? — спросил Донелли.

— Да, просто невероятно, но мне удалось поставить машину здесь неподалеку.

Он проводил ее до машины.

— Звоните.

«Какой приятный человек», — думала Сара, отъезжая от стоянки и пытаясь разобраться в собственных чувствах.

Теперь она испытывала больше беспокойства за Лори, чем до встречи с доктором Донелли, однако вместе с тем она чувствовала, что ей есть к кому обратиться за помощью.

Она пересекла Шестьдесят девятую улицу и Парк-авеню, направляясь к проспекту Рузвельта. Доехав до Лексингтон-авеню, она машинально повернула направо и поехала к центру. Сара умирала с голоду, а ресторан «Николас» был всего в нескольких кварталах.

Через десять минут она уже садилась за маленький столик.

— Сара, как приятно видеть вас вновь, — приветствовал ее Лу, бессменный официант «Николаса».

В ресторанчике было, как всегда, оживленно, и при виде аппетитно дымящихся макарон, выносимых из кухни, у Сары поднялось настроение.

— Знаете, что бы я сейчас съела, Лу?

— Спаржу с уксусом, макароны под белым соусом, пеллигрино, бокал вина, — выпалил он.

— Вы угадали.

Она достала из плетеной хлебницы теплую хрустящую булочку. Десять минут спустя, после того как принесли спаржу, кто-то занял столик слева от нее. Она услышала знакомый голос:

— Отлично, Лу. Спасибо. Я страшно голоден.

Подняв голову, Сара встретилась глазами с доктором Донелли. Удивленное выражение на его лице сменилось приветливой улыбкой.

22

С самого детства семидесятивосьмилетний Ратланд Гаррисон знал, что ему суждено стать священником. В 1947 году, вдохновленный неограниченными возможностями телевидения, он убедил нью-йоркскую телестанцию «Дюмон» предоставить ему утреннее время по воскресеньям для часовой передачи «Церковь в эфире». С тех пор он неизменно читал проповеди по телевидению.

Теперь у него начало сдавать сердце, и врач настоятельно рекомендовал ему уйти на пенсию.

— Того, что сделали вы, преподобный Гаррисон, хватило бы на дюжину человек, — сказал он. — Благодаря вашим усилиям построены религиозный колледж, больницы, лечебницы, дома престарелых. Пришло время подумать и о себе.

Гаррисону было известно лучше других, как огромные средства, которые могли бы быть потрачены на добрые дела, частенько оседали в бездонных карманах нечестивцев. И он вовсе не собирался отдавать свою «Церковь» в руки таких людей.

К тому же Гаррисон понимал, что сам характер этой телевизионной службы требовал от проповедника умения не только зажечь и повести за собой верующих, но и с чувством, страстно прочесть проповедь.

— Нам нужно подобрать человека, не лишенного артистизма, но не актера, — объяснял Гаррисон на собрании совета «Церкви в эфире».

Тем не менее в конце октября, после того как преподобный Бобби Хоккинс в третий раз выступил в передаче, совет проголосовал за предоставление кафедры ему.

Гаррисон имел право налагать «вето» на решения совета.

— Я не уверен в этом человеке, — сердито сказал он членам совета. — Что-то настораживает меня в нем. Не следует торопиться с решением.

— В нем есть что-то от мессии, — возразил один из собравшихся.

— Сам Спаситель предостерегал нас от лжепророков.

Глядя на сдержанные, но несколько раздраженные лица окружающих его людей, Ратланд Гаррисон понял: все они уверены в том, что его возражения связаны с нежеланием уходить. Он поднялся с места.

— Поступайте как хотите, — сказал он. — Я иду домой.

В ту ночь преподобный Ратланд Гаррисон умер во сне.

23

После своего последнего выступления в Нью-Йорке Бик стал раздражительным.

— Старик невзлюбил меня, Опал, — сказал он. — Завидует такому количеству писем и звонков в мой адрес. Я звонил одному из членов совета, чтобы узнать, почему меня больше не приглашают, и он сказал мне, в чем дело.

— Может, нам лучше остаться здесь, в Джорджии, Бик, — предложила Опал.

Встретив его презрительный взгляд, она отвела глаза. Опал сидела в гостиной за столом, заваленным письмами.

— Как на этой неделе обстоят дела с пожертвованиями?

— Очень хорошо.

Выступая каждый четверг по местному радио и на собраниях, Бик призывал делать пожертвования на благотворительные цели во всем мире. Право распоряжаться этими средствами имели лишь они с Опал.

— Ничего хорошего по сравнению с тем, что имеет «Церковь в эфире» после каждого моего выступления.

Двадцать восьмого октября им позвонили из Нью-Йорка. Когда Бик положил трубку и посмотрел на Опал, его глаза сияли.

— Гаррисон прошлой ночью умер. Мне предлагают стать пастором «Церкви в эфире». Они хотят, чтобы мы поскорее переехали в Нью-Йорк, и просят остановиться в «Уиндхеме», пока мы не подберем себе жилье.

Опал бросилась было к нему, но остановилась. Посмотрев на лицо Бика, она поняла, что лучше оставить его в покое. Он ушел в кабинет и закрылся. Через несколько минут до Опал долетели слабые звуки музыки, и она поняла, что он вновь достал музыкальную шкатулку Ли. Подкравшись на цыпочках к двери, Опал услышала, как высокие голоса поют: «По всему городу... Мальчики и девочки...»

24

Было так трудно скрывать от Сары свой страх. Лори перестала рассказывать ей и доктору Карпентеру о своем сне. Никто, даже Сара, не способен понять, что этот нож подбирался к ней все ближе и ближе.

Доктор Карпентер хотел ей помочь, но Лори следовало быть очень осторожной. Иногда проведенный с ним час пролетал почти незаметно, и она понимала, что успела рассказать ему о том, чего сама не помнила.

Она очень уставала последнее время. Несмотря на то что почти каждый вечер Лори допоздна занималась, ей стоило больших усилий справляться со всеми заданиями. Иногда, обнаружив тетрадь с выполненной работой у себя на столе, она даже не помнила, когда это сделала.

Все чаще мысли громко раздавались в ее голове, словно какие-то люди выкрикивали их в просторном помещении. Один из голосов утверждал, что она своими капризами и глупостью причиняет всем только неприятности, и велел ей не болтать лишнего доктору Карпентеру. Часто в голове Лори плакал какой-то ребенок: иногда его плач звучал очень тихо, а временами переходил в громкие рыдания и крики. Другой голос, приглушенный и страстный, будто принадлежал порнозвезде.

Труднее всего было по выходным. Их дом казался ей слишком большим и безмолвным. Ей не хотелось оставаться там одной. И Лори обрадовалась, когда Сара, решив продать его, обратилась в агентство по продаже недвижимости.

Лори чувствовала себя самой собой, лишь когда они с сестрой играли в клубе в гольф и приглашали друзей пообедать или поужинать. В такие дни она вспоминала, как играла в гольф с Грегом. Она мучительно тосковала по нему, но теперь так сильно боялась его, что страх этот заслонял всю любовь. Лори пугала сама мысль о возвращении Грега в Клинтон в январе.

25

Уже во время разговора с доктором Карпентером Джастин Донелли понял, что Сара обладает весьма незаурядной для молодой женщины стойкостью. Однако он не ожидал, что при встрече она произведет на него такое яркое впечатление.

В тот первый вечер их знакомства Сара сидела напротив него, очаровательная и полная достоинства, и лишь в ее глазах можно было прочесть ту боль и тревогу, которые она испытывала. Ее неброский, но дорогой темно-синий твидовый костюм напомнил ему о том, что во время траура считалось уместным носить именно приглушенные тона.

На Донелли также произвело впечатление, что Сара, узнав о предполагаемом диагнозе, поспешила выяснить все про это психическое расстройство еще до встречи с ним. Он был поражен, насколько глубоко она понимала, как Лори нужна поддержка.

Когда он провожал Сару до машины, у него возникло желание пригласить ее пообедать, но, придя в ресторанчик «Николас», Джастин встретил ее там. Похоже, она тоже была рада видеть его, и получилось вполне естественно, что он подсел к ней, уступив столик вошедшей вслед за ним паре.

Теперь уже тон их разговора задавала Сара. Она с улыбкой подвинула ему корзинку с булочками.

— Вы, очевидно, как и я, пообедали на ходу, — начала она. — Я занимаюсь делом об убийстве и целый день опрашивала свидетелей.

Рассказав Джастину о своей работе помощником прокурора, Сара ловко перевела разговор на него самого. Она знала, что он австралиец. Донелли стал вспоминать о своей семье и о том, как рос на овцеферме.

— Моего дедушку привезли в кандалах из Британии. Конечно, об этом не говорилось в течение нескольких поколений. Это теперь британский предок на колониальной каторге — предмет гордости австралийской семьи. Моя бабка по матери родилась в Англии, и их семья переехала в Австралию, когда ей было всего три месяца. Всю свою жизнь бабушка с тоской вздыхала по Англии. За свои восемьдесят лет она побывала там дважды. Вот вам другой пример австралийца.

И лишь когда они потягивали капучино, Джастин заговорил о том, как он начал специализироваться на лечении психических расстройств, связанных с расщеплением личности.

После этого вечера Джастин общался с Сарой и Карпентером по крайней мере раз в неделю. От доктора Карпентера он узнал, что Лори становится все более замкнутой.

— Она уходит в себя, — сказал он Джастину. — Внешне вроде бы соглашается с тем, что не должна чувствовать своей вины в смерти родителей, но я не верю ей. Она делает это для отвода глаз. Сплошные нежные воспоминания. Когда же волнуется, то начинает говорить и плакать, как маленький ребенок, и решительно отказывается от теста Роршаха.

Сара сообщила, что не замечала признаков склонности к самоубийству.

— Лори очень не любит ходить к доктору Карпентеру по субботам, — сообщила она Джастину Донелли. — Она считает, что это лишняя трата денег и что нет ничего противоестественного в том, что она сильно опечалена смертью родителей. Лори явно оживляется, когда мы ходим в клуб. Получив несколько весьма посредственных оценок в конце семестра, она попросила меня звонить ей не позже восьми часов, если мне хочется поговорить с ней вечером. Сестра не желает, чтобы ее потом отвлекали от занятий. Мне кажется, она просто не хочет, чтобы я ее проверяла.

Доктор Джастин Донелли не хотел говорить Саре, что они с Карпентером чувствовали в поведении Лори затишье перед бурей. Он продолжал настаивать на том, чтобы Сара по возможности наблюдала за ней. Всякий раз, вешая трубку, Джастин отдавал себе отчет в том, что с нетерпением ждет очередного звонка Сары. И это нетерпение уже не имело отношения к его работе.

26

Сара занималась делом об убийстве, совершенном с откровенной жестокостью: Морин Мейз, молодая женщина двадцати семи лет, была задушена девятнадцатилетним парнем, который влез в ее машину на стоянке возле железнодорожной станции.

Приближался день суда, и дело находилось на завершающей стадии. Сара внимательно вчитывалась в показания свидетелей, обративших внимание на то, что обвиняемый словно бы кого-то высматривал на станции. «Почему же никто хоть как-то не отреагировал на это? — думала Сара. — Ведь у них у всех возникло подозрение, что он что-то замышляет». Она знала, что следы на теле жертвы, свидетельствующие о ее отчаянных попытках спастись, несомненно подействуют на присяжных.

Суд начался второго декабря, но все оказалось не так просто, когда симпатичный, располагающий к себе шестидесятилетний защитник Коннер Маркус попытался разнести в пух и прах обвинение Сары. Отвечая на его умело заданные вопросы, свидетели признали, что на стоянке было темно и они не разобрали, кто именно открыл дверцу машины: подсудимый или сама Мейз.

Однако когда вопросы начала задавать Сара, все свидетели в один голос заявили, что на железнодорожной платформе Морин Мейз явно не пожелала разговаривать с подошедшим к ней Джеймсом Паркером.

Зал был переполнен. Жестокость преступления и ораторское искусство Маркуса привлекли огромное внимание прессы. Завсегдатаи судебных разбирательств заключали пари.

Сара жила в естественном для нее в последние пять лет ритме. Она мысленно произносила свои обвинительные речи за едой и даже во сне. Теперь по субботам после встреч с доктором Карпентером Лори стала возвращаться в колледж.

— Ты занята, и мне тоже полезно заняться делом, — говорила она Саре.

— Как дела с доктором Карпентером?

— Я уже начала думать, что в происшествии виноват водитель автобуса.

— Что ж, хорошие результаты.

В очередной раз позвонив доктору Донелли, Сара сказала:

— Как бы мне хотелось, чтобы все, что она говорит, оказалось правдой!

День благодарения они отметили у родственников в Коннектикуте. Все прошло лучше, чем Сара могла предположить. На Рождество они с Лори полетели во Флориду и отправились в пятидневный круиз по Карибскому морю. Купаясь в открытом бассейне на палубе теплохода, они словно забыли о Рождестве и о том, что было обычно с ним связано. И все-таки Саре хотелось, чтобы рождественские каникулы поскорее закончились и она вновь могла вернуться к своей работе в суде.

Лори большую часть времени проводила в каюте за чтением. Она записалась на курс Элана Гранта по изучению творчества писательниц эпохи королевы Виктории и хотела немного подготовиться к нему, взяв с собой старую мамину пишущую машинку и предполагая делать заметки для себя. Но Сара знала, что она еще и печатала какие-то письма, которые тут же вытаскивала из машинки и прятала, стоило Саре появиться в каюте. «Неужели Лори кем-то увлеклась? Зачем делать из этого тайну? — размышляла Сара. — Ей же двадцать один год, — одергивала она себя. — Это не твое дело».

27

В канун Рождества у профессора Элана Гранта произошла ссора с женой. Он забыл спрятать ключ от ящика письменного стола, и она наткнулась на письма. Карен потребовала у него объяснений, почему он не показал ей и почему не отдал их руководству, раз они, по его утверждению, являются нелепой выдумкой.

Сначала терпеливо, затем все с большим раздражением он старался объяснить ей:

— Карен, я просто не видел смысла огорчать тебя. Что же касается руководства, то я даже не уверен, что они написаны кем-то из студенток, хотя мне и кажется, что это именно так. Ты думаешь, декан поведет себя иначе, чем ты? Прежде всего он заинтересуется, насколько они соответствуют истине.

После Рождества, за неделю до Нового года, письма вдруг перестали приходить.

— Это лишний раз доказывает, что их писала студентка, — сказал он Карен. — А жаль, что ни одного не пришло. Можно было бы проверить по штемпелю.

Карен хотела встретить с ним Новый год в Нью-Йорке. Их пригласили на банкет в «Рейнбоу рум».

— Ты же знаешь, как я ненавижу многолюдные сборища, — возражал он. — Нас приглашали к себе Ларкины.

Уолтер Ларкин был деканом по работе со студентами.

В канун Нового года шел сильный снег. Карен позвонила мужу из своего офиса.

— Дорогой, послушай радио. Автобусы не ходят, поезда опаздывают. Как ты думаешь, что мне делать?

Элан знал, какого ответа она ждала от него.

— Постарайся не застрять на станции или посреди дороги в автобусе. Может, тебе лучше остаться в Нью-Йорке?

— А ты точно не возражаешь?

Он не возражал.

Когда Элан Грант женился, он был твердо уверен, что это на всю жизнь. Его отец ушел от матери, когда Элан был еще совсем крохотным, и он дал себе клятву, что сам никогда не поступит так с женщиной.

Карен вполне устраивало такое положение вещей. Ей нравилось жить всю неделю в Нью-Йорке, приезжая к мужу лишь на выходные. Сначала все складывалось очень хорошо. Элан Грант привык жить один и не тяготился одиночеством. Но теперь он чувствовал растущее неудовлетворение. Карен, одевавшаяся как фотомодель, была одной из самых привлекательных женщин, которых он когда-либо встречал. В отличие от него она была довольно практичной и именно поэтому полностью распоряжалась их доходами. Однако Карен давно уже не привлекала его как женщина. И он наперед знал, что придет в ее удивительно практичную головку.

«Что нас, в сущности, связывает?» — в который раз спрашивал себя Элан, собираясь в гости к декану. Потом он решил выбросить из головы этот не дававший ему покоя вопрос. Сегодня он просто приятно проведет вечер в обществе хороших друзей. Он знал всех приглашенных. Это были приятные и интересные люди. Особенно Вера Уэст, которая недавно появилась у них на факультете.

28

Из-за большого количества снега, выпавшего в начале января, территория Клинтонского колледжа была похожа на хрустальный дворец. Разнообразные снежные скульптуры, созданные руками студентов, долго сохраняли свою первозданную красоту при минусовой температуре. Но неожиданно пошел теплый дождь.

Теперь снег лишь кое-где покрывал грязно-бурую траву. Остатки наполовину растаявших снежных фигур приобрели нелепый, фантастический вид. Послеэкзаменационная эйфория вновь сменилась деловой атмосферой в аудиториях.

Лори торопливо шла по территории колледжа, направляясь в кабинет профессора Элана Гранта. Она крепко сжимала руки в карманах лыжной куртки, надетой поверх свитера с джинсами. Ее светлые рыжеватые волосы были забраны в хвост. Готовясь к консультации, она начала слегка подкрашиваться, но тут же все стерла.

«Не занимайся самообманом. Ты же уродина».

Она все чаще слышала мысли, произносимые в ее голове чьими-то голосами. Лори ускорила шаг, словно пытаясь убежать от них.

«Лори, во всем виновата ты сама. Ты виновата в том, что произошло с тобой в детстве».

Лори надеялась, что неплохо написала свою первую контрольную работу по писательницам Викторианской эпохи. Раньше у нее всегда были только хорошие оценки, но сейчас все стало настолько непредсказуемо. Иногда она получала «отлично» или «хорошо с плюсом». А то вдруг материал казался совсем незнакомым, и Лори была уверена, что недостаточно внимательно слушала на уроках. Но потом она обнаруживала конспекты, которые не помнила, когда писала.

Вдруг она увидела его, Грега. Он шел между корпусами студенческого общежития. Вернувшись на прошлой неделе из Англии, он позвонил ей. Лори крикнула, чтобы он оставил ее в покое, и бросила трубку.

Грег не заметил ее, и Лори бегом бросилась к зданию.

К счастью, коридор был пуст. Она на мгновение прислонилась головой к стене, ощутив ее прохладу.

«Испуганный котенок».

«Я не испуганный котенок», — упрямо возразила она прозвучавшей мысли. Расправив плечи, она попыталась небрежно улыбнуться какому-то студенту, вышедшему из кабинета Элана Гранта.

Лори постучала в приоткрытую дверь. От приветливого приглашения войти она почувствовала приятную теплоту и бодрость. Он всегда был так добр к ней.

Стены маленького кабинета Гранта были выкрашены в солнечно-желтый цвет. Справа от окна тянулись уставленные книгами полки. Длинный стол был завален справочниками и работами студентов. На письменном столе, где стояли лишь телефон, какой-то цветок и аквариум с единственной, бесцельно плавающей золотой рыбкой, было чисто прибрано.

Грант показал ей на стул, стоявший напротив его стола.

— Садись, Лори.

Он был одет в темно-синий свитер с белой водолазкой, и у Лори промелькнула мысль о его сходстве со священником. В руках Грант держал ее последнюю работу об Эмили Дикинсон.

— Вам не понравилось? — с тревогой спросила она.

— На мой взгляд, она великолепна. Однако я не понимаю, почему у тебя вдруг так изменилось отношение к старушке Эм.

«Ему понравилось», — подумала Лори с улыбкой облегчения.

— Но что значит «изменилось отношение»?

— Когда ты писала об Эмили Дикинсон в прошлом семестре, ты защищала ее жизнь затворницы, убедительно доказав, что ее талант мог развернуться только благодаря уходу из общества. Теперь же ты утверждаешь, что она была мучимой страхами неврастеничкой и что ее поэзия достигла бы больших высот, если бы она жила полной жизнью. И в заключение ты пишешь о том, что страстный роман с ее наставником и кумиром Чарльзом Уордсуортом пошел бы ей только на пользу. — Грант улыбнулся. — Мне тоже иногда приходила в голову эта мысль, но что заставило тебя изменить свое мнение?

«Что же, в самом деле?»

И Лори придумала.

— Может, потому, что мы с вами одинаково мыслим? Может быть, я задумалась над тем, что могло бы случиться, если бы вместо того, чтобы бояться своих чувств, она дала бы им физический выход.

— Ну хорошо, — согласился Грант. — Здесь на полях есть пара предложений... Это ты их написала?

Она даже не узнала своего почерка, но на голубой обложке тетради стояло ее имя. Она кивнула.

Профессор Грант вдруг как-то переменился. На его лице появилось задумчивое, даже несколько тревожное выражение. «Может, он просто не хочет меня расстраивать? Может, на самом деле работа ужасная?»

Золотая рыбка продолжала медленно и равнодушно плавать.

— А что случилось с остальными? — спросила она.

— Какой-то шутник их перекормил. Они все погибли. Лори, я хотел бы поговорить с тобой кое о чем...

— Я бы лучше умерла от переедания, чем разбилась в машине, а вы? По крайней мере, это без крови. Ах, простите! О чем вы хотели поговорить со мной?

Элан Грант покачал головой.

— Ничего особенного, в другой раз. Тебе по-прежнему тяжело?

Лори поняла, что он имеет в виду.

— Иногда я искренне согласна с доктором, что все случилось из-за неисправных тормозов автобуса, который превысил скорость. А иногда — нет.

Какой-то голос громко закричал у нее в голове: «Это ты украла у своих родителей остаток их жизни и те два года, когда решила помахать рукой той похоронной процессии».

Ей не хотелось плакать в присутствии профессора. Он был так добр к ней, но ведь людям надоедает постоянно подбадривать кого-то. Лори встала.

— Я... Мне нужно идти. Вы больше ничего не хотите мне сказать?

Элан Грант с тревогой смотрел ей вслед. Слишком рано было что-то утверждать, но работа, которую он держал в руках, явилась первым существенным указателем на таинственного автора писем, подписывавшегося именем «Леона».

В работе прослеживался чувственный подтекст, совершенно не свойственный обычному стилю Лори, но схожий с характером этих писем. Некоторые фразы ему даже казались знакомыми своей вызывающей откровенностью. Это еще ничего не доказывало, но теперь он мог предположить, где ему искать.

Ему трудно было представить, что автором этих писем может оказаться Лори Кеньон. Она неизменно относилась к нему с тем уважением, с которым студенты относятся к любимому преподавателю.

Уже одеваясь, Грант решил, что он не скажет о своих подозрениях ни Карен, ни руководству. Некоторые из тех писем были откровенно непристойными. И любому невинному человеку было бы крайне неловко отвечать на связанные с ними вопросы, тем более девочке, только что пережившей такую трагедию, как Лори. Выключив свет, он пошел домой.

Леона наблюдала за ним из-за густо посаженных елей, ощущая, как ногти пальцев, сжатых в кулак, впиваются ей в ладони.

Накануне вечером она опять пряталась возле его дома. Грант, как всегда, не задернул шторы, и она наблюдала за ним в течение трех часов. Около девяти Элан разогрел себе пищу и, захватив пиво, отнес все в кабинет. Усевшись в старое кожаное кресло, он скинул ботинки и положил ноги на пуфик.

Он читал биографию Джорджа Бернарда Шоу. Ей очень нравилось, как он машинально проводил рукой по волосам. Временами он так же делал и на уроке. Выпив пиво, он посмотрел на пустой стакан, пожал плечами, затем пошел на кухню и вернулся с новым.

В одиннадцать он посмотрел новости, потом выключил свет и вышел из кабинета. Она знала, что он ложится спать. Элан всегда оставлял окно открытым, но шторы в спальне были задернуты. Она почти всегда уходила после того, как он выключал свет, но как-то вечером она потянула за ручку стеклянной двери и обнаружила, что замок не защелкнулся.

И теперь она иногда по ночам проникала внутрь и, свернувшись в его кресле, представляла, что он в любую минуту может позвать ее: «Иди ко мне, милая. Мне так одиноко».

Раз или два она выжидала, пока он уснет, и на цыпочках подкрадывалась, чтобы посмотреть на него. Вчера вечером она замерзла, очень устала и ушла домой сразу, как только он выключил свет.

Замерзла и очень устала.

Замерзла.

Лори потерла руки. Как-то внезапно стемнело. Она не заметила, что уже так темно, когда всего минуту назад вышла из кабинета профессора Гранта.

29

— Риджвуд — один из самых прекрасных городков в Нью-Джерси, — рассказывала Бетси Лайенс скромно одетой женщине, просматривающей фотографии выставленных на продажу домов. — Конечно, у них и цена не маленькая, но при нынешнем положении на рынке недвижимости это будет прекрасным приобретением.

Опал задумчиво кивала. Она уже в третий раз приходила в агентство «Лайенс». Она говорила, что ее мужа переводят в Нью-Йорк и ей нужно подыскать домик где-нибудь в Нью-Джерси, Коннектикуте или Уэстчестере.

— Она должна поверить тебе, — наказывал Бик. — Всем этим агентам по недвижимости велено присматривать за потенциальными покупателями, чтобы те ничего не украли, пока их водят по домам. Так вот, всем рассказывай, что ты подыскиваешь дома в нескольких местах, затем, через один-два визита, скажешь, что в Нью-Джерси тебе понравилось больше всего. Для начала намекни, что риджвудские цены для тебя дороговаты. Потом как бы невзначай заметь, что городок тебе нравится и в принципе ты могла бы себе это позволить. А потом уж пусть она покажет тебе дом Ли как-нибудь в пятницу, когда мы выезжаем. Отвлеки ее, и тогда...

Была пятница, первая половина дня. Все шло по плану. Опал завоевала доверие Бетси Лайенс. Пора было ехать в дом Кеньонов. Домработница приходила в понедельник и в пятницу утром. К этому времени ее не будет. Старшая сестра — на работе, судебный процесс, в котором она выступала, широко освещался в прессе. Опал окажется в доме у Ли наедине с человеком, который ни о чем не подозревает.

Бетси Лайенс была привлекательной женщиной немногим старше шестидесяти лет. Она любила свою работу и хорошо с ней справлялась. Бетси часто хвасталась, что чувствует жуликов за километр.

— Я не теряю времени попусту, — говорила она своим новым агентам. — Время — деньги. Нельзя отказывать клиенту в желании посмотреть приглянувшийся ему дом лишь потому, что, на ваш взгляд, он не в состоянии позволить себе купить его. За его спиной может оказаться папочка с мешком денег. С другой стороны, не всегда принимайте всерьез тех, кто по виду может заплатить большие деньги. Некоторые жены лишь хотят проникнуть в богатые дома, чтобы посмотреть, как они обставлены. И никогда ни с кого не спускайте глаз.

Бетси Лайенс понравилось в Карле Хоккинс то, что та была с ней предельно откровенна и сразу же раскрыла свои карты. Она присматривала жилье и в других местах и особо не распространялась по поводу каждого увиденного ею дома, равно как и не выискивала в нем недостатки, в отличие от других, которые делали это независимо от своих намерений купить дом или нет. «Здесь слишком маленькие ванны». — «Ну разумеется, дорогуша, ты привыкла к бассейну в спальне».

Миссис Хоккинс задавала серьезные вопросы о заинтересовавших ее домах. У нее несомненно были деньги. Опытный агент по торговле недвижимостью сразу отметит на покупателе дорогую одежду. Ко всему прочему Бетси Лайенс чувствовала, что все может закончиться крупной сделкой.

— А вот этот дом просто очаровательный, — говорила она, показывая фотографию кирпичного фермерского дома. — В нем девять комнат, ему всего четыре года, абсолютно новый, благоустроенный участок и расположен в тихом местечке.

Опал сделала вид, что заинтересовалась и внимательно изучает информацию о доме.

— Было бы любопытно взглянуть, — медленно произнесла она. — Однако давайте посмотрим еще. А это что такое?

Она наконец увидела фотографию дома Кеньонов.

— Ну, если вам нужен красивый, уютный и просторный дом, это то, что надо! — оживленно воскликнула Лайенс. — Почти полгектара земли с бассейном; четыре большие спальни с отдельными ванными; на первом этаже гостиная, столовая, терраса, кабинет и библиотека. Общая площадь семьсот пятьдесят квадратных метров, лепнина, панельная обшивка, паркетные полы, кладовая.

— Давайте посмотрим оба этих дома сегодня утром, — предложила Опал. — С такой лодыжкой на большее меня не хватит.

Бик забинтовал ей левую лодыжку. «Скажешь агенту, что у тебя растяжение, — наставлял ее он. — А потом, когда ты спохватишься, что обронила где-то в спальне перчатку, она сама сходит за ней, оставив тебя на кухне».

— Я справлюсь насчет фермерского дома, — сказала Лайенс. — У них маленькие дети, и они просили предварительно звонить. А к Кеньонам можно ехать в любой будний день без предупреждения.

Сначала они поехали смотреть фермерский дом. Опал не забыла задать все нужные вопросы. И вот наконец они направились к дому Кеньонов. Она мысленно повторяла все, что велел ей Бик.

— Мерзкая погода, — говорила Лайенс, когда они ехали по тихим улочкам Риджвуда. — Но приятно думать, что уже скоро весна. Весной дом Кеньонов весь утопает в цветущих деревьях. Миссис Кеньон любила заниматься садом, и он цветет у них три раза в году. Счастливчик тот, кому достанется этот дом.

— А почему его продают?

Опал казалось вполне естественным задать этот вопрос.

Она ненавидела эту дорогу, напоминавшую ей о тех двух годах. Опал помнила, как сильно забилось ее сердце, когда они свернули у углового розового дома. Теперь этот дом был покрашен в белый цвет.

Лайенс понимала, что нет смысла скрывать правду. Беда в том, что многие люди старались держаться подальше от домов, обитателей которых постигло несчастье. Она действовала по принципу: лучше сказать сразу, чем если клиенты сами будут что-то выведывать и все равно узнают.

— Сейчас там живут лишь две сестры, — начала она. — Их родители погибли в сентябре в дорожной аварии — на шоссе в них врезался автобус.

Бетси постаралась сделать ударение на том, что несчастье произошло на шоссе, а не в доме.

Они уже подъезжали к дому. Бик наказал Опал подмечать абсолютно все. Он проявлял большой интерес к тому месту, где жила Ли. Они вышли из машины, и Лайенс порылась в поисках ключей.

— Это центральный вестибюль, — сказала она, открывая дверь. — Вы видите, что я имела в виду, когда говорила об ухоженности дома. Разве не прелесть?

«Помолчи ты», — хотелось сказать Опал, когда они ходили по первому этажу. Гостиная была налево. Сводчатый коридор. Огромные окна. Драпировка в голубых тонах. Темный лакированный пол с большим восточным ковром и маленьким ковриком перед камином. Опал подавила нервный смешок. «Мы увезли Ли из этой роскоши на грязную ферму. Удивительно, как это она сразу не свихнулась».

Стены библиотеки были увешаны портретами.

— Это все Кеньоны, — показала Бетси Лайенс. — Красивая пара, не правда ли? А там — акварель с изображением девочек, когда они были еще маленькими. С самого рождения Лори Сара была для нее как бы второй мамой. Не знаю, слышали ли вы об этом в Джорджии, но...

Слушая историю об исчезновении девочки семнадцать лет назад, Опал чувствовала, как бешено забилось ее сердце. На приставном столике стояла фотография Ли с девочкой постарше. Ли была в том самом розовом купальнике, который был на ней в тот день, когда они увезли ее отсюда. Казалось невероятным, что взгляд Опал упал именно на этот снимок, в то время как в комнате было множество других фотографий в рамках. Бик был прав. Господь неспроста послал их сюда, чтобы теперь уберечь их от Ли.

Она притворилась, что чихает, и, вытащив из кармана платок, уронила перчатку в спальне Ли. Ей было нетрудно определить, что это именно ее спальня, даже если бы Бетси Лайенс не сказала об этом. Стол в комнате сестры был завален юридической литературой.

Спустившись по лестнице вслед за Лайенс, Опал захотела еще раз посмотреть кухню.

— Я в восторге от кухни, — со вздохом произнесла она. — Этот дом — просто мечта. — «Уж это-то я говорю совершенно откровенно», — подумала она, забавляясь собственной мыслью. — А теперь мне, пожалуй, пора, а то моя лодыжка что-то разболелась.

Она присела на высокий стул возле стола-стойки.

— Да-да, конечно.

Бетси Лайенс уже чувствовала, что назревает сделка.

Опал полезла в карман за перчатками и недоуменно сдвинула брови.

— Я отлично помню, что, когда мы входили, их было две. — Она полезла в другой карман и вытащила оттуда носовой платок. — А, вспоминаю. Когда я чихнула, то вытащила вместе с платком и перчатку. Это было в спальне с голубым ковром.

Она начала слезать со стула.

— Подождите меня здесь, — решительно сказала Бетси Лайенс. — Я сбегаю поищу.

— Правда?

Опал подождала, пока по стихающему звуку шагов не убедилась, что Лайенс поднимается на второй этаж. Спрыгнув со стула, она бросилась к висевшим возле плиты ножам с синими ручками. Схватив самый длинный из них, нож для мяса, она бросила его в большую сумку, висевшую у нее на плече.

Когда Бетси Лайенс с торжествующей улыбкой на лице вернулась на кухню, держа в руке перчатку, Опал сидела на стуле и, слегка наклонившись, потирала лодыжку.

30

Начало недели прошло как в тумане. В четверг Сара всю ночь работала над своей заключительной речью. Она внимательно вчитывалась в дело, что-то отмечая и выписывая на отдельные карточки ключевые моменты, которыми она намеревалась воздействовать на присяжных. В спальню начал пробиваться утренний свет. В семь пятнадцать Сара прочла заключительные абзацы:

«Леди и джентльмены, мистер Маркус — опытный и талантливый защитник. Он провел большую работу с каждым из свидетелей, которые были на станции. Конечно, преступление совершено не днем, однако было не настолько темно, чтобы не разглядеть лица Джеймса Паркера. Все видели, как он подходил к Морин Мейз на железнодорожной станции и как она решительно отказалась с ним разговаривать. Все в один голос заявили, что именно Джеймс Паркер залез в тот вечер в машину Морин...

Вы видите, леди и джентльмены, неопровержимые доказательства того, что не кто иной, как Джеймс Паркер, является убийцей этой славной молодой женщины. Это он лишил мужа, мать, отца и детей Морин ее любви и преданности.

Никто из нас уже не может вернуть ее, однако уважаемый суд может вынести убийце справедливый приговор, с тем чтобы он понес заслуженное наказание».

Она ничего не упустила. Все доказательства вины Паркера были налицо. Однако Коннер Маркус был лучшим адвокатом из всех, с кем ей приходилось иметь дело. И трудно было предсказать, чью сторону примут присяжные.

Сара встала и потянулась. Во время судебных процессов у нее всегда повышалось содержание в крови адреналина, и пик приходился обычно на заключительное выступление. Она рассчитывала еще и на это.

Она вошла в ванную и включила душ, едва удерживаясь от соблазна понежиться в горячей воде. Особенно устали плечи. Но вместо этого Сара выключила горячую воду и до отказа открыла холодный кран. Со страдальческим лицом она встала под ледяную струю.

Она быстро растерлась полотенцем, накинула длинный махровый халат и, сунув ноги в шлепанцы, поспешила вниз приготовить кофе. Пока варился кофе, она сделала несколько упражнений и обвела глазами кухню. Бетси Лайенс, агент по продаже недвижимости, похоже, нашла для дома выгодного покупателя. Сара испытывала двойственное чувство, поскольку по-прежнему была не уверена в своем желании продать дом, хотя сказала Лайенс, что совсем не собирается снижать цену.

Кофе был готов. Она достала свою любимую чашку, подаренную группой сыщиков, когда она работала в отделе по расследованию преступлений на почве секса. На чашке была надпись: «Саре, сделавшей секс таким увлекательным». У мамы это не вызвало восторга.

Сара поднялась с кофе наверх и, делая из кружки маленькие глотки, слегка подкрасила губы, ресницы и подрумянила щеки. Теперь она делала это каждое утро, с нежностью вспоминая мать. «С твоего позволения, мама, я оденусь сегодня в строгом классическом стиле», — подумала она, так как знала, что Мэри одобрила бы ее серо-голубой твидовый костюм.

Волосы. Пышные, вьющиеся... нет, скорее — копна волос.

— Завтра выглянет солнце... — тихонько пропела она, наспех зачесывая их назад. — Мне бы еще красное платьице с белым воротничком да придурочную собачонку.

Она проверила свою папку. Все необходимое для заключительной речи было на месте. «Я готова», — подумала она. Сара уже почти спустилась по лестнице, когда услышала, как открывается кухонная дверь.

— Сара, это я, — крикнула Софи. Из кухни долетел звук ее шагов. — Сегодня мне нужно к стоматологу, поэтому я решила прийти пораньше. Ты выглядишь замечательно.

— Спасибо. Тебе не стоило приходить так рано. Проработав у нас десять лет, ты могла бы позволить себе время от времени отдых.

Они обменялись улыбками.

Перспектива продажи дома огорчала Софи, и она не скрывала этого.

— Конечно, может быть, вам, девочки, удастся купить квартиру где-нибудь здесь поблизости, чтобы я могла присматривать за вами, — говорила она Саре.

В это утро Софи была чем-то озабочена.

— Сара, ты помнишь тот красивый набор ножей, что висит возле плиты?

— Да, — ответила Сара, застегивая пальто.

— Ты не брала оттуда нож для чего-нибудь?

— Нет.

— Я заметила, что нет самого большого ножа для мяса. Очень странно.

— Он должен быть где-то здесь.

— Даже не знаю, где он может быть.

Саре внезапно стало как-то не по себе.

— Когда ты его видела в последний раз?

— Точно не помню. Я не увидела его в понедельник и начала искать. На кухне его нет, уверяю тебя. Понятия не имею, когда он пропал. — Софи в нерешительности замолчала. — Я не думаю, чтобы он мог зачем-то понадобиться Лори в колледже.

Софи знала про сон с ножом.

— Вряд ли. — У Сары перехватило в горле, она с трудом сглотнула. — Я побежала. — И, уже открыв дверь, она сказала: — Если ты вдруг случайно наткнешься на этот нож, позвони мне на работу, пусть мне передадут. Просто скажи: «Я нашла». Хорошо?

Она заметила на лице Софи выражение сочувствия. «Она считает, что это Лори взяла его, — подумала Сара. — Боже!»

Она бросилась к телефону и позвонила Лори. После первого же гудка в трубке раздался сонный голос Лори.

— Сара? Конечно. Прекрасно. Мне даже удалось исправить кое-какие оценки. Получила хорошие. Давай как-нибудь отметим это.

С облегчением положив трубку, Сара побежала к гаражу. В гараже, рассчитанном на четыре машины, стояла только ее. Лори всегда оставляла свою машину возле дома. Пустующее место в гараже постоянно напоминало об аварии.

Отъезжая от дома, Сара для себя решила, что с Лори, судя по ее тону, все в порядке. Сегодня же вечером она позвонит Карпентеру и Джастину

Донелли и расскажет им про нож. А теперь ей нужно на некоторое время об этом забыть. Было бы большой несправедливостью по отношению к Морин Мейз и ее близким не сделать сегодня на суде все, что в ее силах. Но зачем Лори мог понадобиться нож для мяса?

31

— Присяжные все еще совещаются, — сказала Лори доктору Карпентеру, сидя напротив него в кабинете. — Я завидую Саре. Она так предана работе, так гордится своей прокурорской должностью, что может запросто забыть обо всем, что не имеет к этому отношения.

Карпентер не отвечал. Ситуация менялась. Лори была не похожа на себя. Он впервые почувствовал в ней какую-то враждебность по отношению к Саре. В ее глазах мелькали искорки скрытой злости. У них с Сарой что-то произошло.

— Я читал об этом процессе, — мягко сказал он.

— Нисколько не сомневаюсь. Скажите пожалуйста, прокурор Сара! Но она не такая уж проницательная, какой мнит себя.

Он вновь промолчал.

— Вчера вечером, не успела я приехать домой, как явилась она. Сплошные извинения. Чувствует себя виноватой, что не встретила меня. Она ведь старшая сестра. А я ей говорю: «Послушай, Сара, я в чем-то и сама могу о себе позаботиться. Мне все-таки двадцать один, а не четыре».

— Четыре?

— Мне было именно столько лет, когда ей надо было остаться дома, вместо того чтобы идти на эту чертову вечеринку. Если бы она тогда осталась дома, меня бы не похитили.

— Ты ведь всегда считала только себя виноватой в том, что тебя увезли тогда, Лори?

— Конечно, и себя тоже. Но и старшая сестра приложила к этому руку. Готова поклясться, она ненавидит меня.

Доктор Карпентер ставил перед собой задачу добиться того, чтобы Лори в меньшей степени зависела от своей сестры, но это было нечто другое. Его пациентку словно подменили.

— За что ей тебя ненавидеть?

— У нее не остается времени на личную жизнь. Вам бы следовало заняться ее лечением. Вот было бы интересно послушать! Всю жизнь быть в роли старшей сестры. Сегодня утром я прочла ее старый дневник. Она хранит его еще с детства. Там много написано о том, как меня похитили, как я вернулась и насколько я после этого изменилась. Полагаю, я доставила ей массу неприятностей.

В голосе Лори послышалось злорадство.

— И часто ты читаешь дневники сестры?

Лори посмотрела на него с откровенной жалостью.

— Это вам интересно знать, кто о чем думает. Вам от этого легче, что ли?

Достаточно было посмотреть на ее воинственную позу: плотно сжав колени и вцепившись в подлокотники руками, Лори несколько подалась вперед, черты ее лица обострились. Куда девалось нежное встревоженное юное личико и неуверенный, как у Джекки Онассис, голос?

— Это интересный вопрос, но на него коротко не ответишь. Чем тебе досадила Сара?

— Ножом. Сара считает, что я стащила из кухни мясной нож.

— Почему она так думает?

— Лишь потому, что его нет. За каким чертом он мог мне понадобиться? Это наша домработница Софи заварила кашу. Пусть думают про меня все, что угодно, но только не это, доктор.

— Сара обвиняла тебя в этом или всего лишь спросила про нож? Это ведь две разные вещи, как ты понимаешь.

— Уж я как-нибудь отличу, когда меня в чем-то обвиняют, приятель.

— Мне казалось, что ты боишься ножей, или я ошибаюсь, Лори?

— Зовите меня лучше Кейт.

— А почему вдруг Кейт?

— Мне больше нравится имя Кейт, оно звучит взрослее, чем Лори. К тому же Кэтрин — мое второе имя.

— Это выглядит более убедительно. Тебе хочется повзрослеть? И ты сейчас чувствуешь, что тебе это удается?

— Нет. Я просто не хочу бояться ножей.

— А я был почти уверен, что ты их жутко боишься.

— Нет. Я не боюсь. Это Лори всего боится. И нож для нее — самое страшное, что можно придумать. Знаете, доктор, есть люди, которые причиняют всем вокруг только боль и горе. Малышка Лори — один из примеров.

Доктор Питер Карпентер понял, что теперь ему известно имя одного из воплощений Лори Кеньон — Кейт.

32

В субботу утром они оставили машину неподалеку от офиса доктора Карпентера. Бик специально взял в прокате последнюю модель «бьюика» того же цвета, что у Лори. Только в салоне кожаная обивка была несколько другого оттенка.

— Если кому-то придет в голову спросить, почему я открываю чужую машину, я покажу на эту, — объяснил он Опал и затем, словно отвечая на еще не заданный вопрос, добавил: — Мы же видели, что Ли никогда не запирает дверцу машины и оставляет сумку с учебниками на переднем сиденье. Я просто суну этот нож в самый низ. Неважно, когда она его увидит. Главное, что скоро. Это послужит напоминанием о том, что будет, если только она вспомнит о нас благодаря своему доктору. А теперь делай то, что от тебя требуется, Опал.

Ли всегда выходила от доктора Карпентера без пяти двенадцать. В 11.54 Опал как бы случайно заглянула в дверь служебного входа, ведущего к нему в кабинет, расположенный этажом выше. Перед ней был узкий вестибюль с лестницей. Она сделала вид, что ошиблась дверью и что ей нужен был центральный вход здания на углу Риджвуд-авеню. На лестнице никого не было. Опал быстро развернула маленький сверток, который был у нее в руках, вывалила его содержимое в центре вестибюля и вышла. Бик уже ждал ее в машине.

— Даже слепой его заметит, — сказала ему Опал.

— Никто и внимания на тебя не обратил, — заверил он ее. — А теперь мы подождем здесь минутку и посмотрим, что будет.

Лори торопливо спускалась по лестнице. Она собиралась сразу ехать в колледж. За каким чертом сюда ходить и подвергаться этим пыткам? С какой стати кто-то должен беспокоиться о нескончаемых страданиях Сары? Здесь кроется что-то еще. Пришло время поинтересоваться своей долей наследства и точно выяснить, чем она располагает. Большими средствами. После продажи дома она и слушать не захочет, чтобы кто-то распоряжался ее деньгами. Ей надоело иметь дело с этой рохлей, которая только и повторяет: «Да, Сара; нет, Сара; как скажешь, Сара».

Она спустилась с лестницы. Почувствовав под ногой что-то мягкое и скользкое, Лори взглянула вниз. На нее смотрел безжизненный глаз цыпленка. На голове слиплись редкие перышки, на перерезанной шее виднелась засохшая кровь.

До Бика и Опал донеслись крики. Бик улыбнулся.

— Знакомый голос. — Он включил зажигание и прошептал: — Ну а теперь я буду ее утешать.

33

Присяжные уже входили в зал суда, когда Сара увидела, что к ней спешит ее секретарша. По рядам пронесся слух, что решение принято, послышался шум занимаемых мест. У Сары забилось сердце, когда судья задал вопрос:

— Господа присяжные заседатели, пришли ли вы к единому мнению в отношении виновности подсудимого?

— Да, ваша честь, — ответил старший присяжный заседатель.

«Ну вот, сейчас...» — подумала Сара, стоя за столом прокурора лицом к судьям. Она почувствовала, как кто-то дернул ее за руку, и, обернувшись, увидела свою секретаршу Дженет.

— Позже, — категорично сказала она, удивившись, что Дженет решилась побеспокоить ее во время оглашения вердикта.

— Прошу прощения, Сара, но звонит какой-то доктор Карпентер. Он сообщил, что отвез вашу сестру в медицинский центр «Хэкенсэк». Она в состоянии шока.

Сара с такой силой сжала ручку, что у нее побелели костяшки пальцев. Судья смотрел на нее с явным недовольством.

— Скажите доктору, что через несколько минут я приеду туда, — прошептала она.

— Виновен ли подсудимый в совершении убийства?

— Виновен, ваша честь.

Из зала, с той стороны, где сидели родственники и друзья Джеймса Паркера, послышались крики:

— Несправедливо!

Призывая присутствующих к тишине, судья ударил по столу молотком и перешел к опросу присяжных. Их мнение было единодушным.

Просьба Джеймса Паркера о поручительстве была отклонена. Был назначен день вынесения приговора, и осужденного увели в наручниках. В заседании суда был объявлен перерыв. У Сары не было времени торжествовать свою победу. Стоявшая в коридоре Дженет уже держала в руках ее пальто и сумку.

— Вы можете сразу идти к машине.

Доктор Карпентер ждал ее в кабинете неотложной помощи. Он в двух словах объяснил, что произошло.

— Лори только вышла из моего кабинета. Спустившись на первый этаж, она вдруг закричала возле двери на улицу. Когда мы подбежали к ней, она была в обмороке. Лори находилась в глубоком шоке, но теперь приходит в себя.

— Отчего это произошло?

От трогательного участия доктора Сара почувствовала, как у нее на глаза навернулись слезы. Доктор Карпентер чем-то напоминал ей отца. Саре очень хотелось, чтобы он сейчас был с ней.

— Она, по-видимому, наступила на голову мертвого цыпленка, и у нее началась истерика, перешедшая в шоковое состояние.

— Голова мертвой курицы! В вестибюле вашего офиса!

— Да. У меня есть душевнобольной пациент, который помешан на каком-то культе, и он вполне мог сделать нечто подобное. Не испытывает ли Лори необъяснимый страх перед курами, мышами или еще какими-нибудь животными?

— Нет. Но, правда, она никогда не ест кур. Она не выносит их вкуса.

Из отгороженной занавеской части комнаты вышла медсестра.

— Вы можете войти.

Лори неподвижно лежала с закрытыми глазами. Сара дотронулась до ее руки.

— Лори...

Она медленно открыла глаза. Казалось, это стоило ей больших усилий, и Сара поняла, что Лори ввели большую дозу успокоительного. Едва слышно, но абсолютно отчетливо Лори произнесла:

— Сара, я скорее повешусь, чем вновь пойду к этому доктору.

34

Элан ел на кухне сэндвич.

— Милый, мне очень жаль, что я не смогла приехать вчера вечером, но мне было крайне необходимо приготовить свою часть для отчета Уортона.

Карен обняла его за шею. Он чмокнул ее в щеку и высвободился из объятий.

— Ничего страшного. Хочешь перекусить?

— Если бы ты подождал, я бы сама приготовила.

— Я же не знал, когда ты приедешь. Ты могла приехать часом позже.

— Ты всегда был непритязателен в еде.

Карен Грант налила из графина кьянти и передала стакан Элану. Она чокнулась с ним.

— Твое здоровье, милый.

— За здоровье, — невесело отозвался он.

— Эй, профессор, что-то не так?

— Лишь то, что час назад я точно понял: таинственная Леона, писавшая все эти письма, — Лори Кеньон.

От изумления Карен открыла рот.

— Ты уверен в этом?

— Да. Я проверял работы. В ее работе была записка о том, что компьютер вышел из строя и ей пришлось воспользоваться пишущей машинкой, которую она держит на всякий случай. Это, без сомнения, та самая машинка, на которой напечатаны все эти письма, включая то, что пришло вчера.

Достав письмо из кармана, он протянул его Карен. В нем было написано:

«Элан, дорогой мой!

Я никогда не забуду сегодняшнего вечера. Я очень люблю смотреть на тебя спящего. Мне нравится смотреть, как ты ворочаешься во сне, стараясь устроиться поудобнее, как натягиваешь на себя простыни. Зачем тебе в комнате такой холод? Я немного прикрыла окно. Ты заметил это, милый? Наверняка нет. Иногда ты напоминаешь мне типичного рассеянного профессора. Но только иногда. Никогда не будь настолько рассеянным, чтобы забыть меня. Всегда помни обо мне. Если твоя жена не хочет тебя так, чтобы все время быть с тобой, то я хочу именно так.

Любящая тебя Леона».

Карен медленно перечитала письмо.

— Боже мой, Элан. Как ты думаешь, эта девочка действительно здесь побывала?

— Вряд ли. Она явно выдумывает все эти свидания у меня в кабинете. И последнее тоже.

— А я не уверена. Пойдем.

Он последовал за ней в спальню. Карен подошла к длинному окну. Взявшись за ручку, она повернула ее. Окно бесшумно открылось на улицу. Она без труда перешагнула через низкий подоконник и, оказавшись на улице, повернулась к нему. От порыва холодного ветра, взметнувшего занавеску, волосы упали ей на лицо.

— Все очень просто: хочешь — входи, хочешь — выходи, — сказала она, вновь перешагнув через подоконник. — Элан, может, она и фантазирует, но она могла побывать здесь. Ты же спишь как убитый. Я думаю, теперь тебе не стоит оставлять это окно раскрытым настежь.

— Все и так зашло слишком далеко. Еще не хватало, чтобы я менял свои привычки. Мне надо поговорить с Сарой Кеньон. Мне очень жаль Лори, но Сара должна во что бы то ни стало ей помочь.

Набрав телефон Сары и услышав сигнал автоответчика, он сказал:

— Мне крайне необходимо поговорить с вами.

Сара позвонила ему в 14.30. Карен слышала, как изменился тон Элана: официальность сменилась участием.

— Сара, что случилось? Что-нибудь с Лори? — Он подождал. — Господи, какой ужас. Сара, успокойтесь. Я понимаю, как вам тяжело. Все будет хорошо. Надо немного подождать. Нет, я всего лишь хотел узнать, как у нее дела. Конечно. Я вам еще позвоню. Счастливо.

Положив трубку, он повернулся к Карен.

— Лори в больнице. С ней случился шок, когда она выходила от психиатра. Похоже, что сейчас все в порядке, но они хотят еще подержать ее там. Сара уже на пределе.

— Лори вернется в колледж?

— Она собирается в понедельник быть на занятиях. — Он беспомощно пожал плечами. — Карен, не мог же я сейчас добавить Саре еще проблем с этими письмами.

— Ты собираешься показать их на работе?

— Конечно. Я уверен, что декан Ларкин договорится с психологом о Лори. Я знаю, что она ходит к психиатру в Риджвуде. Но, может быть, ей не помешает проконсультироваться и здесь. Бедная девочка.

35

Когда Сара в воскресенье утром приехала в больницу, Лори, лежа в кровати, читала Бергена. Она радостно приветствовала сестру.

— Неужели ты привезла мне одежду? Великолепно. Сейчас я оденусь, и мы поедем с тобой в клуб поесть.

Именно об этом она и говорила, когда час назад звонила ей по телефону.

— Ты уверена, что это не будет для тебя большой нагрузкой? — заботливо спросила Сара. — Тебе же вчера было плохо.

— Скорее это будет большой нагрузкой для тебя. Удивляюсь, Сара, как ты еще не сбежала от меня, не оставив адреса. Нет, честно, я такая обуза для тебя.

Она улыбнулась так горько и виновато, что Сара наклонилась и обняла ее.

Когда Сара шла сюда, она не знала, что ее ждет. Но это была та Лори, которую она знала, — чувствовавшая неловкость за причиненное беспокойство и готовая повеселиться.

— Ты давно не выглядела так хорошо, — искренне сказала она.

— Мне что-то дали, и я спала как убитая.

— Это легкое снотворное. Доктор Карпентер прописал тебе его с каким-то антидепрессантом.

Лори насторожилась.

— Сара, я не хочу принимать никакие таблетки, которые он пытается мне навязать. Ты знаешь, как я все это ненавижу. Впрочем, ладно. На таблетки я согласна. Но больше никаких сеансов. Никогда.

— Тебе надо будет поговорить с доктором Карпентером о возможной реакции на лекарства.

— Хорошо. Но только по телефону.

— И еще, Лори. Ты знаешь, доктор Карпентер разговаривал о тебе с одним психиатром из Нью-Йорка, доктором Донелли. Если ты не захочешь съездить к нему, ты позволишь мне самой поговорить с ним?

— Ах, Сара, мне бы этого очень не хотелось. Но если это доставит тебе удовольствие, то ради бога. — Лори спрыгнула с кровати. — Давай смотаемся отсюда.

Когда они приехали в клуб, друзья пригласили их за свой столик. Лори ела с аппетитом и была в хорошем настроении. Глядя на нее, Сара не верила, что не далее как вчера она сама была близка к отчаянию. Она поморщилась, вспомнив, как рыдала в трубку, разговаривая с этим милым профессором Грантом.

Из клуба Сара решила не возвращаться сразу домой. Когда они поехали в противоположном направлении, Лори удивленно подняла брови.

— Куда мы?

— В Глен-Рок. Это в десяти минутах от дома. Там какие-то новые кооперативные дома. Говорят, они великолепны. Я подумала, нам стоит взглянуть.

— Сара, может, нам пока лучше снять квартиру? Я имею в виду, вдруг ты устроишься работать в Нью-Йорке. У тебя ведь были предложения. Надо исходить из того, чтобы тебе было удобно добираться, а не мне. Если вдруг я начну делать успехи в профессиональном гольфе, я здесь не задержусь.

— Я не собираюсь работать в частной фирме. Лори, когда я встречаюсь с семьями несчастных жертв и вижу их горе и боль, я знаю, что не смогу работать по ту сторону, выискивая лазейки в законе, чтобы оправдать преступников. Я буду спать спокойнее, обвиняя убийц, нежели защищая их.

Им обеим понравился трехэтажный дом.

— Чудесная планировка, — заметила Сара. — Насколько мне нравится этот дом, настолько я не воспринимаю современные ванные. — Она обратилась к риелтору, сопровождавшему их. — Похоже, нашелся покупатель на наш дом. Как только мы определимся с его продажей, мы к вам вернемся.

Когда они шли к машине, Сара взяла Лори под руку. День был ясным и холодным, легкий ветерок студил лицо. Несмотря на это, чувствовалось, что до весны осталось всего несколько недель.

— Хорошее место, — сказала Сара. — И только подумай, нам не придется ухаживать за всеми этими растениями. Здорово, да?

— Отец любил копаться в земле, а мама была просто счастлива, ухаживая за садом. Интересно, почему же мы не унаследовали эту страсть? —

шутливо рассуждала Лори, с нежностью упоминая родителей.

«Неужели она уже может говорить о родителях без мучительной боли самоистязания? Дай-то Бог», — подумала Сара. Они подошли к стоянке. На ней было полно потенциальных покупателей, прослышавших о великолепных новых домах фирмы «Фокс хедж». Лори торопливо проговорила:

— Сара, я тебя кое о чем попрошу. Когда мы вернемся домой, я не хочу говорить о вчерашнем. Дома ты постоянно с озабоченным видом следишь за мной и задаешь вопросы, которые на самом деле не так невинны, какими кажутся на первый взгляд. Давай договоримся, что ты не будешь больше допрашивать меня, как я спала, что ела, встречаюсь ли я с кем-то и тому подобное. Позволь мне самой рассказывать тебе то, что мне хочется. И ты тоже будешь вести себя по тому же принципу. Ладно?

— Ладно, — как можно естественнее ответила Сара.

«Ты действительно обращалась с ней, как с маленьким ребенком, который обязан все рассказывать маме, — сказала она себе. — Может быть, и хорошо, что она стала противиться этому. Но что же произошло вчера?»

Лори словно прочла ее мысли.

— Сара, я не понимаю, почему я вчера грохнулась в обморок. Знаю только, что для меня это ужасная пытка — отвечать на наводящие вопросы доктора Карпентера, которые он расставляет как капканы. Словно пытаешься закрыть все двери и окна от непрошеного гостя, стремящегося вломиться к тебе в дом.

— Он не пытается вломиться. Он хочет помочь тебе. Но ты к этому не готова. Ну ладно, мы уже обо всем договорились.

— Хорошо.

Сара проехала мимо стоявших у ворот охранников, обратив внимание на то, что они останавливают и проверяют все въезжающие машины. Лори тоже бросилось это в глаза, и она предложила:

— Сара, давай внесем задаток за тот угловой домик. Мне бы хотелось жить здесь. С такими воротами и охраной мы будем в безопасности. Я хочу чувствовать себя в безопасности. И я больше всего боюсь, что мне это не суждено.

Они выехали на дорогу. Машина начала набирать скорость. Сара решилась задать мучивший ее вопрос.

— Поэтому ты взяла нож? Он понадобился тебе для того, чтобы чувствовать себя в безопасности? Лори, я могу понять это. Если ты только не доведешь себя до такого отчаяния, что... сделаешь что-нибудь с собой. Прости, что я спрашиваю тебя об этом, но я очень боюсь за тебя.

Лори вздохнула.

— Сара, я вовсе не собираюсь кончать жизнь самоубийством. Я понимаю, к чему ты клонишь. Мне бы очень хотелось, чтобы ты мне поверила. Клянусь тебе, я не брала этот нож.

В тот вечер, вернувшись в колледж, Лори решила разобрать свою сумку с книгами и высыпала ее содержимое на кровать. На куче учебников, блокнотов, скрепок лежало то, что было спрятано на самом дне дорожной сумки, — мясной нож из висевшего на стене кухонного набора.

Лори отшатнулась от кровати.

— Нет! Нет! Нет! — Опустившись на колени, она закрыла лицо руками. — Я не брала его, Сара, — зарыдала она. — Папа не разрешал мне играть с ножами.

В ее голове неожиданно раздался насмешливый голос:

«Закрой рот, малышка. Ты знаешь, зачем он тебе. Тебе же говорят, вонзи его себе в горло. Черт, как хочется курить».

36

Грег Беннет говорил себе, что это его абсолютно не волнует. Но на самом деле он лишь убеждал себя в том, что это не должно его волновать. В колледже было полно привлекательных девушек. А в Калифорнии их будет еще больше. В июне он закончит колледж и отправится в Стэнфорд, чтобы получить степень магистра.

В свои двадцать пять лет Грег чувствовал себя намного взрослее своих сокурсников. Он до сих пор недоумевал, как это ему в девятнадцать лет могла прийти в голову идиотская мысль бросить колледж после первого курса и стать предпринимателем. Особого вреда это, конечно, ему не причинило. Неудачный эксперимент в дальнейшем пошел ему на пользу. По крайней мере, Грег уяснил, сколь многого он еще не знает. Кроме этого, он понял, что может сделать карьеру в области международной экономики.

Всего месяц, как он вернулся из Англии, а январская тягомотина ему уже порядком надоела. Хорошо хоть, что на выходные он смог выбраться на лыжах в Кэмелбэк. Кататься по пушистому снегу было одно удовольствие.

Грег жил километрах в двух от студенческого городка в однокомнатной квартире, под которой находился гараж частного дома. Квартира была довольно уютной, и она его вполне устраивала. У него не было желания жить с кем-нибудь в комнате втроем или вчетвером, что неизбежно оборачивалось бесконечной гулянкой. Комната, в которой он жил, была чистой и просторной; на стоявшем в ней диване-кровати было удобно как сидеть, так и спать, а нехитрую еду Грег готовил себе на маленькой кухоньке.

Когда он только приехал в Клинтон, он сразу же обратил внимание на Лори. Еще бы! Но они никогда не встречались на занятиях. Года полтора назад они случайно сели рядом в кинозале. Фильм был великолепным. Когда зажегся свет, она повернулась к нему и воскликнула:

— Какая прелесть, правда?

С этого все и началось. Если такая привлекательная девушка сама сделала первый шаг к знакомству, Грег более чем охотно ухватился за это.

Однако в Лори было нечто сдерживавшее его. Он подсознательно понимал, что если будет слишком спешить, то ничего не добьется. И по этой причине их отношения в большей степени походили на дружеские. Она была очаровательна и полна живой красоты. В ней сочеталось колкое остроумие с настойчивостью и решительностью. На третьем свидании он сказал ей, что ее наверняка избаловали в детстве. Они пошли поиграть в гольф, и там было много народу. Им пришлось час подождать, и она вся исстрадалась.

— Видно, тебе никогда не приходилось ничего ждать. Держу пари, мама с папой называли тебя маленькой принцессой, — сказал он ей.

Рассмеявшись, Лори призналась, что так оно и было. В тот вечер за обедом она рассказала ему о том, как ее похитили.

— Я лишь помню, как я вышла из дома в розовом купальнике и кто-то увез меня в машине. А потом я проснулась в своей кровати. Правда, это было два года спустя.

— Прости меня за то, что я назвал тебя избалованной, — сказал он ей. — Тебя нельзя было не баловать.

— Вот меня и баловали и до, и после, — рассмеялась она. — Так что ты попал в точку.

Грег понимал, что он был для Лори хорошим другом. А для него все было не так просто. Едва ли можно довольствоваться кратковременными встречами с такой прелестной девушкой, как Лори, и, глядя на ее роскошные светлые волосы, темно-синие глаза и совершенные черты лица, не желать быть с ней рядом всегда. И в то же время, когда она начала по выходным приглашать его домой, он убедился, что она тоже влюблена в него.

И вдруг одним воскресным утром в мае прошлого года все неожиданно закончилось. Он хорошо запомнил это. Он еще спал, когда Лори вздумалось на обратном пути из церкви заехать к нему, прихватив с собой булочки, сливочный сыр и копченого лосося. Она постучала в дверь и, не услышав ответа, крикнула:

— Я знаю, что ты дома.

Накинув халат, он открыл дверь и уставился на девушку. На ней было простенькое платьице и босоножки. Лори была хороша и свежа, как само утро. Войдя, она поставила варить кофе, выложила булочки и сказала, что он может не беспокоиться по поводу неубранной постели, так как она заехала всего на несколько минут по дороге домой и после ее ухода он, если хочет, может валяться в постели хоть целый день.

Уже уходя, она обняла его за шею и чмокнула в щеку, заметив, что ему не мешало бы побриться.

— Но ты мне нравишься даже таким, — игриво сказала она. — Замечательный нос, мужественный подбородок, милый чубчик.

И, вновь поцеловав его, она направилась к двери. Вот тогда-то это и случилось. Не отдавая себе отчета, он последовал за ней и, схватив ее за руки, порывисто прижал к себе. С ней произошло чтото невообразимое. Разрыдавшись, Лори начала пинать его ногами, пытаясь оттолкнуть от себя. Отпрянув, он раздраженно спросил, какого черта она так ведет себя. Она что, приняла его за Джека Потрошителя? Лори выскочила из квартиры и больше не обращала на него внимания, сказав лишь, чтобы он оставил ее в покое.

Именно так он и хотел поступить. Вся загвоздка была лишь в том, что он не мог ее забыть, ни работая прошлым летом на практике в Нью-Йорке, ни пока учился осенью в Лондоне в финансовом институте. И теперь, когда он вернулся, она по-прежнему не хотела его видеть.

В понедельник вечером Грег зашел в студенческое кафе. Он знал, что Лори иногда бывала там. Он специально подошел к группе студенток из ее общежития.

— Это похоже на правду, — говорила та, что сидела на противоположном конце столика. — На неделе Лори часто уходит куда-то около девяти вечера. В будние дни его жена остается в Нью-Йорке. Я пробовала подколоть Лори по этому поводу, но она проигнорировала меня. Она явно с кем-то встречается, но никогда не распространяется на эту тему.

Навострив уши, Грег ненароком подвинулся поближе, чтобы лучше слышать.

— Во всяком случае, Марджи днем работает в канцелярии. Она в курсе многих сплетен и сразу почувствовала что-то, когда туда зашел наш сексапильный Элан, выглядевший несколько встревоженным.

— Я не думаю, что Элан такой уж сексуальный. Мне кажется, он просто хороший мужик.

Эти слова принадлежали темноволосой и очень рассудительной на вид студентке.

Первая сплетница отмахнулась от нее.

— Ты, может быть, и не думаешь, что он сексуальный, а многие считают именно так. По крайней мере, Лори — точно. Я слышала, что она написала ему кучу любовных писем, подписавшись именем «Леона». Он передал все эти письма руководству, заявив, что это плод ее воображения. Может быть, он испугался, что она всем разболтает об их маленьком романе. Я думаю, что он решил предупредить вероятность скандала с женой.

— А что она там писала?

— Чего она только не писала! Судя по письмам, они встречались и у него в кабинете, и у него дома, везде, где только могли.

— Неужели?

— Его жена часто в отъезде. Так что в этом нет ничего удивительного. Помнишь, как он бросился к ней, когда Лори упала в обморок на похоронах своих родителей?

Грег Беннет даже не удосужился поднять стул, который он сшиб, устремившись к выходу из кафетерия.

37

Заглянув во вторник в почтовый ящик, Лори обнаружила там записку с просьбой позвонить декану по работе со студентами, чтобы договориться с ним о встрече в ближайшее время. «Что бы это могло значить?» — удивилась Лори. Когда она позвонила, секретарша спросила ее, сможет ли она прийти к декану в три часа после обеда.

В прошлом году в конце лыжного сезона она купила на распродаже голубую с белым лыжную куртку. В этом году куртка так и провисела всю зиму у нее в шкафу. «Надеть, что ли? — подумала Лори, снимая ее с вешалки. — Как раз для этой погоды, она довольно симпатичная, и будет хоть какая-то польза от нее». Она надела ее с джинсами и белым свитером с высоким воротником.

Уже перед самым выходом Лори собрала волосы в пучок. Так она больше похожа на серьезную выпускницу, которая собирается покинуть стены родного колледжа, чтобы вступить в большую жизнь. Может быть, оказавшись среди взрослых, при деле, она избавится от своих детских страхов.

Это был один из тех холодных и ясных дней, когда ей хотелось глубоко вздохнуть и расправить плечи. Она испытывала большое облегчение при мысли о том, что в субботу утром ей не придется сидеть в этом проклятом кабинете доктора Карпентера, который, притворяясь добрым, все время до чего-то допытывался.

Она помахала рукой группе студенток из общежития, и ей показалось, что они как-то насмешливо посмотрели в ее сторону. «Не придумывай всякую чушь», — сказала она себе.

Нож. Как он оказался на дне ее сумки? Ведь она точно не клала его туда. Но поверит ли ей Сара? «Послушай, Сара, эта штуковина как-то затесалась между моих книг. Вот, возьми. Вопрос исчерпан».

Однако Сара справедливо поинтересуется: «Как же он попал к тебе в сумку?» И вероятно, вновь предложит побеседовать с доктором Карпентером.

Нож теперь лежал в рукаве старой куртки, висевшей в глубине стенного шкафа. Манжета не даст ему оттуда выпасть. Может, вообще выбросить его? И пусть тайна так и останется неразгаданной? Но отцу очень нравился этот набор ножей, он говорил, что ими можно запросто резать все, что угодно. Лори была ненавистна мысль о том, как что-то запросто перерезается.

Идя по территории колледжа в направлении административного корпуса, она размышляла о том, как ей лучше вернуть нож домой. Спрятать его в кухонном буфете? Но Сара говорила, что Софи обыскала всю кухню.

Внезапно ей пришла в голову простая и верная мысль. Софи любила все начищать до блеска. Иногда, начищая серебряные приборы, она снимала и ножи. «Ну конечно же, — подумала Лори, — я потихоньку суну нож в ящик с серебром в комоде столовой, куда-нибудь поглубже, чтобы его не было видно. Даже если Софи там смотрела, она подумает, что не заметила его. Главное, чтобы Сара решила, что такое вполне вероятно».

Это простое решение принесло ей облегчение, но вдруг насмешливый голос прокричал в ее голове: «Превосходно, Лори, однако как ты объяснишь появление ножа в твоей сумке себе самой?

Или он туда сам запрыгнул?» Услышав издевательский смешок, она непроизвольно сжала кулаки.

— Заткнись! — прошептала она с негодованием. — Убирайся и оставь меня в покое.

Декан Ларкин был не один. С ним был доктор Айовино, директор консультационного центра. Увидев его, Лори напряглась. В ее голове вновь раздался голос: «Будь осторожна. Еще один психиатр. Что они придумали на этот раз?»

Предложив ей сесть, декан стал расспрашивать ее о том, как она себя чувствует, как дела с учебой. Еще раз выразив свои соболезнования по поводу случившейся в ее семье трагедии, он дал понять, что все на факультете искренне желают, чтобы у нее все устроилось лучшим образом.

Затем он извинился и пошел к выходу, а доктор Айовино предложил ей побеседовать с ним.

Как только декан закрыл за собой дверь, доктор Айовино улыбнулся и сказал:

— Почему у тебя такой испуганный вид, Лори? Я просто хотел поговорить с тобой о профессоре Гранте. Что ты о нем думаешь?

Это было легко.

— Мне кажется, он замечательный человек, — ответила Лори. — Он превосходный педагог и хороший друг.

— Хороший друг?

— Конечно.

— Лори, у студентов часто возникает некая привязанность к кому-нибудь из преподавателей.

Нет ничего удивительного, что ты, находясь в таком положении, которое требует участия и доброты, неправильно истолковала проявление этих чувств по отношению к тебе. Что-то вообразила и приняла желаемое за действительное. Это вполне понятно.

— О чем это вы говорите?

Лори вдруг осознала, что она говорит так же раздраженно, как ее мать, когда один официант изъявил желание позвонить Лори, чтобы договориться с ней о свидании.

Психолог протянул ей пачку писем.

— Ты писала эти письма, Лори?

У нее округлились глаза, когда она бегло просмотрела их.

— Но они подписаны какой-то Леоной. Как вам взбрело в голову, что это я написала их?

— У тебя ведь есть пишущая машинка, Лори?

— Я в основном пользуюсь компьютером.

— Но тем не менее она у тебя есть?

— Да, есть. Это старая мамина портативная машинка.

— Она у тебя здесь?

— Да, на всякий случай. Я пользуюсь ею, когда ломается компьютер, а мне нужно сделать домашнее задание.

— Ты сдавала эту работу на прошлой неделе.

— Да, — ответила Лори, взглянув на нее.

— Обрати внимание, что буквы «о» и «в» на этих страницах плохо пропечатались. А теперь сравни эти буквы в письмах профессору Гранту. Все это напечатано на одной машинке.

Лори не отрываясь смотрела на доктора Айовино. Вместо его лица она вдруг увидела лицо доктора Карпентера. «Негодяи! Инквизиторы!»

Грузный доктор Айовино, внушающий всем своим видом, что все в порядке и не стоит беспокоиться, сказал:

— Лори, сравнение подписи «Леона» с рукописными заметками в твоей работе говорит о том, что они написаны одной и той же рукой.

Знакомый голос крикнул: «Он не только психиатр. Он еще и графолог».

Лори встала.

— Дело в том, доктор Айовино, что я многим давала пользоваться этой машинкой. На мой взгляд, этот разговор оскорбителен для меня. Меня поражает, что профессору Гранту могло взбрести в голову, будто всю эту гадость написала я. Меня поражает и то, что вы пригласили меня обсуждать это. Моя сестра прокурор. И я наблюдала, как она работает в суде. Она бы разнесла в пух и прах подобные доказательства предполагаемой вами моей причастности к этим отвратительным излияниям.

Она швырнула ему письма через стол.

— Я жду письменных извинений. И если это станет общеизвестным, как становится известным все, что бы ни происходило в этом кабинете, я потребую публичных извинений и опровержения этих немыслимых обвинений. Что же касается профессора Гранта, я считала его хорошим другом, человеком, на которого я могла положиться в трудной ситуации. Нет сомнений, что я ошиблась. Очевидно, правы те, которые называют его «сексапильным Эланом» и болтают о том, что он флиртует со студентками. Я намерена сама сказать ему об этом, и немедленно.

Повернувшись, она стремительно вышла из кабинета.

Занятия, которые вел Элан Грант, начинались в 15.45. Сейчас было 15.30. В любом случае она встретит его в коридоре. Уже поздно идти к нему в кабинет.

Когда Элан шел по коридору, она стояла и ждала его. Направляясь к аудитории, Грант приветливо здоровался со студентами, пока не заметил Лори.

— Здравствуй, Лори.

По его голосу чувствовалось, что он нервничает.

— Профессор Грант, как вам пришла в голову нелепая идея о том, что эти письма написала я?

— Лори, я знаю, как тебе было тяжело и...

— И вы решили облегчить мои страдания, поведав декану Ларкину, что я в своих фантазиях сплю с вами? Вы в своем уме?

— Лори, не надо так. Посмотри, мы привлекаем к себе внимание. Может, нам лучше встретиться после урока у меня в кабинете?

— Чтобы там мы могли раздеться, я увидела бы ваше великолепное тело и удовлетворила бы свою похотливую страсть? — Лори не заботило то, что проходившие мимо останавливались и слушали их разговор. — Вы отвратительны. И вы об этом пожалеете. — Она гневно выкрикивала эти слова. — Бог свидетель, вы очень пожалеете об этом!

Протиснувшись сквозь толпу ошеломленных студентов, Лори побежала в общежитие. Заперевшись в своей комнате, она упала на кровать, слушая кричавшие в ее голове голоса.

Один говорил: «По крайней мере, ты хоть для разнообразия постояла за себя».

Другой вопил: «Как Элан мог предать меня? Его же предупреждали, чтобы он никому не показывал эти письма. Он наверняка пожалеет об этом. Хорошо, что у тебя есть нож. Красавчику болтуну больше никогда не придется беспокоиться из-за нас».

38

Сразу после воскресной передачи Бик и Опал вылетели в Джорджию. В тот вечер для них там устраивали прощальный банкет.

Во вторник утром они выехали на машине в Нью-Йорк. В багажнике лежали их вещи, пишущая машинка Бика и канистра с бензином, тщательно завернутая в полотенца. Это был весь их багаж.

— Когда мы подберем себе дом, то устроим там благотворительный культурный центр, — объявил Бик.

А до этого они поживут в номере в «Уиндхеме».

По пути Бик излагал Опал свои соображения.

— Я ведь рассказывал тебе о том случае, когда уже взрослая женщина кое-что вспомнила про своего папочку и он теперь в тюрьме. Она вдруг отчетливо вспомнила, что происходило в ее доме и в фургончике. А вдруг Господь, решив испытать нас, поможет Ли вспомнить отдельные моменты ее жизни с нами? Вдруг она начнет рассказывать о нашем загородном домике, о расположении комнат в нем, о маленькой лестнице наверх? Вдруг им каким-то образом удастся его найти и узнать, кто жил там в те годы? Этот дом является наглядным доказательством того, что Ли находилась там под нашей опекой. Что же касается остального, Ли несколько не в себе, и никто никогда не видел ее с нами, за исключением той кассирши, которая вряд ли сможет нас описать. Так что надо уничтожить этот дом. Так велит Господь.

Было уже темно, когда они, проехав через Бетлехем, добрались до Элмвилла. И несмотря на это, они увидели, что за прошедшие пятнадцать лет там мало что изменилось. Обшарпанная забегаловка на обочине дороги, бензоколонка, ряд старых домиков с тускло освещенными крылечками, с облупленной краской и провисшими ступенями.

Избегая центральной улицы, Бик проехал оставшиеся пять миль до их бывшего дома окольными путями. Когда они были уже близко, он выключил фары.

— Не хочу, чтобы кто-то вдруг случайно увидел эту машину, — сказал он. — Вряд ли, конечно. По этой дороге никто не ездит.

— А вдруг мы наткнемся на полицию? — забеспокоилась Опал. — Вдруг они спросят, почему у тебя выключены фары?

Бик вздохнул.

— В тебе нет веры, Опал. Господь заботится о нас. Кроме того, эта дорога ведет только к нашему домику и к болотам.

Но возле дома он заехал за деревья.

Дом казался безжизненным.

— Интересно? — спросил Бик. — Хочешь взглянуть?

— Я хочу лишь поскорее убраться отсюда.

— Пойдем со мной, Опал.

Это прозвучало как приказ.

Почувствовав, как ее ноги ступили на мерзлую землю, Опал взяла его за руку.

В доме, казалось, никто не жил. Он был абсолютно темным. Стекла были разбиты. Бик взялся за ручку двери. Она оказалась заперта. Но когда он надавил на нее плечом, дверь со скрипом подалась.

Опустив канистру с бензином на пол, Бик вытащил из кармана маленький фонарик и осветил комнату.

— Все как раньше, — заметил он. — Похоже, здесь не делали никакой перестановки. А вот то самое кресло-качалка, сидя в котором я держал Ли на коленях. Милое, прелестное дитя.

— Бик, я хочу побыстрее уйти отсюда. Здесь холодно, и это место всегда приводило меня в дрожь. На протяжении двух лет я жила в постоянном страхе, что кто-нибудь придет и увидит ее.

— Но ведь никто же не пришел. А теперь если этот дом и сохранился в ее памяти, то пусть это будет единственным местом, где он останется. Сейчас я побрызгаю здесь бензином, потом мы выйдем и ты бросишь спичку.

Они неслись в машине прочь от дома, когда первые языки пламени взметнулись над верхушками деревьев. Десять минут спустя они вновь были на шоссе. Во время своего получасового визита в Элмвилл они так и не встретили ни одной машины.

39

В понедельник Сара давала интервью корреспондентам «Нью-Йорк таймс» и «Берген рекорд» по делу Паркера.

— Конечно, он может утверждать, что жертва соблазнила его, но это будет неслыханной наглостью.

— Вы жалеете о том, что не потребовали смертного приговора?

— Если бы я была уверена, что присяжные меня поддержат, я бы потребовала его. Паркер выследил Мейз. Он загнал ее в угол. Он убил ее. Разве это не хладнокровное преднамеренное убийство?

В кабинете ее поздравил окружной прокурор, ее босс.

— Коннер Маркус является одним из лучших защитников по уголовным делам, Сара. Ты проделала адскую работу. Ты могла бы сделать себе огромное состояние, если бы пошла в адвокаты.

— Защищать преступников? Исключено!

Во вторник утром не успела Сара сесть за стол, как зазвонил телефон. Бетси Лайенс, агент по продаже недвижимости, взахлеб рассказывала новости. Появился еще один потенциальный покупатель дома с серьезными намерениями. Но дело в том, что женщина была беременна и хотела устроиться на новом месте до рождения ребенка. Их интересовало, как быстро они смогут переехать, если решат купить дом.

— Когда им будет угодно, — ответила Сара.

Как только она это сказала, то сразу почувствовала, словно гора свалилась у нее с плеч. Ту мебель, которую они с Лори собирались оставить себе, можно было отвезти пока на склад.

В дверях показался Том Байерс, тридцатилетний адвокат, хорошо зарекомендовавший себя в делах, связанных с нарушением патентных прав.

— Поздравляю, Сара. Может, отметим сегодня вечером?

— С удовольствием.

Том ей очень нравился. «Будет приятно посидеть с ним. Но он никогда не станет для меня кемто особенным», — подумала она, и в ее памяти возникло лицо Джастина Донелли.

Сара вернулась домой в половине восьмого вечера. Том предлагал ей пойти куда-нибудь поужинать, но Сара попросила его перенести ужин на другой вечер. Целый день она отходила от напряжения, в котором пребывала на протяжении всего судебного процесса. Она сказала Тому:

— Я чувствую себя совсем разбитой.

Дома она сразу же переоделась в халат с пижамой, сунула ноги в шлепанцы и заглянула в холодильник. «Дай Бог здоровья Софи», — подумала она, увидев там приготовленное жаркое в горшочке. Нужно было только разогреть овощи, картошку и подливку, разложенные в пластиковые контейнеры.

Сара хотела отнести поднос с ужином в комнату, но тут позвонил Элан Грант. Она едва успела бодро поприветствовать его, как радость тут же улетучилась, когда он сказал:

— Сара, я уже пытался начать с вами этот разговор. Я понимаю, что, прежде чем обращаться к руководству, я должен был поставить в известность вас и Лори.

— О чем вы говорите?

Слушая его, Сара чувствовала, как у нее подкашиваются ноги. Держа в одной руке трубку, она придвинула к себе табуретку и села. Пишущая машинка. Письма, которые Лори писала, когда они были в круизе, и которые она так тщательно прятала от нее. Когда Элан Грант рассказал о скандале, который устроила ему Лори, Сара закрыла глаза, хотя предпочла бы закрыть уши.

— Сара, ей нужна помощь, ей очень нужна помощь. Я знаю, что она ходит к психиатру, но...

Сара не сказала Элану Гранту, что Лори отказалась посещать доктора Карпентера.

— Не могу выразить, как я сожалею обо всем случившемся, профессор Грант. Вы были так добры к Лори, и я понимаю, как вам сейчас нелегко. Я позвоню ей. Я постараюсь найти способ помочь ей, — проговорила она срывающимся голосом. — Благодарю вас. Всего доброго.

Немыслимо было откладывать этот разговор с Лори, но как к ней подступиться? Она набрала домашний телефон Джастина Донелли, но ей никто не ответил.

Она позвонила доктору Карпентеру. Тот задал лишь несколько коротких вопросов.

— Лори категорически отрицает, что писала эти письма? Понятно. Нет, она не лжет. Ее память блокирована. Сара, позвоните ей, ободрите ее своей поддержкой, предложите ей приехать домой. Ей не стоит сейчас встречаться с профессором Грантом. Нам нужно убедить ее побеседовать с доктором Донелли. Я понял это еще во время нашей прошлой встречи.

Про ужин было забыто. Сара позвонила Лори. Никто не подходил. Она звонила до полуночи через каждые полчаса. В конце концов она позвонила Сьюзен Граймс, студентке, которая жила в комнате напротив Лори.

В сонном голосе Сьюзен появилась тревога, как только Сара представилась. Да, Сьюзен известно о том, что произошло. Конечно же, она заглянет к Лори.

В ожидании ответа Сара поймала себя на том, что молится. «Только бы она ничего с собой не сделала. Господи, только не это». Она услышала, как взяли трубку.

— Я посмотрела. Лори крепко спит. Это точно, она ровно дышит. Хотите, чтобы я ее разбудила?

У Сары отлегло от сердца.

— Она наверняка приняла снотворное. Нет, не надо ее тревожить. Извините меня, пожалуйста, за беспокойство.

Обессиленная, Сара поднялась в спальню и тотчас уснула, уверенная в том, что, по крайней мере, ночью ей больше не надо тревожиться о Лори. Утром она сразу же позвонит ей.

40

«Да, достойное завершение сегодняшнего дня, — подумал Элан Грант, положив трубку после разговора с Сарой. — У нее был такой подавленный голос. Еще бы! Пять месяцев назад погибли ее родители, а у младшей сестры явное нервное расстройство».

Элан прошел на кухню. В углу большого буфета стояли напитки. Если не считать пива по вечерам, он не был любителем выпить, но сейчас Элан налил себе щедрую порцию водки и кинул в стакан несколько кубиков льда. Днем ему не пришлось толком пообедать, и он почувствовал, как водка обожгла горло и желудок. Надо бы что-то съесть.

В холодильнике были лишь остатки того, что он не доел накануне. Поморщившись от перспективы подобного ужина, Грант открыл морозильник и достал замороженную пиццу.

Пока она разогревалась, Элан маленькими глотками пил водку и мучился раздумьями о том, как неловко у него все это вышло с Лори Кеньон. И на декана Ларкина, и на доктора Айовино подействовали категоричные заявления Лори. Как заметил потом декан:

— Элан, мисс Кеньон совершенно права, заявляя, что этой машинкой мог воспользоваться в общежитии кто угодно, а схожесть почерка едва ли может служить доказательством, что эти письма писала именно она.

«Итак, им кажется, что я затеял дело, которое может взбудоражить весь колледж, — думал Элан. — Превосходно. А каково мне будет теперь с ней на занятиях до конца семестра? Неужели я все-таки ошибаюсь?»

Доставая пиццу из духовки, он вслух произнес:

— Я никак не мог ошибиться. Эти письма писала Лори.

В восемь часов позвонила Карен.

— Я все время думала о тебе, милый. Как у тебя дела?

— Похоже, неважно.

Они разговаривали минут двадцать, после чего Элан почувствовал себя намного лучше.

В половине одиннадцатого раздался еще один звонок.

— У меня все в порядке, — ответил он в трубку. — Хорошо, что это уже не тайна. Я собираюсь принять снотворное и лечь спать. До завтра. — И добавил: — Целую.

Нажав кнопку автоматического отключения, он настроил радио на Си-би-эс и сразу же уснул.

Элан Грант так и не услышал мягких шагов, не почувствовал, как кто-то склонился над ним. Ему не суждено было проснуться, потому что в его грудь чуть повыше сердца вонзился нож. В следующее мгновение шум всколыхнувшихся штор заглушил судорожные предсмертные вздохи.

41

Ей опять снился сон про нож, но на этот раз все было по-другому. Нож не угрожал ей. Она держала его и размахивала им вверх-вниз, вверх-вниз. Лори напряженно сидела в кровати, зажав рот рукой, чтобы не закричать. Рука была в чем-то липком. Почему? Она посмотрела вниз. Почему она все еще в джинсах и в куртке? Почему ее одежда вся в пятнах?

Ее левая рука касалась чего-то твердого. Лори сжала пальцы и тут же ощутила резкую боль в руке. Теплая кровь заструилась по ее ладони.

Она откинула простыни. Из-под подушки торчал мясной нож. Простыни были измазаны уже высохшей кровью. Что произошло? Когда она поранилась? Неужели рана так сильно кровоточила? Нет, кровь не из этой раны. Зачем она вытащила нож из шкафа? Или она все еще спит? Может, все это ей только снится?

«Не теряй ни минуты, — крикнул один из голосов. — Вымой руки. Помой нож. Спрячь его в шкаф. Делай, что я тебе говорю. Скорее. Сними с руки часы. Ремешок весь грязный. Браслет в кармане. Вымой его тоже».

«Помой нож». Ничего не видя перед собой, она бросилась в ванную, открыла краны и подставила нож под сильную струю воды.

«Убери его в шкаф». Она кинулась в спальню. «Брось часы в ящик комода. Сними с себя одежду. Стащи простыни с постели. Брось все в ванну».

Спотыкаясь, Лори вернулась в ванную комнату, переключила воду на душ и швырнула простыни в ванну. Раздеваясь, она бросала в воду всю свою одежду. Лори с ужасом смотрела, как вода становилась красной.

Она сама встала под струи воды. Простыни вздулись вокруг ее ног. Она отчаянно скребла липкие руки и лицо. Рана на ладони продолжала кровоточить даже после того, как она обмотала ее махровой салфеткой. Лори долго стояла с закрытыми глазами под душем, вода струйками стекала по волосам, лицу и телу, но она все дрожала, несмотря на то что ванная комната наполнилась паром.

Наконец Лори вылезла из ванны, замотала волосы полотенцем, надела свой длинный махровый халат и заткнула слив в ванне. Она стирала и полоскала свою одежду и постельное белье до тех пор, пока вода в ванне не стала чистой.

Она засунула все в большой пластиковый пакет, оделась и спустилась в подвал к сушилке. Лори стояла в ожидании, пока центрифуга стремительно вращалась, затем аккуратно разгладила простыни и одежду и вернулась в комнату.

«А теперь застели постель и уходи отсюда. Ты должна присутствовать на первом уроке и казаться спокойной. На этот раз ты действительно влипла в историю. Звонит телефон. Не бери трубку. Это, наверное, Сара».

Пока она шла по территории городка, ей встретились несколько студенток, одна из которых, бросившись к ней, сказала, что вся эта история похожа на откровенное сексуальное домогательство, правда несколько необычное, однако Лори не должна отступать и обязана дать достойный отпор профессору Гранту. Какая же наглость с его стороны предъявить ей подобные обвинения!

Лори рассеянно кивала, недоумевая, откуда взялся этот ребенок, который так безутешно плакал. Плач был приглушенный, словно малыш уткнулся головой в подушку. Она вдруг ясно увидела маленькую белокурую девочку, лежащую на кровати в холодной комнате. Да, это плакала она.

Лори не заметила, как остальные студентки, оставив ее, пошли на занятия. Она не видела, как они с удивлением оглядывались на нее, не слышала, как одна из них сказала:

— Она и в самом деле странная.

Лори машинально вошла в здание, поднялась в лифте на третий этаж и пошла по коридору. Проходя мимо аудитории, где по расписанию должен был начаться урок Элана Гранта, она заглянула в дверь. Человек десять, собравшись в кружок, ждали начала занятий.

— Вы зря теряете время, — сказала им Лори. — Сексапильный Элан мертв, как дверной гвоздь.

ЧАСТЬ 3

42

Не дозвонившись до Лори в среду утром, Сара вновь позвонила Сьюзен Граймс.

— Пожалуйста, оставьте на двери комнаты Лори записку, чтобы она позвонила мне на работу. Это очень важно.

В одиннадцать часов раздался звонок Лори из полиции.

Сара оцепенела. Несколько драгоценных минут ушло на то, чтобы дозвониться доктору Карпентеру, рассказать ему, что произошло, и попросить его связаться с доктором Донелли. Схватив пальто и сумочку, она бросилась к машине. Полтора часа дороги в Клинтон показались сплошным кошмаром.

В ее ушах звучал сбивчивый, полный ужаса голос Лори.

— Сара, профессора Гранта нашли убитым. Они думают, что это сделала я. Они арестовали меня и привезли в полицию. Мне разрешили сделать только один звонок.

— Как он умер? — было единственным, что она спросила.

Ответ был известен ей заранее. Элан Грант был зарезан. «Боже, Господи милосердный, почему?»

Когда Сара приехала в полицейский участок, ей сказали, что Лори допрашивают. Сара потребовала разрешения увидеться с ней.

Дежурный лейтенант знал, что она помощник прокурора. Он с сочувствием посмотрел на нее.

— Мисс Кеньон, вы же знаете, что единственным человеком, кто может быть допущен на допрос, является ее адвокат.

— Я ее адвокат, — сказала Сара.

— Вы не можете...

— С этой минуты я ухожу в отставку. Вы будете свидетелем того, как я сообщу об этом своему руководству по телефону.

Допрос проходил в маленькой комнате. Установленная в ней видеокамера была направлена на Лори, которая сидела на расшатанном деревянном стуле, неподвижно глядя в объектив. Возле нее стояли два детектива. Увидев Сару, Лори бросилась к ней.

— Сара, это какое-то безумие. Мне ужасно жаль профессора Гранта. Он был так добр ко мне. Вчера я на него очень разозлилась из-за этих писем, потому что он думал, будто это я их написала. Сара, скажи им, чтобы они нашли того, кто писал их, ту сумасшедшую, которая наверняка и убила его.

Она разрыдалась.

Сара прижала голову Лори к своему плечу и стала инстинктивно покачивать девушку, не отдавая себе отчета в том, что так делала их мать, когда пыталась успокоить их в детстве.

— Сядь, Лори, — строго произнес молодой детектив. — Она подписала свидетельское обязательство, — сказал он Саре.

Сара усадила Лори на стул.

— Я останусь здесь, с тобой. Я не хочу, чтобы ты отвечала сейчас на какие бы то ни было вопросы.

Опустив голову, Лори закрыла лицо руками, ее волосы свесились вперед.

— Можно мне поговорить с вами, мисс Кеньон? Меня зовут Фрэнк Ривз.

Сара вспомнила этого пожилого детектива. Ривз давал показания на одном из процессов. Он отвел ее в сторону.

— Боюсь, что здесь не может быть никаких сомнений. Вчера она угрожала профессору Гранту. Сегодня утром, еще до того, как его тело было найдено, она во всеуслышание заявила студентам, что он мертв. Нож, который, судя по всему, был орудием преступления, найден у нее в комнате. Лори пыталась отстирать свою одежду и постельное белье, но на них обнаружены едва заметные пятна крови. Лабораторная экспертиза окончательно подтвердит это.

— Сара.

Сара резко повернулась. Это была Лори, однако в то же время на стуле сидела не Лори. Выражение ее лица изменилось и стало совсем детским. Она говорила голосом трехлетней девочки.

— Сэаву, я хочу своего медвежонка.

Так звала ее совсем крошечная Лори.

———

Сара держала Лори за руку, когда ей было предъявлено обвинение. Судья назначил залог в сто пятьдесят тысяч долларов.

— Через несколько часов я заберу тебя отсюда, — пообещала она Лори.

С мучительной болью Сара смотрела, как уводили в наручниках ничего не понимающую Лори.

Грег Беннет зашел в здание суда, когда она оформляла документы на поручительство.

— Сара.

Она подняла на него глаза. Он был не менее потрясен и подавлен, чем она. Они не виделись несколько месяцев. Лори когда-то была так счастлива с этим приятным молодым человеком.

— Сара, Лори не способна причинить кому-то зло. Должно быть, с ней случилось что-то неладное.

— Я знаю. При защите нужно делать упор на невменяемость. Невменяемое состояние в момент убийства.

Говоря это, Сара вспомнила всех защитников, которых она разгромила в суде, когда они пытались прибегнуть к этой стратегии. Это срабатывало очень редко. В лучшем случае добивались замены смертной казни более мягким приговором.

Она почувствовала на своем плече руку Грега.

— Похоже, тебе не помешало бы выпить кофе, — сказал он ей. — Ты по-прежнему пьешь черный?

— Да.

Когда она заканчивала писать последнюю страницу ходатайства, Грег вернулся с двумя чашками горячего кофе; потом он вместе с ней подождал, пока документы проходили оформление. «Он такой хороший парень, — думала Сара. — Почему Лори влюбилась не в него? Почему в женатого мужчину? Может, она выбрала Элана Гранта как человека, способного заменить ей отца?» Когда прошел шок, Сара подумала о профессоре Гранте, она вспомнила, как он бросился к Лори, когда она упала в обморок. «Неужели он так тонко пытался увлечь ее? Увлечь ее, когда она была вне себя от горя?» Сара вдруг поняла, что продумывает вероятные варианты защиты.

В четверть седьмого Лори была выпущена под залог. Она вышла из тюрьмы в сопровождении надзирательницы, но, когда увидела сестру и Грега, у нее подкосились ноги. Он бросился к ней, чтобы поддержать. Когда Грег подхватил ее, Лори застонала, затем вдруг закричала:

— Сара, Сара, защити меня от него.

43

В среду в одиннадцать часов утра в международном бюро путешествий, расположенном в гостинице «Мэдисон армз» на Семьдесят шестой улице в восточном Манхэттене, зазвонил телефон.

Карен Грант уже собиралась выходить. Задержавшись, она бросила через плечо:

— Если это меня, скажите, что я буду минут через десять. Мне нужно сначала уладить это дело, прежде чем я займусь чем-нибудь еще.

Трубку взяла секретарша Конни Сантини.

— Международное бюро путешествий, доброе утро, — проговорила она и подождала, что ей ответят. — Карен только что вышла. Она вернется через несколько минут, — четко протараторила Конни.

Энни Уэбстер, владелица бюро, стоявшая возле картотеки, обернулась. Двадцатидвухлетняя Сантини была хорошей секретаршей, но Энни казалось, что она всегда очень сухо отвечает по телефону. «Обязательно узнай, кто звонит, — наставляла ее Энни. — Если это по делу, всегда спрашивай, можешь ли ты чем-нибудь помочь».

— Да, я уверена, она сейчас вернется, — говорила в трубку Конни. — Что-нибудь случилось?

Энни поспешила к столу Карен и, подойдя к параллельному телефону, кивнула Конни, чтобы та положила трубку.

— Это Энни Уэбстер. Чем могу быть вам полезна?

За свои шестьдесят девять лет Энни не раз приходилось узнавать по телефону печальные новости о чьих-либо родственниках или друзьях. Когда она услышала, что звонит декан Ларкин из Клинтонского колледжа, она тут же поняла, что что-то случилось с Эланом Грантом.

— Я начальница и подруга Карен, — ответила она декану. — Карен в ювелирном магазинчике, здесь же, в вестибюле. Я могу ее позвать.

Она услышала, как Ларкин, немного помолчав, неуверенно сказал:

— Может быть, мне стоит сообщить вам. Я бы приехал, но боюсь, что Карен может услышать об этом по радио или кто-то из журналистов позвонит ей еще до моего приезда...

И потрясенная Энни Уэбстер услышала новость об убийстве Элана Гранта.

— Я позабочусь об этом, — сказала она.

Со слезами на глазах Энни повесила трубку и рассказала о случившемся.

— Одна из студенток Элана писала ему любовные письма. Он передал их руководству. Вчера эта студентка устроила ему скандал с угрозами. Сегодня утром, когда Элан не пришел на занятия, эта же студентка объявила всем, что он мертв. Его нашли в постели убитым ножом в сердце. Ах, бедная Карен.

— Она идет, — сказала Конни.

Через стекло, отделявшее бюро путешествий от вестибюля, они увидели, как приближается Карен. Она шла легкой походкой, на ее лице играла улыбка. Темные волосы развевались в такт шагам. Красный с перламутровыми пуговицами костюм подчеркивал совершенство ее фигуры. По всему виду чувствовалось, что ее поход оказался удачным.

Уэбстер нервно закусила губу. Как же ей сообщить это? Сказать, что произошел несчастный случай, и подождать, пока она не узнает все в Клинтоне?

— Боже, — взмолилась она. — Дай мне силы. Карен открыла дверь.

— Они извинились, — торжествующе сказала она с порога. — Признали, что это их вина. — Тут улыбка сползла с ее лица. — Что случилось, Энни?

— Элан умер.

Уэбстер сама не поняла, как эти слова вырвались у нее.

— Элан? Умер? — бессознательно переспросила Карен, затем повторила: — Элан. Умер.

Увидев, как она смертельно побледнела, Уэбстер и Сантини бросились к ней. Подхватив под руки, они помогли ей опуститься на стул.

— Как? — спросила Карен ничего не выражающим голосом. — Авария? В его машине ослабли тормоза. Я предупреждала его. Он никогда не заботился о таких вещах.

— Карен...

Энни Уэбстер обняла ее за вздрагивающие плечи.

Все известные им подробности рассказала Конни Сантини. Она же позвонила в гараж и распорядилась, чтобы немедленно прислали машину Карен. Она собрала ее одежду, перчатки и сумку. Конни предложила поехать с ними и вести машину. Но Карен отказалась. Нужно было, чтобы кто-нибудь остался в офисе.

Карен сама села за руль.

— Ты не знаешь дороги, Энни.

Пока они ехали, она не плакала. Она говорила об Элане, словно он был еще жив.

— Он лучше всех в мире... Он такой хороший... Он самый умный из всех, кого я знала... Помню...

Уэбстер оставалось только благодарить Бога, что на дороге было не так много машин. Карен ехала словно на автопилоте. Проехав аэропорт в Ньюарке, они свернули на Семьдесят восьмую магистраль.

— Я встретилась с Эланом в одной из поездок, — говорила Карен. — Я ехала с группой в Италию. Он присоединился к нам в последнюю минуту. Это было шесть лет назад, накануне рождественских каникул. В том году умерла его мать. Он сказал мне, что ему некуда пойти на Рождество и не хочется оставаться в колледже. И к тому времени, как мы приземлились в ньюаркском аэропорту, мы уже были помолвлены. Я называла его своим сокровищем.

В полдень они подъехали к Клинтону. Увидев полицейских вокруг дома, Карен разрыдалась.

— До сих пор мне казалось, что это просто страшный сон, — прошептала она.

На подъезде к дому их остановил полицейский, но затем сразу же пропустил машину. Когда они стали выходить из машины, засверкали вспышки фотоаппаратов.

На коротком пути до входной двери Энни поддерживала Карен за талию.

Дом был полон полицейских. Они были и в гостиной, и на кухне, и в коридоре, ведущем в спальни. Карен направилась в коридор.

— Я хочу увидеть мужа, — сказала она.

Пожилой мужчина с седыми волосами остановил ее, предложив пройти с ним в гостиную.

— Я детектив Ривз, — представился он. — Очень сожалею, миссис Грант, но мы уже увезли его. Вы сможете увидеть его позже.

Карен задрожала.

— Девушка, которая убила его, где она?

— Она арестована.

— Зачем она это сделала? Мой муж был так добр к ней.

— Она заявляет, что невиновна, миссис Грант. Но в ее комнате мы нашли нож, который, вероятно, и был орудием убийства.

И тут все началось. Энни Уэбстер предвидела это. У Карен Грант вырвался сдавленный крик, похожий одновременно на смех и на рыдание, — у нее началась истерика.

44

В полдень, когда они обедали в офисе телестудии на Шестьдесят первой улице, Бик включил телевизор.

«Убийство в Клинтонском колледже на почве роковой страсти» — так было озаглавлено сообщение о нашумевшем событии дня.

У Опал перехватило дыхание, а Бик побледнел, увидев на экране детскую фотографию Лори.

«В возрасте четырех лет Лори Кеньон стала жертвой похищения. Теперь Лори, которой исполнился двадцать один год, обвиняется в убийстве любимого студентами профессора, кому, по предположению, она написала десятки любовных писем. Элан Грант был найден в постели...»

На экране появился дом, где произошло убийство. Со всех сторон он был огорожен веревками. Промелькнул снимок открытого окна.

«Считают, что Лори Кеньон проникла в спальню Элана Гранта и вышла из нее через это окно».

На улице было множество полицейских машин. Какая-то студентка с вытаращенными от волнения глазами отвечала на вопросы журналистов:

«Когда Лори устроила скандал профессору Гранту, она кричала о своих интимных отношениях с ним. Я думаю, что он пытался порвать с ней, и она просто сошла с ума».

Когда этот сюжет закончился, Бик сказал:

— Выключи телевизор, Опал.

Она послушалась.

— Она отдалась другому мужчине, — произнес Бик. — По ночам она прокрадывалась к нему в постель.

Опал не знала, как вести себя и что ему ответить. Бик весь дрожал. На его лице выступила испарина. Сняв пиджак, он закатал рукава и вытянул вперед руки, густые кудрявые волосы на которых стали пепельно-серыми.

— Помнишь, как ей было страшно, когда я протягивал к ней руки? — спросил он. — Но Ли знала, что я люблю ее. Все эти годы я не мог забыть ее. И ты тому свидетель, Опал. И сейчас, пока я так страдал все последние месяцы, видя ее, находясь от нее так близко, что мог прикоснуться к ней, опасаясь, что она расскажет обо мне этому доктору, поставив тем самым под угрозу все, ради чего я работал, она писала всякую мерзость кому-то еще.

Его широко раскрытые, ярко сверкающие глаза метали молнии. Опал сказала то, чего он ждал от нее:

— Ли должна быть наказана.

— Она будет наказана. Если твой глаз сбивает тебя с пути истинного, вырви его. Если твоя рука соблазняет тебя, отрежь ее. Ли явно находится во власти Сатаны. Мой долг — направить ее на путь искупления грехов перед Господом, заставив ее обратить нож против себя.

45

Сара вела машину по Гарден-Стейт-Парк-уэй. Сидевшая рядом Лори спала. Надзирательница обещала позвонить доктору Карпентеру и сообщить ему, что они уже едут домой. Грег предоставил Саре поддержать Лори, укоризненно повторяя:

— Лори, Лори, я никогда не делал тебе ничего плохого. Я люблю тебя. — Затем, покачав головой, он сказал Саре: — Я не понимаю.

— Я позвоню тебе, — торопливо ответила ему Сара.

Она знала, что его телефон был в записной книжке Лори. В прошлом году Лори часто звонила ему.

Доехав до Риджвуда и свернув на свою улицу, Сара со страхом увидела, что возле их дома стоят три фургончика. Репортеры с камерами и микрофонами толпились на подъезде к дому. Сара посигналила. Пропустив машину, они преследовали ее до самого входа в дом. Вздрогнув, Лори открыла глаза и огляделась.

— Сара, что делают здесь эти люди?

С облегчением Сара увидела, как открылась входная дверь. По ступенькам торопливо спустились доктор Карпентер и Софи. Протиснувшись сквозь толпу репортеров, Карпентер открыл дверцу машины и помог Лори выйти. Засверкали вспышки фотоаппаратов, и на Лори обрушился град вопросов. Карпентер и Софи почти внесли ее вверх по ступеням в дом.

Сара понимала, что она вынуждена будет сделать заявление. Выйдя из машины, она подождала, пока все микрофоны не были направлены на нее. Пытаясь заставить себя выглядеть спокойной и уверенной, она выслушивала вопросы.

— Это убийство на почве роковой страсти? Это правда, что вы бросили работу, для того чтобы защищать Лори? Считаете ли вы ее виновной?

Сара решила ответить на последний вопрос.

— Моя сестра как по закону, так и по совести не виновна ни в каком преступлении, и это будет доказано нами в суде.

Повернувшись, она стала пробираться сквозь толпу выкрикивавших вопросы журналистов. Софи ждала ее возле открытой двери. Лори лежала в комнате на кушетке, рядом стоял доктор Карпентер.

— Я дал ей сильнодействующее успокоительное, — сказал он Саре шепотом. — Надо поскорее перенести ее в спальню и уложить в постель. Я просил передать доктору Донелли, чтобы он позвонил. Сегодня он должен вернуться из Австралии.

Сара и Софи стянули с Лори через голову свитер и надели на нее ночную рубашку. Это было похоже на переодевание куклы. Лори не открывала глаз и, казалось, ничего не чувствовала.

— Я принесу еще одно одеяло, — тихо сказала Софи. — У нее ледяные руки и ноги.

Когда Сара включала ночник, до нее долетел слабый стон. Это был горький, приглушенный подушкой плач Лори.

— Она плачет во сне, — сказала Софи. — Бедная девочка.

Да, это был детский плач. Если бы Сара не смотрела на Лори, то подумала бы, что где-то плачет испуганный ребенок.

— Попроси доктора Карпентера подняться наверх.

Она чуть было инстинктивно не обняла Лори, чтобы успокоить ее, но заставила себя дождаться доктора. Подойдя к ней, он встал в полутемной комнате и начал внимательно наблюдать за Лори. Когда рыдания стихли и Лори перестала сжимать подушку, послышался ее шепот. Склонившись над ней, они прислушались.

— Я хочу к папе. Я хочу к маме. Я хочу к Саре. Я хочу домой.

46

Томазина Перкинс жила в маленьком четырех-комнатном домике в Гаррисберге, в Пенсильвании. В свои семьдесят два года она выглядела доволь-но бодро, и единственным ее недостатком можно было считать страсть поговорить о самом волну-ющем событии ее жизни — о том, какую роль она сыграла в истории с похищением Лори Кеньон. Она была той самой кассиршей, которая позвони-ла в полицию, когда у Лори началась истерика в закусочной.

Больше всего она сожалела о том, что не успе-ла как следует разглядеть ту пару и не могла вспом-нить имени, которым женщина назвала мужчину, когда они потащили Лори из кафе. Иногда Тома-зина видела их во сне, особенно мужчину, правда без лица, лишь длинные волосы, борода и сильные руки, густо покрытые волосами.

Томазина узнала об аресте Лори Кеньон из те-левизионных новостей в шесть часов. «Вот не-счастная семья, — сочувственно подумала она. — Столько бед». Кеньоны были очень благодарны ей. Она была приглашена вместе с ними на пере-дачу «Доброе утро, Америка» после возвращения Лори домой. В тот день Джон Кеньон незаметно дал ей чек на пять тысяч долларов.

Томазина надеялась, что Кеньоны будут под-держивать с ней отношения. Некоторое время она регулярно писала им длинные подробные письма, в которых описывала, как все, кто ни приходил в кафе, хотели послушать эту историю и как у них навора́чивались на глаза слезы, когда Томазина рассказывала, какой испуганной выглядела Лори и как горько она плакала.

Потом она получила от Джона Кеньона письмо. Он вновь благодарил ее за доброту, но просил больше не писать им, так как письма очень расстраивали его жену. Они все пытались вычеркнуть из памяти то страшное время.

Томазина была сильно огорчена. Ей так хотелось, чтобы они пригласили ее к себе, чтобы она могла потом рассказывать что-то новое о Лори. Но даже несмотря на то, что она продолжала посылать им рождественские поздравления, они больше ей не отвечали.

Затем, узнав о случившейся в сентябре трагедии, она послала Саре и Лори свои соболезнования и получила трогательный ответ от Сары, в котором она писала, что сам Бог, услышав их молитвы, послал им Томазину и что она благодарна ей за эти пятнадцать счастливых лет, прожитые ими со дня возвращения Лори. Поместив письмо в рамку, Томазина позаботилась о том, чтобы оно было на виду у всех посетителей кафе.

Томазина любила смотреть телевизор, особенно утром по воскресеньям. Она была очень набожной, и «Церковь в эфире» являлась ее любимой передачей. Она обожала преподобного Ратланда Гаррисона и искренне горевала, узнав о его смерти.

Преподобный Бобби Хоккинс был совершенно не похож на него. Перкинс относилась к нему с каким-то недоверием. Он вызывал у нее странное чувство. И все же в них с Карлой было что-то гипнотическое. Она не могла оторвать от них глаз. Конечно же, он был замечательным проповедником.

Она сгорала от нетерпения в ожидании воскресного утра, когда преподобный Бобби Хоккинс предложит всем зрителям протянуть руки к телевизорам и загадать свое заветное желание. Тогда бы она попросила Господа о том, чтобы арест Лори оказался ошибкой. Однако это была лишь среда, а до воскресенья ей нужно было ждать больше половины недели.

В девять часов зазвонил телефон. Это был продюсер местной телепрограммы «Доброе утро, Гаррисберг». Извинившись за поздний звонок, он спросил Томазину, не будет ли она так любезна прийти на утреннюю передачу, чтобы поговорить о Лори.

Томазина разволновалась.

— Я просматривал материалы о семье Кеньон, мисс Перкинс, — сказал продюсер. — Как жаль, что вы не смогли вспомнить имени того парня, с которым Лори была в кафе.

— Да, я понимаю, — согласилась Томазина. — Оно словно крутится где-то у меня в памяти, но он, наверное, уже умер или живет сейчас где-нибудь в Южной Америке. Так что все равно от этого не было бы толку.

— Толк был бы большой, — ответил продюсер. — Ваше показание является единственным доказательством того, что похитители Лори надругались над ней. Чтобы вызвать к ней сочувствие на суде, понадобится гораздо больше доказательств. Мы поговорим об этом завтра во время передачи.

Положив трубку, Томазина подскочила и бросилась в спальню. Она достала свое лучшее голубое платье с жакетом и внимательно осмотрела его. Слава богу, оно было без пятен. Она выложила корсет, приготовила выходные туфли и пару колготок «Алисия», купленных в «Джей Си Пенни», которые приберегала на особый случай. С тех пор как она перестала работать, она ни разу не укладывала волосы, но теперь тщательно закрутила каждую прядочку своих редеющих волос.

Уже собравшись лечь в постель, она вдруг вспомнила наставление преподобного Хоккинса молиться о совершении чуда.

Племянница Томазины подарила ей на Рождество лавандовый письменный прибор. Она вытащила его и стала искать новую ручку «Бик», недавно купленную в супермаркете. Усевшись за маленький столик, она написала длинное письмо преподобному Бобби Хоккинсу, рассказав ему все о том, что связывало ее с Лори Кеньон. Она объяснила ему, почему много лет назад отказалась подвергнуться гипнозу, чтобы вспомнить имя, которым женщина в кафе назвала мужчину. Она всегда считала, что под воздействием гипноза человек как бы передает свою душу во власть другому и что это может не понравиться Богу. Что думает по этому поводу преподобный Бобби? Она будет ждать его ответа и последует его совету.

Она написала еще одно письмо — Саре, сообщив ей о своих намерениях.

Затем, вспомнив, Томазина вложила в конверт с письмом Бобби Хоккинсу два доллара пожертвований.

47

Доктор Джастин Донелли поехал домой в Австралию на рождественские каникулы, рассчитывая пробыть там месяц. В Австралии было лето, и за эти четыре недели он погостил у родных, навестил своих друзей, повидался с бывшими коллегами и воспользовался возможностью отдохнуть и расслабиться.

Много времени он проводил с Памелой Крэбтри. Два года назад, еще до его отъезда в Соединенные Штаты, они чуть было не обручились, но затем решили, что еще к этому не готовы. Памела была талантливым невропатологом и пользовалась большим авторитетом в Сиднее.

На праздники они вместе обедали, вместе плавали на лодке, вместе ходили в театр. Но хотя он всегда с нетерпением ждал встреч с Памелой, все больше восхищался ею и любил проводить с ней время, его смущало какое-то неясное чувство разочарования. Возможно, нечто большее, чем профессиональные разногласия, отдаляло их друг от друга.

Назойливое чувство неудовлетворенности постепенно привело к тому, что он все чаще стал вспоминать Сару Кеньон. Он встречался с ней всего лишь раз, в октябре, но ему недоставало их еженедельных разговоров по телефону. Джастин жалел, что так и не решился предложить ей вновь пообедать вместе.

Незадолго до его возвращения в Нью-Йорк они с Памелой откровенно поговорили и решили, что между ними все кончено. С чувством большого облегчения Джастин Донелли сел в самолет и в среду в полдень прибыл в Нью-Йорк, уставший от долгого перелета. Придя домой, он сразу же бухнулся в постель и проспал до десяти часов вечера, затем проверил почту и телефонные звонки.

Через пять минут он уже звонил Саре. Ее голос, усталый и измученный нервным напряжением, страшно огорчил его. Джастин с ужасом выслушал, что произошло.

— Вы должны настоять на том, чтобы Лори пришла ко мне, — сказал он ей. — Завтра мне нужно будет разобраться с делами в клинике. Давайте в десять утра в пятницу.

— Она не захочет прийти.

— Ей это необходимо.

— Я знаю. — Сара помолчала, затем сказала: — Я так рада, что вы вернулись, доктор Донелли.

«Я тоже», — подумал Джастин, кладя трубку. Он понимал, что Сара еще не в полной мере осознает весь ужас создавшейся ситуации. Лори совершила убийство, находясь под влиянием одной из своих личностей, и, возможно, он уже не в состоянии помочь настоящей Лори Кеньон.

48

Брендон Моуди вернулся в Тинек, штат Нью-Джерси, в среду поздно вечером, проведя с друзьями неделю на рыбалке во Флориде. Его жена Бетти ждала его. Она рассказала ему об аресте Лори Кеньон.

Лори Кеньон! Брендон был детективом в аппарате окружного прокурора семнадцать лет назад, когда пропала четырехлетняя Лори. До отставки он работал в отделе по раскрытию убийств и хорошо знал Сару. Он включил телевизор, чтобы посмотреть одиннадцатичасовой выпуск новостей. Главное место отводилось убийству в студенческом городке. На экране мелькали дом Элана Гранта; вдова Гранта, входящая в дом в сопровождении какой-то женщины; Лори и Сара, выходящие из полицейского участка; Сара, делающая заявление перед домом Кеньонов в Риджвуде. Брендон был в ужасе от того, что он видел и слышал. Когда новости закончились, он выключил телевизор.

— Да, тяжело, — произнес он.

Тридцать лет назад, когда Брендон ухаживал за Бетти, ее отец насмешливо говорил:

— Этот цыпленок мнит себя бойцовым петухом.

И в этих словах была доля правды. Бетти всегда чувствовала, что, когда Брендон злился на что-то, по нему словно пробегал электрический разряд. Он вздергивал подбородок, его редеющие седые волосы вставали дыбом, щеки начинали пылать, а глаза из-за очков казались невероятно большими.

И в шестьдесят лет Брендон не утратил своего злого азарта, благодаря которому слыл лучшим сыщиком в аппарате прокурора. Через три дня они собирались навестить сестру Бетти в Чарлстоне. Понимая, что она сама дает ему возможность отказаться от этой поездки, Бетти спросила:

— Ты можешь что-нибудь сделать?

Брендон официально числился теперь частным детективом и брался лишь за те дела, которые его интересовали. Несмотря на свое мрачное настроение, Брендон с облегчением улыбнулся.

— Наверняка. Саре необходимо, чтобы кто-то собирал и анализировал всевозможную информацию по этому делу. На первый взгляд оно кажется очень простым. Бет, ты уже тысячу раз это слышала от меня, но я все-таки повторю. Когда принимаешься за работу с таким настроем, рассчитывать можно лишь на то, чтобы скостить несколько лет приговора. Необходимо верить в то, что твой клиент невинен как младенец. Только так можно найти смягчающие обстоятельства. Сара замечательный человек и великолепный адвокат. Я всегда говорил, что когда-нибудь у нее в руках будет судейский молоток. Но сейчас она нуждается в помощи. Ей необходимо помочь. Завтра же я встречусь с ней и предложу свои услуги.

— Если они ей нужны, — спокойно заметила Бетти.

— Нужны. И вот еще что, Бет. Ты же не любишь холод. Почему бы тебе одной не поехать в Чарлстон к Джейн?

Сняв халат, Бетти легла в постель.

— Пожалуй, я так и сделаю. Ведь ты теперь только и будешь думать об этом деле и во сне, и за едой.

49

— Карла, опиши-ка мне подробнее спальню Ли.

Опал держала в руках кофейник и собиралась налить Бику кофе. Замерев на мгновение, она аккуратно наклонила носик кофейника над его чашкой.

— Зачем тебе?

— Я неоднократно просил тебя не задавать лишних вопросов.

Это было сказано мягко, но Опал вздрогнула.

— Прости. Это прозвучало несколько неожиданно. — Она посмотрела на него через стол, пытаясь улыбнуться. — Тебе так идет этот бархатный пиджак, Бобби. Так, дай-ка вспомнить. Как я уже говорила, ее комната и комната ее сестры находятся справа от лестницы. Агент по продаже недвижимости сказала, что Кеньоны переоборудовали маленькие комнаты в ванные, значит, в каждой спальне есть ванная. В комнате Ли стоит двуспальная кровать с велюровым изголовьем, комод, письменный стол, книжный шкаф, тумбочки возле кро-

вати и стульчик. Все выглядит очень женствен-
но, белые и голубые цветочки на покрывале, на
обивке изголовья кровати и на шторах. Два довольно вместительных шкафа, вентиляция, бледно-
голубой ковер. — Она заметила, что он все еще не
удовлетворен, и прищурила глаза, словно пытаясь
сосредоточиться. — Да, на ее столе стоят семейные
фотографии, а на тумбочке возле кровати — телефон.

— А нет ли там фотографии Ли в розовом купальнике, который был на ней в тот день, когда
мы увезли ее?

— Кажется, есть.

— Кажется?

— Есть, я уверена.

— Ты что-то забыла, Карла. В прошлый раз,
когда мы говорили об этом, ты сказала, что на ниж-
ней полке книжного шкафа лежит стопка альбомов с семейными фотографиями и похоже, что Ли
просматривает их. Там должно быть много детских фотографий Ли и ее сестры.

— Да, верно.

Нервничая, Опал маленькими глотками пила
кофе. Еще несколько минут назад она говорила
себе, что все будет хорошо. Она наслаждалась роскошью прелестной гостиной в их апартаментах,
с удовольствием ощущая на себе бархат нового
платья от Диора. Подняв глаза, она увидела, что
Бик пристально смотрит на нее. Его сверкающие
глаза словно пронзали ее насквозь. С упавшим
сердцем Опал поняла, что он собирается дать ей
очередное рискованное поручение.

50

В четверг без четверти двенадцать Лори очнулась ото сна. Открыв глаза, она оглядела знакомую обстановку. В голове царила неразбериха кричавших на разные голоса мыслей. Где-то плакал ребенок. Две женщины вопили друг на друга. Одна из них визжала: «Я разозлилась на него, но я любила его и не хотела, чтобы это случилось».

Другая вторила: «Я убеждала тебя остаться в тот вечер дома. Дура. Смотри, что ты с ней сделала».

«Я никому не говорила, что он умер. Сама ты дура».

Лори зажала уши руками. О боже, может, ей все это приснилось? Неужели Элан Грант действительно умер? Неужели кто-то поверил, что это она убила его? Полицейский участок. Тюремная камера. Вспышки снимавших ее фотоаппаратов. Это же все было не с ней. А где Сара? Встав с кровати, она бросилась к двери.

— Сара! Сара!

— Она скоро вернется. — Это был голос Софи, знакомый, успокаивающий. Софи поднималась по лестнице. — Как ты себя чувствуешь?

Лори с облегчением вздохнула. Голоса в голове перестали ссориться.

— Ах, Софи, я так рада, что ты здесь. А где Сара?

— Ей надо было съездить на работу. Через пару часов она вернется. Я приготовила тебе вкусный обед: мясной бульон и салат из тунца, как ты любишь.

— Я буду только бульон, Софи. Спущусь через десять минут.

Лори пошла в ванную и включила душ. Вчера, когда она мылась под душем, она стирала простыни и одежду. Надо же, как странно. Она сделала душ настолько горячим, что струйки, словно иголочки, покалывали ей шею и плечи. Тяжелая от снотворного голова начала проясняться, и она постепенно осознала всю чудовищность случившегося. Элан Грант, этот замечательный добрый человек, был убит тем самым пропавшим ножом.

«Сара спрашивала меня, брала ли я нож, — думала Лори, закрывая краны и выходя из душа. Она завернулась в большое банное полотенце. — Потом я обнаружила нож в своей сумке. Должно быть, кто-то взял его из моей комнаты, тот же человек, что писал эти гадкие письма».

Она удивлялась, почему она не очень переживает по поводу смерти Элана Гранта. Он был так добр к ней. Когда Лори открыла дверь стенного шкафа, чтобы выбрать себе одежду, ей показалось, что она поняла, в чем причина.

Полки со свитерами. Большинство из них было куплено еще при маме. Мама находила радость в том, чтобы дарить и раздавать. Папа в шутку ахал, когда они приходили домой, обвешанные покупками: «Я финансирую всю розничную торговлю».

Лори вытерла слезы, надевая джинсы и пуловер. «После того как ты потеряла двух таких людей, у тебя не остается сил горевать по кому-то еще».

Став перед зеркалом, она начала расчесывать волосы. Их уже нужно было стричь. Но сегодня она вряд ли займется этим. Люди будут глазеть на нее, перешептываться.

— Но я же ничего не сделала, — возразила она своему отражению в зеркале.

И вновь она отчетливо вспомнила мать. Сколько раз та повторяла:

— Ах, Лори, ты так похожа на меня, когда я была в твоем возрасте.

Но у мамы никогда не было в глазах такой тревоги и такого страха, как у нее. На маминых губах всегда была улыбка. Мама делала людей счастливыми. Она никому не причиняла боли и огорчения.

«Почему ты должна брать на себя всю вину? — ехидно проскрипел чей-то голос. — Карен Грант хотела избавиться от Элана. Она под любыми предлогами оставалась в Нью-Йорке. Он был одинок. Он почти все время ужинал пиццей. Он нуждался во мне. Просто он этого еще не понимал. Я ненавижу Карен. Мне бы хотелось, чтобы она умерла».

Лори подошла к письменному столу.

Через несколько минут Софи постучала в дверь и раздался ее встревоженный голос:

— Лори, обед готов. С тобой все в порядке?

— Оставь меня, пожалуйста, в покое. В конце концов, не испарится же этот чертов бульон.

Раздраженная, она сложила только что написанное письмо и сунула его в конверт.

Около 12.30 к дому подошел почтальон. Лори смотрела из окна, как он прошел по дорожке; торопливо сбежав по лестнице, она открыла дверь, когда он был уже возле дома.

— Давайте мне почту и возьмите это.

Когда Лори закрывала дверь, из кухни выбежала Софи.

— Лори, Сара не хочет, чтобы ты куда-то выходила.

— Глупенькая, я никуда и не собиралась. Я просто взяла почту. — Лори положила руку Софи на плечо. — Софи, ведь ты побудешь со мной до возвращения Сары? Я не хочу оставаться здесь одна.

51

В среду рано вечером Карен Грант, бледная, но владеющая собой, возвращалась в Нью-Йорк вместе со своей коллегой Энни Уэбстер.

— Мне лучше уехать отсюда, — сказала она. — Будет невыносимо оставаться в этом доме.

Уэбстер предложила переночевать у нее, но Карен отказалась.

— Ты выглядишь еще более измученной, чем я. Я приму снотворное и сразу лягу спать.

Она спала крепко и долго. Когда проснулась в четверг утром, было уже около одиннадцати. На трех верхних этажах гостиницы находились квартиры. За те три года, что она жила там, Карен постепенно переоборудовала квартиру по своему вкусу: сменила скучные белесые гостиничные ковры на восточные, с преобладанием ярко-красного, синего и цвета слоновой кости; приобрела старинные светильники, шелковые подушки, изящные статуэтки, оригинальные картины молодых многообещающих художников.

Все это придавало квартире особое очарование, роскошь и индивидуальность. К тому же Карен нравились удобства жизни в гостинице, особенно обслуживание. Ей также нравилось, что в ее шкафу много модной одежды: туфли «Шарль Журдан» и «Феррагамо», шарфики «Гермес», сумочки «Гуччи». Она получала большое удовлетворение от сознания того, что одетые в форму служащие гостиницы всегда обращали внимание на то, как она одета, когда Карен появлялась из лифта.

Она встала и направилась в ванную. Пушистый махровый халат, который был ей до пят, висел на крючке. Туго затянув пояс на талии, она посмотрела на себя в зеркало. Глаза все еще были немного припухшими. Жутко было смотреть на Элана, лежавшего на столе в морге. В ее голове пронеслись все радостные мгновения их совместной жизни, воспоминания о том, как она трепетала при звуке его шагов. Слезы были искренними. Ей еще предстояло плакать, когда она увидит его лицо в последний раз. Это напомнило ей о необходимых приготовлениях. Однако не теперь, сейчас ей хотелось позавтракать. Карен позвонила по телефону, чтобы заказать завтрак. Заказы принимала Лили.

— Я очень сожалею, миссис Грант, — сказала она. — Мы все потрясены.

— Благодарю тебя. — Карен заказала как обычно: свежеприготовленный сок, фруктовый компот, кофе и миндальную булочку. — И все утренние газеты, пожалуйста.

— Хорошо.

Маленькими глоточками она начала пить кофе, когда в дверь осторожно постучали. Она поспешила открыть ее. Это был Эдвин. Его лицо с красивыми аристократическими чертами выражало заботливое участие.

— Ах, дорогая, — произнес он со вздохом.

Он заключил ее в объятия, и Карен уткнулась лицом в его мягкий кашемировый пиджак, подаренный ею на Рождество. Затем она обняла его за шею, стараясь не растрепать его тщательно причесанных светло-русых волос.

52

Джастин Донелли встретился с Лори в пятницу утром. Он уже видел ее фотографии в газетах, но все же не ожидал, что она так потрясающе хороша собой. Необыкновенная синева глаз, золотистые волосы до плеч напомнили ему принцессу из сказки. Она была просто одета — в свободные темно-синие брюки, белую шелковую блузку с высоким воротником-стойкой и голубую с белым куртку. В ней чувствовалось врожденное изящество, даже несмотря на чуть ли не осязаемый им исходивший от нее страх.

Сара сидела немного позади сестры. Лори отказалась ехать к нему одна.

— Я обещала Саре побеседовать с вами, но я смогу сделать это лишь в ее присутствии.

Возможно, это было сделано под влиянием сидевшей рядом Сары, но, как бы там ни было, Джастин не ожидал такого прямого вопроса:

— Доктор Донелли, вы думаете, что это я убила профессора Гранта?

— Ты считаешь, что у меня есть основания верить этому?

— Полагаю, у всех найдется достаточно оснований подозревать меня. Я просто-напросто не убивала его и вообще не смогла бы убить человека. Мне было унизительно узнать, что Элан Грант мог заподозрить меня в том, что я писала ему эту анонимную чушь. Но мы не убиваем из-за того, что кто-то что-то неправильно истолковывает.

— Ты сказала «мы», Лори?

Было ли это смущение или вина, промелькнувшая едва уловимо в выражении ее лица? Когда она не ответила, Джастин сказал:

— Лори, Сара рассказала тебе, что против тебя выдвинуты серьезные обвинения. Ты отдаешь себе отчет, что это за обвинения?

— Разумеется. Они нелепы, но я не слушала, когда папа с Сарой обсуждали судебные процессы, на которых она выступала, и говорили о приговорах, вынесенных подсудимым, все еще не понимающим, что это может значить.

— Вполне естественно, что ты боишься того, что тебя ждет, Лори.

Она опустила голову. Волосы свесились вперед, закрывая ее лицо. Плечи поникли. Сжав руки на коленях, она приподняла ноги так, что они висели в воздухе, не касаясь пола. Тихий плач, который Сара несколько раз слышала в течение последних дней, раздался вновь. Сара инстинктивно протянула руки к Лори, чтобы успокоить ее, но Джастин Донелли жестом остановил ее.

— Ты очень боишься, да, Лори? — мягко сказал он.

Она покачала головой из стороны в сторону.

— Ты не боишься?

Ее голова затряслась, и она произнесла, всхлипывая:

— Не Лори.

— Ты не Лори? Как же тебя тогда зовут?

— Дебби.

— Дебби. Какое хорошее имя. А сколько тебе лет, Дебби?

— Четыре года.

«Боже милостивый, — думала Сара, слушая, как доктор Донелли разговаривал с Лори, точно с маленьким ребенком. — Он прав. За те два года, что ее не было дома, с ней случилось что-то страшное. Бедная мама, она слепо верила в то, что Лори похитила какая-то мечтавшая о ребенке пара, которая любила ее и заботилась о ней. Когда она вернулась домой, я поняла, что она изменилась. Если бы ей помогли еще тогда, сидели бы мы сейчас здесь? А вдруг в Лори действительно существует совершенно другая личность, которая писала те письма и затем убила Элана Гранта? Могу ли я допустить, чтобы он узнал это? А вдруг она признается? О чем Донелли спрашивает Лори сейчас?»

— Дебби, ты очень устала?

— Да.

— Может, тебе лучше пойти к себе в комнату и отдохнуть? У тебя ведь очень уютная спальня.

— Нет! Нет! Нет!

— Хорошо, хорошо. Ты можешь остаться здесь. Может, тебе вздремнуть прямо здесь, в этом кресле? И если Лори где-нибудь поблизости, попроси ее вернуться и поговорить со мной.

Ее дыхание стало ровнее. В следующее мгновение она подняла голову, расправила плечи и, опустив ноги на пол, откинула назад волосы.

— Конечно же, я боюсь, — ответила Лори Джастину Донелли. — Но поскольку я не имею никакого отношения к убийству Элана, я знаю, что могу рассчитывать на то, что Сара докопается до истины. — Повернувшись, она улыбнулась Саре и вновь посмотрела доктору прямо в глаза. — На месте Сары я бы очень хотела быть единственным ребенком. Но есть я, и ей постоянно приходится заботиться обо мне. Сара всегда понимала.

— Что понимала, Лори?

Она пожала плечами.

— Не знаю.

— А мне кажется, знаешь.

— Нет, правда, не знаю.

Джастин понимал, что пришло время рассказать Лори о том, что Саре было уже известно. За те два года, что она пропадала, с ней случилось нечто ужасное, и потрясение было настолько велико для маленького ребенка, что она не в силах была справиться с ним одна. Кто-то пришел к ней на помощь, возможно, кто-то один или двое, а может быть, и больше. У нее произошло расщепление личности. Когда она вернулась домой, ее окружили любовью и заботой, и другим личностям не было необходимости проявлять себя, за исключением каких-то отдельных случаев. Смерть родителей вызвала у нее настолько сильные переживания, что ей вновь понадобилась помощь этих личностей.

Лори тихо слушала.

— О каком лечении идет речь?

— О гипнозе. Я хочу снять наши сеансы на видеопленку.

— А вдруг я признаюсь, что какая-то часть меня... ну, другая личность, если можно так выразиться, убила Элана Гранта? Что тогда?

Тут вступила Сара.

— Лори, я очень боюсь, что при сложившихся обстоятельствах суд неизбежно признает тебя виновной. Единственная наша надежда — это доказать наличие смягчающих вину обстоятельств или что ты не осознавала факт совершения преступления.

— Понимаю. Значит, вполне возможно, что это я убила Элана и что я писала эти письма? Не просто возможно, а вероятно. Сара, тебе известны случаи, когда обвиняемые, совершив убийство, заявляли, что страдают расщеплением личности?

— Да.

— Скольким из них при этом удалось избежать наказания?

Сара не отвечала.

— Многим, Сара? — настаивала Лори. — Одному? Двоим? Никому? Никому, да? Никого из них не оправдали. Боже мой! Ну что ж, продолжим. По крайней мере, у нас есть возможность узнать правду, хотя мне совершенно ясно, что эта правда не избавит меня от наказания.

Казалось, она едва сдерживает слезы, затем ее голос вдруг изменился, стал резким и злым.

— Но учтите, доктор, Сара всегда будет со мной. Я не останусь с вами наедине в этой комнате с закрытой дверью, и я ни за что не лягу на эту кушетку. Понятно?

— Лори, я постараюсь сделать все, чтобы тебе не было так тяжело. Ты очень хороший человек, переживший сильное нервное потрясение.

Она презрительно рассмеялась.

— Что же хорошего в этой глупой плаксе? С самого рождения она только и делала, что доставляла другим хлопоты.

— Лори, — попыталась возразить Сара.

— Полагаю, что Лори опять куда-то вышла, — спокойно заметил Джастин. — Я прав?

— Да, вы правы. Я сыта ею по горло.

— Как вас зовут?

— Кейт.

— Сколько вам лет, Кейт?

— Тридцать три. Послушайте, я вовсе не собиралась приходить. Я просто хочу предупредить вас. Не думайте, что своим гипнозом вы заставите Лори рассказать о тех двух годах. Вы зря теряете время. До встречи.

Последовала пауза. Затем Лори устало вздохнула.

— Вы не возражаете, если мы закончим нашу беседу? У меня страшно разболелась голова.

53

В пятницу утром супружеская пара, которая ждала ребенка, предложила Бетси Лайенс пятьсот семьдесят пять тысяч долларов за дом Кеньонов. Они хотели переехать сразу же. Бетси стала звонить Саре, но дозвонилась ей только после полудня. К ее великому огорчению, Сара сообщила ей, что дом не продается. Сара выразила сочувствие, однако была непреклонна.

— Я очень сожалею, миссис Лайенс. Во-первых, я считаю эту цену слишком низкой, но в любом случае я никак не могу сейчас связываться с переездом. Я понимаю, сколько труда вы вложили в это дело, но и вы должны понять меня.

Бетси Лайенс понимала. Но с другой стороны, торговля недвижимостью шла из рук вон плохо, и она рассчитывала на комиссионные.

— Мне очень жаль, — повторила Сара, — но я вряд ли смогу планировать переезд раньше осени. Сейчас у меня посетитель. Мы поговорим с вами в другой раз.

Она была в библиотеке с Брендоном Моуди.

— Я думала, что нам с Лори было бы лучше переехать на квартиру, — пояснила она детективу, — но при нынешних обстоятельствах...

— Совершенно верно, — согласился Брендон. — Вам лучше пока не заниматься продажей дома. Как только дело дойдет до суда, журналисты будут обивать ваши пороги, представляясь потенциальными покупателями, лишь бы заглянуть в дом.

— Об этом я даже не подумала, — призналась Сара. Она устало откинула со лба упавшую прядь волос. — Брендон, вы не представляете, как я рада, что вы согласны взяться за это расследование.

Она только что все ему рассказала, включая то, что произошло во время бесед Лори с доктором Донелли у него в кабинете.

Моуди делал пометки. Его высокий, сосредоточенно наморщенный лоб, увеличенные линзами очков живые карие глаза, аккуратно завязанный галстук и старомодный темно-коричневый костюм — все это придавало ему вид дотошного ревизора. Сара знала, что на этого добросовестного человека можно положиться. Занимаясь расследованием, Брендон Моуди не упускал ни малейшей детали.

Она ждала, пока он внимательно перечитывал свои записи. Это была знакомая ей процедура. Именно так они работали вместе в аппарате прокурора. Сара услышала, как Софи поднимается наверх. Хорошо. Она собиралась вновь заглянуть к Лори.

Сара вспомнила, как они возвращались домой от доктора Донелли. Лори была очень подавлена.

— Как жаль, Сара, что не я оказалась в машине, когда она столкнулась с автобусом. Мама с папой были бы сейчас живы. Ты бы работала на своей любимой работе. Я — как проклятие, приношу одни несчастья, — говорила она.

— Нет, что ты, — отвечала ей Сара. — Когда тебе было четыре года, судьба жестоко обошлась с тобой — тебя похитили и бог знает как с тобой там обращались. А теперь тебе двадцать один, и не по твоей вине на твою бедную голову столько всего обрушилось, так что перестань винить себя.

Сара заплакала. Слезы застилали ей глаза. Она отчаянно вытирала их, стараясь сосредоточить внимание на оживленной автомагистрали.

Теперь она поняла, что в какой-то мере те слезы неожиданно помогли ей. Потрясенная, полная раскаяния Лори сказала:

— Какая же я эгоистка, Сара. Скажи мне, что я могу сделать?

— Делай все, о чем просит тебя доктор Донелли, — ответила Сара. — Веди дневник, это ему поможет. Перестань противиться ему. Старайся помогать ему на сеансах гипноза.

— Хорошо, похоже, я все выяснил, — деловым тоном сказал Моуди, прервав воспоминания Сары. — Можно считать, что медицинское заключение почти готово.

Сару ободрило то, что он сделал акцент на «медицинском заключении». Ясно, что он понял, на что нужно будет делать упор при защите.

— Ты будешь бить на нервный срыв, затуманенное сознание? — спросил он.

— Да. — Она помолчала. — Что за человек был этот Грант? Он был женат. Почему его жены не было в ту ночь дома?

— Она работает в Нью-Йорке в бюро путешествий и, вероятно, всю неделю живет в городе.

— А разве в Нью-Джерси нет бюро путешествий?

— Наверное, есть.

— А не мог этот профессор, пользуясь отсутствием жены, соблазнять своих студенток?

— Мы думаем об одном и том же.

Неожиданно библиотека с пестрыми книжными шкафами из красного дерева, с семейными фотографиями, картинами, с голубым ковром восточной работы, с мягкими кожаными креслами и кушетками наполнилась привычной для Сары атмосферой, царившей в маленьком душном кабинете прокурорского офиса. Старинный английский письменный стол отца превратился в потертую реликвию, она проработала за этим столом почти пять лет.

— Недавно суд признал подсудимого виновным в изнасиловании двенадцатилетней девочки, — сказала она Моуди.

— Я думаю! — воскликнул он.

— По официальным данным, жертве двадцать семь лет. Она страдает расщеплением личности, и ей удалось убедить суд, что ее изнасиловали, когда она была в образе двенадцатилетней девочки и не могла дать добровольного согласия на половое сношение, как об этом было заявлено подсудимым. Он был признан виновным в изнасиловании человека, по заключению умственно неполноценного. Приговор был обжалован, но суть в том, что суд поверил свидетельским показаниям женщины, страдающей расщеплением личности.

Моуди подался вперед с проворностью охотничьей собаки, взявшей след.

— Ты это к тому, чтобы представить убийцу в роли жертвы?

— Да. Элан Грант был чересчур внимателен по отношению к Лори. Когда во время похоронной службы в церкви она упала в обморок, он бросился к ней. Он предложил отвезти ее домой и побыть с ней. Вспоминая все это, я думаю, не было ли его участие чрезмерным. — Она вздохнула. —

По крайней мере, это может служить отправным пунктом. Пока мы располагаем немногим.

— Для начала это очень неплохо, — уверенно сказал Моуди. — Мне нужно кое-что выяснить, а затем я отправлюсь в Клинтон и начну копать.

Вновь зазвонил телефон.

— Софи подойдет, — сказала Сара. — Дай Бог ей здоровья. Она переехала к нам. Говорит, что нас нельзя оставлять одних. Теперь давайте обговорим условия...

— Об этом мы условимся потом.

— Нет, — твердо сказала она. — Я знаю вас, Брендон Моуди.

Постучав в дверь, заглянула Софи.

— Извини за то, что помешала, Сара, это опять звонит агент по продаже недвижимости. Она говорит, что у нее важное дело.

Взяв трубку, Сара поздоровалась с Бетси Лайенс и выслушала то, что та сказала ей. Наконец она медленно произнесла:

— Думаю, что я вам обязана этим, миссис Лайенс. Но буду с вами откровенна. Эта женщина не сможет ходить сюда и осматривать дом. В понедельник утром нас не будет, так что приходите с ней в промежутке с десяти до часу, и другой возможности у нее не будет.

Положив трубку, Сара пояснила Брендону Моуди:

— Одна покупательница все никак не может решиться на покупку этого дома. Похоже, теперь она твердо настроена купить его за полную цену.

Она хочет еще раз осмотреть дом и, по ее словам, согласна ждать, пока мы не освободим его. Она будет здесь в понедельник.

54

Панихида по профессору Гранту состоялась в субботу утром в епископальной церкви Св. Луки, расположенной неподалеку от клинтонского студенческого городка. Педагоги и студенты собрались вместе, чтобы отдать последнюю дань уважения любимому преподавателю. В своем прощальном слове ректор говорил о светлом уме Элана, о его душевной теплоте и щедрости:

— Он был незаурядным педагогом. От его улыбки на душе становилось светлее... Он помогал людям становиться добрее и лучше... Он всегда чувствовал, когда кому-то было тяжело. Он всегда как-то мог помочь.

Брендон Моуди присутствовал на церемонии в качестве наблюдателя. Он с особым интересом следил за вдовой Элана Гранта, которая была одета в скромный на вид черный костюм с ниткой жемчуга. С некоторым удивлением Брендон отмечал, что с годами у него развилось безошибочное чувство моды. На преподавательскую зарплату, пусть даже с тем, что она получала в своем бюро, Карен Грант вряд ли могла себе позволить шикарно одеваться. Может быть, она или Грант получили богатое наследство? На улице было сыро и ветрено, однако она пришла в церковь без пальто. Значит, оставила его в машине. В такие дни на кладбище обычно страшно холодно.

Следуя из церкви за гробом, она плакала. «Красивая женщина», — подумал Брендон. Он с удивлением увидел, как Карен Грант с ректором и его женой села в первый лимузин. Никого из членов семьи? Ни одного близкого друга? Брендон решил продолжить свое участие в церемонии. Он пойдет на погребение.

Ответ на свой вопрос о пальто Карен Моуди получил именно там. Она вышла из лимузина в длинном норковом манто от «Блэкглама».

55

Совет «Церкви в эфире», насчитывавший двенадцать членов, собрался в первую субботу месяца. Не всем из них пришлись по душе те резкие перемены, которые произошли в часовой передаче с приходом преподобного Бобби Хоккинса. «Чудесный колодец» представлялся старшему члену совета настоящим богохульством.

Зрителям предлагалось написать в письмах о своем заветном желании. Письма помещались в «колодец», и перед заключительным гимном преподобный Хоккинс, простирая над ним руки, проникновенно молился во исполнение этих желаний. Иногда он приглашал в студию кого-либо из своих телеприхожан, обратившихся к нему за чудом, для особого благословения.

— Ратланд Гаррисон, наверное, в гробу перевернулся, — сказал Бику старейший член совета на месячном собрании собора.

Бик холодно посмотрел на него.

— Мне кажется, пожертвования значительно возросли.

— Да, но...

— Что «но»? Нами выделено больше средств больнице и дому престарелых, южноамериканским сиротским домам, о которых я всегда заботился лично. Больше людей обратились к Господу.

Он обвел глазами всех сидевших за столом членов совета.

— Принимая этот сан, я обещал расширить нашу сферу деятельности. Я проанализировал статистику. В последние несколько лет число пожертвований постоянно уменьшалось. Разве это не так?

Все молчали.

— Разве это не так? — вновь спросил он громовым голосом.

Присутствующие закивали головами.

— Вот и замечательно. В таком случае кто не со мной, тот против меня и должен покинуть этот святейший собор. Я объявляю перерыв.

Стремительно выйдя из зала, Хоккинс прошел по коридору в свой личный кабинет, где Опал разбирала почту «Чудесного колодца». Она обычно просматривала письма и отбирала самые интересные просьбы, которые Бик мог прочесть во время передачи. Затем письма складывались в одну стопку и в дальнейшем помещались в «колодец». Пожертвования откладывались отдельно, и Бик вел их учет.

Опал боялась показывать ему одно из отложенных ею писем.

— Они прозревают, Карла, — сообщил он ей. — Они постепенно понимают, что сам Господь указывает мне путь.

— Бик, — робко начала она.

Он нахмурился.

— В этих стенах ты никогда не должна...

— Я знаю. Извини. Просто... Прочти это.

Она сунула в его протянутую руку сбивчивое письмо Томазины Перкинс.

56

После похорон Карен и преподаватели факультета поехали домой к ректору колледжа, где их ждал легкий обед. Декан Уолтер Ларкин сказал Карен, что он не может себе простить того, что не разобрался, насколько тяжело была больна Лори Кеньон.

— Доктор Айовино, директор медицинского консультационного центра, тоже винит себя в этом.

— Произошла трагедия, и не стоит винить в этом ни себя, ни других, — тихо сказала Карен. —

Я должна была убедить Элана показать эти письма руководству еще до того, как он решил, что их писала Лори. И Элан не должен был оставлять окно в спальню настежь открытым. Я должна ненавидеть эту девушку, но я лишь вспоминаю о том, как Элан жалел ее.

Уолтер Ларкин всегда считал, что Карен бесчувственна и холодна, но теперь он вдруг засомневался. Слезы в ее глазах были явно непритворными.

На следующее утро за завтраком он поделился своими мыслями с женой.

— Не будь таким наивным, Уолтер, — категорично ответила Луиза. — Карен до смерти надоели как жизнь в городке, так и факультетские чаепития. Она бы давно бросила его, если бы Элан не был таким щедрым. Посмотри, как она одевается! Знаешь, что я думаю? Элан в конце концов понял, на ком он женился. Уверена, что он не собирался дольше мириться с этим. Так что несчастная девочка Кеньон подарила Карен билет на поездку первым классом в один конец до Нью-Йорка.

57

В десять часов утра в понедельник Опал пришла в агентство по продаже недвижимости. Бетси Лайенс уже ждала ее.

— Видите ли, миссис Хоккинс, — начала она, — боюсь, что сегодня у вас будет единственная возможность осмотреть дом Кеньонов, так что, пожалуйста, постарайтесь получше рассмотреть все, что вас интересует, и уточнить все необходимые детали.

Именно такое начало разговора и было нужно Опал. Бик велел ей разузнать все, что можно, о том, как развивались события.

— На эту семью свалилось столько несчастий. — Она вздохнула. — Как себя чувствует эта бедная девочка?

Бетси Лайенс с облегчением поняла, что жуткие заголовки газет, кричащие об аресте Лори Кеньон по обвинению в убийстве, похоже, не повлияли на намерение Карлы Хоккинс купить дом. В ответ на это она позволила себе быть с ней более откровенной, чем обычно.

— Можете себе представить, как взбудоражен весь город. Все им сочувствуют. Мой муж адвокат, и он говорит, что при защите им нужно делать упор на невменяемость, но доказать это будет не просто. Все годы, что я знаю Лори Кеньон, в ее поведении никогда не было ничего странного, никакого намека на умопомрачение. Сейчас нам лучше ехать, не теряя времени.

Опал всю дорогу молчала. А вдруг все это обернется против них и благодаря фотографии Ли что-то вспомнит? Но тогда она вспомнит и про угрозу Бика.

В тот день Бик выглядел действительно устрашающе. Он поощрял привязанность Ли к этому глупому цыпленку. Глаза Ли, всегда опущенные и грустные, зажигались, когда она выходила во двор. Она подбегала к цыпленку, брала его на руки и прижимала к себе. Однажды, взяв из ящика кухонного стола нож, Бик подмигнул Опал.

— Сейчас ты увидишь представление, — сказал он ей.

Выскочив на улицу, он стал размахивать ножом перед Ли. Она в страхе прижала к себе цыпленка. Протянув руку, он схватил его за шею. Цыпленок пронзительно запищал, и Ли с неожиданной храбростью попыталась отнять его у Бика. Он ударил ее так сильно, что она отлетела. И пока девочка поднималась, Бик взмахнул рукой и отсек цыпленку голову.

Опал сама похолодела от ужаса, когда он швырнул обезглавленного цыпленка к ногам Ли и тот, трепыхаясь, обрызгал ее кровью. Потом Бик поднял голову цыпленка и, нацелив нож на горло Ли, помахал им в воздухе. Его глаза грозно блестели. Жутким голосом он пообещал Ли, что с ней будет то же самое, если она когда-нибудь скажет про них хоть слово. Да, Бик был прав. Воспоминание о том дне либо заставит Ли замолчать, либо окончательно сведет ее с ума.

Молчание ее спутницы вовсе не расстраивало Бетси Лайенс. По своему опыту она знала, что перед тем, как сделать серьезную покупку, люди часто бывают сосредоточенными и задумчивыми. Однако ее настораживало то, что Карла Хоккинс ни разу не приехала посмотреть дом с мужем. Свернув к дому Кеньонов, Бетси задала ей именно этот вопрос.

— Мой муж полностью полагается на меня, — спокойно ответила Опал. — Он доверяет моему вкусу. Я хорошо знаю, что ему понравится.

— Это большой плюс вам, — тут же горячо заверила ее Бетси.

Лайенс уже собиралась вставить ключ в замочную скважину, как вдруг дверь открылась. Перед ошарашенной Опал возникла приземистая фигура в темной юбке и джемпере, которую ей представили как домработницу Софи Пероски. Если эта женщина будет таскаться за ними по всему дому, Опал может не представиться возможность засунуть куда-нибудь эту фотографию.

Однако Софи осталась на кухне, и с фотографией все оказалось гораздо проще, чем предполагала Опал. В каждой комнате она останавливалась возле окна и смотрела, куда оно выходит.

— Муж просил меня посмотреть, не слишком ли близко расположены соседние дома, — пояснила она.

На письменном столе в комнате Ли она увидела блокнот. Обложка была слегка приподнята, и из-под нее торчал кончик ручки.

— Сколько метров эта комната? — спросила она и, чтобы посмотреть в окно, наклонилась над столом.

Как она и ожидала, Бетси Лайенс полезла в сумочку за планом дома. Быстро опустив глаза, Опал незаметно открыла блокнот. Исписанными были лишь три-четыре первые страницы. Ей бросились в глаза слова: «Доктор Донелли хочет, чтобы я...» Должно быть, Ли ведет дневник. Как бы Опал хотелось прочесть эти записи!

Ей понадобилось всего несколько секунд, чтобы достать из кармана фотографию и сунуть ее между страниц блокнота. Этот снимок был сделан Биком в первый день, когда они только привезли Ли на ферму. На нем Ли стояла возле большого дерева в своем розовом купальнике, сжавшись, дрожа от холода и слез.

Бик отрезал кусок фотографии с головой Ли и прикрепил его скрепкой внизу. Теперь на этой фотографии голова Ли с опухшими от слез глазами и спутанными волосами смотрела на свое обезглавленное тело.

— Да, этот дом действительно расположен на значительном расстоянии от соседних, — заметила Опал, когда Бетси Лайенс объявила ей, что размер этой комнаты — три с половиной на пять с половиной метров, самый подходящий размер для спальни.

58

Джастин Донелли составил свой график таким образом, чтобы встречаться с Лори ежедневно с понедельника по пятницу в десять часов утра. Он договорился о консультациях и с другими психиатрами. В прошлую пятницу Джастин дал ей с полдюжины книг о расщеплении личности.

— Лори, — сказал он ей. — Я хочу, чтобы ты прочитала все это и поняла, что большинством пациентов с аналогичным диагнозом являются женщины, ставшие в детстве жертвами надругательства. Они старались блокировать в памяти происходившее с ними точно так же, как ты сейчас блокируешь свою память. Я думаю, что эти личности, которые помогли тебе пережить то, что случилось с тобой за те два года, просто не давали о себе знать до смерти твоих родителей. А сейчас они в полной мере проявили себя. Из этих книг тебе станет ясно, что эти другие личности часто пытаются помочь, а не навредить тебе. Поэтому я надеюсь, что ты сделаешь все, чтобы сознательно дать мне возможность побеседовать с ними.

В понедельник утром в его кабинете была установлена видеокамера. Он понимал, что Саре могут понадобиться какие-то из этих пленок на суде и он должен быть крайне осторожным, чтобы это не выглядело так, будто он подсказывает Лори нужные ответы.

Когда Сара и Лори вошли в кабинет, Джастин показал им видеокамеру и объяснил, что собирается записывать сеансы.

— Некоторое время спустя я покажу тебе эти записи, — сказал он Лори.

Затем он ввел Лори в состояние гипноза. Вцепившись в руку Сары, Лори послушно сконцентрировала на нем свое внимание, подчинилась его требованию расслабиться, закрыла глаза, откинулась назад, и ее рука соскользнула с руки Сары.

— Как ты себя чувствуешь, Лори?

— Мне грустно.

— Почему тебе грустно, Лори?

— Мне всегда грустно, — шепелявя, пролепетала она высоким робким голоском.

Сара наблюдала, как волосы Лори свесились вперед, как ее черты меняются на глазах, пока лицо не приобрело детское выражение. Она слушала, как Джастин Донелли сказал:

— Мне кажется, я разговариваю с Дебби. Так? В ответ последовал робкий кивок.

— Почему тебе грустно, Дебби?

— Иногда я делаю что-то нехорошее.

— Что же например, Дебби?

— Оставьте ребенка в покое. Она не понимает, что говорит.

Сара закусила губу. Это был тот же злой голос, который она слышала в пятницу. Однако Джастин Донелли невозмутимо продолжал:

— Это ты, Кейт?

— Вы же знаете, что я.

— Кейт, я не хочу сделать ничего плохого ни Лори, ни Дебби. Они и так уже настрадались. Если ты хочешь помочь им, почему ты не доверяешь мне?

Злой, едкий смешок предшествовал высказыванию, от которого Сара похолодела.

— Нельзя доверять мужчинам. Вот Элан Грант. Он притворялся таким добреньким по отношению к Лори, а посмотрите, до чего он ее довел. Я считаю, что так ему и надо.

— Уж не хочешь ли ты сказать, что рада его смерти?

— Лучше бы его вообще не было.

— Ты хочешь что-нибудь сказать по этому поводу?

— Нет, не хочу.

— Может, ты напишешь об этом в своем дневнике?

— Я хотела написать сегодня утром, но дневник был у этой глупой девчонки. Она и написать-то ничего толком не может.

— Ты помнишь, о чем ты хотела написать?

— Тебя бы заинтересовало больше то, о чем бы я не хотела написать, — с ироничным смешком ответила она.

Сидя в машине по дороге домой, Лори выглядела заметно измученной. Обед, приготовленный Софи, уже ждал их. Лори немного поела и решила прилечь.

Усевшись за письменный стол, Сара начала просматривать почту. Присяжные заседатели рассмотрят вопрос о возбуждении уголовного дела против Лори в понедельник семнадцатого. Оставалось всего две недели. Раз прокурор созывает большое жюри так скоро, значит, он убежден, что имеет уже достаточно веских доказательств. В этом можно было не сомневаться.

Накопившаяся почта стопкой лежала у нее на столе. Она просматривала конверты, даже не раскрывая их, пока не наткнулась на один с аккуратно написанным обратным адресом в углу. Томазина Перкинс! Та самая кассирша, которая много лет назад заметила Лори в кафе. Сара помнила, как искренняя благодарность отца к этой женщине постепенно сошла на нет после того, как она засыпала их письмами, в которых с каждым разом все красочнее описывала несчастный испуганный вид Лори в том ресторанчике. Однако Томазина, без сомнения, желала им добра. Она написала очень трогательное письмо в сентябре. И в этом она, вероятно, тоже выражала свое сочувствие. Разрезав конверт, Сара прочла коротенькое, в одну страничку, письмо, в котором Перкинс сообщала свой телефон. Сара быстро набрала номер.

Томазина подняла трубку после первого же гудка. Она очень разволновалась, узнав, что звонит Сара.

— Сейчас я расскажу, какие у меня новости, — взахлеб затараторила она. — Мне позвонил сам преподобный Бобби Хоккинс. Он не верит в гипноз. Он пригласил меня на следующую воскресную передачу. Он будет молиться за меня, чтобы Господь шепнул мне на ухо имя того злодея, который похитил Лори.

59

Преподобный Бобби Хоккинс ловко придумал, как извлечь выгоду из случая с Томазиной Перкинс. Чтобы навести о ней справки, в Гаррисберг тут же выехал надежный человек из числа его сотрудников. Это было оправданно. Преподобный Хоккинс и члены совета должны были увериться в том, что письмо написано ею не с подачи какого-нибудь дотошного журналиста. Кроме того, Бик хотел получше узнать о состоянии здоровья Томазины, особенно о ее слухе и зрении.

Результаты полностью удовлетворили его. Томазина носила трифокальные очки и перенесла операцию в связи с катарактой. Описание двух людей, которых она видела с Лори, было расплывчатым с самого начала.

— Совершенно очевидно, что Перкинс не узнала нас по телевизору и не узнает при встрече, — заявил Бик Опал, прочитав представленный ему отчет доверенного лица. — Она воодушевит наших прихожан.

В следующее воскресенье утром Томазина, сложив руки в молитве, с восторгом и благоговением смотрела в лицо Бику. Он положил ей руки на плечи.

— Много лет назад благодаря этой доброй женщине свершилось чудо: Господь обратил ее взор на ребенка, который был в беде. Но он не сохранил в ее памяти имя злодея, который был с Лори Кеньон. Теперь Ли вновь оказалась в беде. Томазина, я велю тебе прислушаться и вспомнить имя, которое бессознательно хранит твоя память.

Томазина едва сдерживала волнение. Ее показывали по международному телевидению; ей никак нельзя оплошать, она просто обязана подчиниться воле преподобного Бобби. Она напрягла

слух. Тихо играл орган. Неведомо откуда вдруг
донесся шепот:

— Джим... Джим... Джим...

Томазина расправила плечи, простерла руки и
воскликнула:

— Имя, которое я никак не могла вспомнить, —
Джим!

60

Сара рассказала Джастину Донелли о Томазине
Перкинс и о ее участии в передаче «Церковь в
эфире». В воскресенье в десять часов утра Донелли включил телевизор и в последнюю минуту решил записать передачу на видеокассету.

Томазина появилась в самом конце часовой
программы. Донелли с недоверием наблюдал спектакль, разыгранный преподобным Бобби, в фина-
ле которого Перкинс осенило, что имя похитителя
Лори было Джим. «Как этот тип может утверждать, что творит чудеса, когда он даже не способ-
бен правильно произнести имя Лори! — раздраженно думал Донелли, выключая телевизор. —
Он назвал ее Ли».

Тем не менее он аккуратно надписал кассету и
положил ее в папку.

Через несколько минут позвонила Сара.

— Мне очень неловко звонить вам домой, —
начала она извиняющимся тоном, — но я должна
узнать, что вы думаете на этот счет. Есть ли ве-

роятность того, что мисс Перкинс правильно назвала имя?

— Нет, — однозначно заявил Донелли.

Он услышал, как она вздохнула.

— Все-таки я хочу обратиться в полицейское управление Гаррисберга, чтобы они проверили свои компьютерные данные по поводу Джима, — сказала она ему. — Вдруг у них окажется что-нибудь о похитителе детей с таким именем, орудовавшем семнадцать лет назад.

— Боюсь, что вы зря потеряете время. Эта Перкинс просто-напросто ткнула пальцем в небо. У нее же, в конце концов, связь со Всемогущим Господом. Как Лори?

— Вроде бы нормально, — осторожно, словно боясь сглазить, ответила она.

— Она смотрела передачу?

— Нет, она отказывается слушать любую церковную музыку. Кроме того, я всячески пытаюсь отвлечь ее от всего этого. Мы собираемся поиграть в гольф. Сейчас довольно хорошая погода, учитывая, что на дворе февраль.

— Я всегда советовал вам гольф. Это отвлечет вас обеих. Лори ведет дневник?

— Она сейчас наверху что-то пишет.

— Хорошо. До завтра.

Повесив трубку, Донелли решил, что только долгая прогулка поможет ему отделаться от охватившего его чувства тревоги. За все то время, что он жил в Нью-Йорке, он впервые ощутил безрадостность перспективы нерасplanированного воскресного дня.

61

Томазина надеялась, что после передачи «Церковь в эфире» преподобный Бобби Хоккинс со своей милой женой Карлой, возможно, пригласят ее пообедать в каком-нибудь уютном ресторанчике или повозят по красивым местам Нью-Йорка. Томазина не была в Нью-Йорке уже тридцать лет.

Но что-то произошло. Как только выключили камеры, Карла прошептала что-то на ухо преподобному Бобби, и они оба показались очень расстроенными.

В результате они, словно отмахнувшись от Томазины, наскоро с ней попрощались, поблагодарили и посоветовали молиться. Затем ее проводили к машине, которая должна была отвезти ее в аэропорт.

По дороге Томазина пыталась утешить себя воспоминанием о своем участии в передаче и предвкушением того, как она будет рассказывать об этом своим знакомым. Может быть, ее опять пригласят на передачу «Доброе утро, Гаррисберг», чтобы поговорить об этом чуде.

Томазина вздохнула. Она утомилась. Из-за волнения она почти всю ночь не сомкнула глаз. Сейчас у нее болела голова, и ей хотелось выпить чашечку чая.

Когда Перкинс приехала в аэропорт, до отлета самолета оставалось почти два часа, и она отправилась в кафетерий. После апельсинового сока, овсянки, бекона, яиц, пирожного и чая она почувствовала себя намного лучше. Все-таки это было невероятно волнующее событие. Преподобный Бобби выглядел таким величественным, что ее охватила дрожь, когда он молился за нее.

Отодвинув пустую тарелку, она налила себе еще одну чашку чая и, пока пила, думала о чуде. Господь обращался непосредственно к ней, повторяя: «Джим, Джим».

Она ни за что на свете не осмелилась бы отрицать то, что сказал ей Всевышний. Однако, окунув кусочек бумажной салфетки в стакан с водой и пытаясь стереть жирное пятнышко от бекона на своем красивом голубом платье, она не могла отделаться от навязчивой мысли, что это было совсем не то имя, которое вертелось у нее в памяти.

62

В понедельник утром, спустя десять дней после похорон своего мужа, Карен Грант вошла в бюро путешествий, держа в руках огромную пачку писем.

Энни Уэбстер и Конни Сантини были уже там. Они в очередной раз обсуждали то, что Карен не удосужилась пригласить их на поминальный обед, хотя обе ясно слышали, как ректор колледжа предлагал ей прийти со всеми близкими друзьями, бывшими на панихиде.

Энни Уэбстер все еще недоумевала, почему их обошли.

— Я уверена, это все потому, что Карен была вне себя от горя.

У Конни были на этот счет другие соображения. Она не сомневалась в том, что Карен не хотела, чтобы кто-нибудь с факультета поинтересовался, как у них идут дела в бюро путешествий. Карен боялась простодушного признания Энни, что в последние несколько лет дела шли из рук вон плохо. Конни голову бы дала на отсечение, что благодаря Карен все в Клинтонском колледже думают, будто их бюро ничем не хуже «Перильо турс».

Они вынуждены были прервать свой разговор из-за прихода Карен. Коротко поприветствовав их, она сказала:

— Декан попросил кого-то забрать в доме почту. Посмотрите, какая куча. Я думаю, это в основном соболезнования. Ненавижу их читать, но, кажется, мне этого не миновать.

С трагическим вздохом она уселась за свой стол и взялась за нож для бумаг. Через несколько минут она вскрикнула:

— О боже!

Конни и Энни вскочили и бросились к ней.

— Что такое? Что случилось?

— Звоните в клинтонскую полицию, — бросила Карен. Она смертельно побледнела. — Это письмо от Лори Кеньон, она вновь подписалась «Леона». Эта сумасшедшая грозит убить меня.

63

Сеанс с Лори в понедельник утром оказался непродуктивным. Она была молчаливой и подавленной. Она рассказала Джастину только о том, что играла в гольф.

— Я чувствовала себя очень плохо, доктор Донелли. Я никак не могла сосредоточиться. Эти громкие мысли мешали мне.

Но он не мог заставить ее поговорить об этих «громких мыслях». И ни одна из ее личностей тоже не шла на разговор с ним.

Когда Лори отправилась на психотерапию, Сара рассказала Донелли, что начала готовить Лори к слушанию дела в суде.

— Мне кажется, она начинает все понимать, — говорила она. — Вчера вечером я застала ее за просмотром альбомов с фотографиями, которые лежат у нее в комнате. — Глаза Сары заблестели от слез, и она часто заморгала, пытаясь прогнать их. — Я сказала ей, что сейчас не совсем подходящий момент смотреть на фотографии мамы с папой.

Они уехали в полдень. А в два часа Сара позвонила ему. Через трубку до Джастина долетали истошные крики Лори.

— Лори в истерике, — сказала Сара дрожащим голосом. — Она, видимо, опять смотрела альбомы с фотографиями. Какую-то фотографию она разорвала на кусочки.

Донелли наконец разобрал, что кричала Лори.

— Я никому не расскажу. Обещаю, что не расскажу.

— Скажите мне, как до вас доехать, — отрывисто бросил он. — Дайте ей две таблетки валиума.

Софи открыла ему дверь.

— Они в комнате Лори, доктор.

Она провела его наверх. Сара сидела на кровати, обнимая Лори, на которую уже подействовало успокоительное.

— Я заставила ее выпить валиум, — сказала ему Сара. — Она успокоилась, а теперь почти без сознания.

Она опустила голову Лори на подушку.

Склонившись над Лори, Джастин осмотрел ее. У нее был неровный пульс, частое дыхание, расширенные зрачки, холодная на ощупь кожа.

— У нее шок, — тихо сказал он. — Вы знаете, из-за чего началась истерика?

— Нет. Когда мы вернулись домой, она вроде бы хорошо себя чувствовала и сказала, что собирается что-то писать в своем дневнике. И вдруг я услышала ее крик. Думаю, она начала смотреть альбом со снимками, потому что разорвала какую-то фотографию. Кусочки разбросаны по всему столу.

— Я хочу, чтобы вы собрали все эти кусочки, — сказал Джастин. — Постарайтесь ни одного не потерять. — Он слегка похлопал Лори по лицу. — Лори, это доктор Донелли. Я хочу, чтобы ты поговорила со мной. Скажи мне свое полное имя.

Она не отвечала. Донелли похлопал ее по лицу чуть сильнее.

— Назови мне свое имя, — настаивал он.

Наконец Лори открыла глаза. Когда ее взгляд остановился на нем, выражение удивления в ее глазах сменилось облегчением.

— Доктор Донелли, — пролепетала она. — Когда вы пришли?

У Сары отлегло от сердца. Последний час был сплошным кошмаром. От лекарства истерика у Лори прекратилась, но последовавшее затем беспамятство еще сильнее испугало ее. Сара боялась, что Лори никогда не придет в себя.

В дверях стояла Софи.

— Может, сделать ей чаю? — тихо спросила она.

Джастин услышал.

— Да, пожалуйста, — сказал он, глянув через плечо.

Сара подошла к письменному столу. Фотография была практически уничтожена. За считанные секунды, прошедшие с того момента, как Лори начала кричать, и до того, как Софи с Сарой прибежали к ней, она ухитрилась разорвать ее на мельчайшие клочки. Собрать ее было практически невозможно.

— Я не хочу здесь оставаться, — тихо сказала Лори.

Сара резко обернулась. Лори садилась в постели, обхватив себя руками.

— Я не могу здесь оставаться. Прошу вас.

— Хорошо, — спокойно сказал Джастин. — Давай спустимся вниз. Нам всем не помешает выпить по чашечке чаю.

Он поддержал Лори, помогая ей встать. Они спускались по лестнице, Сара шла позади, когда в вестибюле раздался звонок, возвещавший о том, что кто-то пришел.

Софи поспешила к входной двери. На крыльце стояли двое полицейских в форме. Они принесли ордер на арест Лори. Послав письмо с угрозами в адрес вдовы Элана Гранта, она нарушила условия освобождения под залог, и поручительство было аннулировано.

В тот вечер Сара сидела в клинике, в кабинете Джастина Донелли.

— Если бы не вы, Лори сейчас была бы в тюремной камере, — говорила она ему. — Не знаю, как вас и благодарить.

Это не было преувеличением. Когда Лори предстала перед судьей, Донелли смог убедить его в том, что Лори находится в состоянии сильного психического стресса и нуждается в срочной госпитализации. Судья отменил ордер на арест и разрешил госпитализацию в стационар. По дороге из Нью-Джерси в Нью-Йорк Лори находилась в забытьи.

Джастин говорил, тщательно подбирая слова:

— Я рад, что она будет в клинике. Сейчас за ней требуется постоянное наблюдение.

— Чтобы она не писала писем с угрозами?

— И чтобы она ничего с собой не сделала.

Сара поднялась.

— Сегодня я уже отняла у вас предостаточно времени, доктор. Я приеду утром.

Было уже почти девять.

— Здесь за углом есть одно место, где неплохо кормят и быстро обслуживают, — сказал доктор Донелли. — Почему бы нам не перекусить там? А потом я отправлю вас на машине домой.

Сара уже позвонила Софи и сообщила о том, что Лори положили в больницу и что она может вечером полностью располагать своим временем. От мысли что-нибудь съесть и выпить чашечку кофе в компании Джастина Донелли, вместо того чтобы ехать в пустой дом, стало приятно на душе.

— С удовольствием, — просто сказала она.

Лори стояла возле окна своей палаты. Комната ей нравилась. Она не казалась слишком большой и вся была на виду. Здесь она чувствовала себя в безопасности. Окно на улицу не открывалось. Она уже пробовала. Было еще и внутреннее окно, выходившее в коридор и в ординаторскую, со шторкой, но Лори не задергивала ее полностью. Она больше не хотела вновь погружаться в темноту.

Что же сегодня произошло? Она помнила лишь, как сидела за столом и писала. Потом она перелистнула страницу и... и потом провал до того момента, как она увидела склонившегося над ней доктора Донелли. Затем они стали спускаться по лестнице, и тут пришла полиция.

Полицейские сказали, что она написала письмо жене Элана Гранта.

«Зачем мне было ей писать? — недоумевала Лори. — Они говорили, что я угрожала ей. Глупо, — думала она. — Когда мне было ей писать? Когда я могла отправить это письмо?»

Если Карен Грант получила письмо с угрозами в эти последние несколько дней, значит, его написал кто-то другой. Она сгорала от нетерпения сказать об этом Саре.

Лори прислонилась лбом к оконному стеклу. Оно было таким прохладным. Теперь она ощущала усталость и собиралась лечь. На улице было всего несколько человек, они торопливо шли по тротуару с опущенными головами. Чувствовалось, что за окном холодно.

Она видела, как улицу перед клиникой пересекли мужчина и женщина. Может быть, это Сара с доктором? Она не разобрала.

Повернувшись, Лори прошла через комнату и легла в постель, натягивая на себя одеяло. Веки казались тяжелыми. Хорошо бы забыться сном. Еще лучше было бы никогда не просыпаться.

64

Во вторник утром Брендон Моуди отправился в студенческий городок Клинтонского колледжа. Он намеревался поговорить со студентками, которые жили в том же здании, где находилась квартирка Лори. Он уже успел бегло осмотреть ее после похорон Элана Гранта. Здание было построено пять лет назад специально для старшекурсников. Комнаты в нем были довольно большими, с кухоньками и отдельными ванными. Те, кто мог позволить себе доплачивать за отдельное проживание, были довольны условиями.

После тщательного обыска, проведенного экспертами прокуратуры в квартире Лори, попасть в нее оказалось делом несложным. Оттуда Брендон и начал.

Там царил полный беспорядок. Кровать стояла без постельного белья. Дверца шкафа была приоткрыта, и одежда после осмотра висела на плечиках как попало. Ящики комода были наполовину выдвинуты. Содержимое письменного стола кучей лежало на его поверхности.

Моуди знал, что следователи забрали пишущую машинку, на которой были напечатаны письма Элану Гранту и все остальные бумаги. Он знал и то, что постельное белье, одежда Лори с пятнами крови, ремешок от часов и браслет были конфискованы.

Что же он тогда искал?

Если бы его спросили, то Брендон Моуди ответил бы, что ничего, имея в виду, что он не рассчитывал найти ничего конкретного. Он огляделся, пытаясь освоиться.

В прибранном виде комната, несомненно, была довольно уютной. На окнах висели светлые портьеры до самого пола, на кровати лежало покрывало такого же цвета, стены были украшены репродукциями картин Моне, Мане и других художников-импрессионистов. На полке над книжным шкафом стояли призы, выигранные Лори в гольф. В отличие от других студентов, она не вставляла в рамку зеркала на комоде фотографии сокурсников и подруг. Лишь на письменном столе стояла единственная фотография ее семьи. Брендон внимательно посмотрел на нее. Семья Кеньон. Он был знаком с родителями Лори. Этот снимок, очевидно, сделан за домом возле бассейна. На фотографии была вся семья, и не вызывало сомнений то, что они были счастливы вместе.

«Представь себя на месте Лори, — думал Моуди. — Родители погибли. Ты считаешь себя виноватой в этом. Ты очень страдаешь и привязываешься к тому, кто добр по отношению к тебе, кто внешне привлекателен и по возрасту и авторитету мог бы заменить отца. Потом он отвергает тебя, и в тебе происходит надлом».

Все это легко объяснимо. Брендон прошелся по комнате, внимательно все осматривая. Войдя в ванную комнату, он остановился возле ванны. В ней были обнаружены следы крови. Лори сообразила постирать постельное белье и одежду, посушить их внизу, сложить и убрать. Она пыталась почистить и ремешок от часов. Брендон понимал, что значили эти улики для прокурора. Они значили, что убийца в смятении и панике пытался методично уничтожить все улики.

Прежде чем выйти из комнаты, Брендон вновь окинул ее взглядом. Он не нашел совершенно ничего, ни крупицы того, что могло бы помочь Лори. Почему же его преследовало чувство, что он что-то пропустил, чего-то не заметил?

65

Сара не могла уснуть всю ночь. События дня вертелись у нее в голове: душераздирающие крики Лори; разорванная фотография; приход полицейских; Лори в наручниках; заверения Джастина, что ему удастся освободить ее под его ответственность, когда они ехали вслед за полицейской машиной в Клинтон. На рассвете Сара забылась тяжелым беспокойным сном, ей снились залы суда, вынесение приговоров.

Проснувшись в восемь, она приняла душ, надела бежевый шерстяной пуловер, брюки в тон, темно-коричневые туфли и спустилась вниз. Софи была уже на кухне. Она готовила кофе. На столе стоял свежеприготовленный апельсиновый сок в кувшинчике с цветочным орнаментом. Фруктовый салат из апельсинов, грейпфрутов, яблок и дыни был красиво уложен в чашу из цветного стекла. Рядом с тостером стояла английская подставка для тостов.

«Все так привычно, — подумала Сара. — Словно вот-вот сюда спустятся мама, папа и Лори». Она показала на подставку для тостов.

— Софи, ты помнишь, папа называл эту штуку тостостудилкой? И ведь он был прав.

Софи кивнула. Ее круглое гладкое лицо было печальным. Она налила Саре сок.

— Я очень беспокоилась вчера вечером, что ты вернешься, а меня нет дома. Лори действительно изъявила желание лечь в больницу?

— Похоже, она поняла, что ей приходится выбирать между клиникой и тюрьмой. — Сара устало потерла лоб. — Вчера что-то произошло. Я не знаю, что именно, но Лори сказала, что она никогда больше не будет спать в своей спальне. Софи, если эта женщина, которая на днях вновь приходила смотреть дом, изъявит желание купить его, я продам.

Она не услышала ожидаемых возражений. Вместо этого Софи вздохнула.

— Мне уже кажется, что, может быть, ты и права. Счастье ушло из этого дома. Чего и следовало ожидать после случившейся в сентябре трагедии.

Оттого что Софи наконец согласилась с ней, Саре стало немного легче, но одновременно и грустно. Сара допила сок, пытаясь проглотить подступивший к горлу комок.

— Кроме кофе, я больше ничего не буду. — Вдруг она вспомнила: — Как ты думаешь, тебе удалось собрать все кусочки разорванной Лори фотографии?

На губах Софи появилась гордая улыбка.

— Более того, я даже сложила ее. — Она показала свою работу. — Видишь, я собрала ее на листе бумаги и затем, когда убедилась, что все правильно, склеила ее. Плохо то, что кусочки были слишком маленькими и выступивший клей размазался. На ней трудно что-либо разобрать.

— Но это же просто фотография маленькой Лори! — воскликнула Сара. — Не могла же она послужить причиной ее истерики. — Она внимательно посмотрела на нее и беспомощно пожала плечами. — Я положу ее к себе в папку. Доктор Донелли хочет взглянуть на нее.

Софи встревоженно смотрела, как Сара, отодвинув стул, встала из-за стола. Она так надеялась, что склеенная фотография как-то поможет и объяснит нервный срыв Лори. Что-то вспомнив, она пошарила в кармане своего фартука. Ее там не было. Нет, ее там не было. Скрепка, которую она вынула из обрывка фотографии, осталась в кармане домашнего платья. «Все равно она ничего не значит», — решила Софи, наливая Саре кофе.

66

Во вторник утром, слушая новости Си-би-эс, Бик и Опал узнали об угрожающем письме, написанном Лори Кеньон Карен Грант, об отмене поручительства и о том, что Лори положили в закрытую клинику для больных, страдающих расщеплением личности.

— Бик, — нервно спросила Опал, — как ты думаешь, они там смогут заставить ее говорить?

— Они приложат немалые усилия для того, чтобы она вспомнила свое детство, — сказал он. — Мы должны быть в курсе всего. Карла, позвони-ка ты этой женщине, агенту по продаже недвижимости.

Бетси Лайенс позвонила Саре в тот момент, когда та уже собиралась выходить, чтобы ехать в Нью-Йорк.

— Сара, — затараторила она, — у меня для вас хорошие новости! Звонила миссис Хоккинс. Она без ума от вашего дома, хочет как можно скорее обо всем договориться и готова ждать даже целый год до вашего переезда. Она просит только об одном: чтобы она иногда могла приходить со своим художником-декоратором в удобное для вас время. Сара, вы помните, как я говорила вам, что при нынешнем положении на рынке недвижимости вам, возможно, придется уступить дом по более низкой цене, чем семьсот пятьдесят тысяч? Дорогая моя, она даже не торговалась и готова платить наличными.

— Значит, это судьба, — тихо сказала Сара. — Я рада, что дом достанется людям, которым он так нравится. Можете им сказать, что к августу они переедут. К тому времени квартира должна быть готова. И я не возражаю, если они будут приходить с художником-декоратором. Лори лежит в больнице, а я если и дома, то работаю в библиотеке.

Бетси позвонила Карле Хоккинс.

— Поздравляю. Все устроилось. Сара абсолютно не против ваших приходов с художником-декоратором. Она сказала, что если она и дома, то работает в библиотеке. — Тут ее тон стал доверительным. — Вы знаете, она собирается защищать свою сестру на суде. Бедняжка, как же ей тяжело.

Бик слушал разговор по параллельному телефону. В заключение, поздравив их еще раз и выразив уверенность, что они будут счастливы в этом чудном доме, Лайенс распрощалась.

Бик с улыбкой положил трубку.

— Я уверен, что мы будем очень счастливы вместе, — сказал он и подошел к столу. — Где же моя особая телефонная книжка, Карла?

Она поспешила к нему.

— Вот здесь, Бик, в этом ящике.

С этими словами она протянула ему книжку.

— Бик, а где ты хочешь, чтобы я нашла художника-декоратора?

— Ах, Карла, — со вздохом произнес он.

Порывшись в книжке, он нашел нужный ему номер в Кентукки и набрал его.

67

Сара вспомнила, что у Лори в клинике есть лишь та одежда, в которой она поехала. Обрадовавшись тому, что еще не выехала в Нью-Йорк, Сара пошла в комнату Лори, и Софи помогла ей сложить сумку.

В клинике содержимое сумки внимательно просмотрели, и сестра молча вынула из нее кожаный ремень и теннисные тапочки со шнурками.

— Просто меры предосторожности, — пояснила она.

— Вы все думаете, что Лори склонна к самоубийству, — говорила Сара несколько минут спустя Джастину.

Она отвернулась, чтобы не видеть его понимающего взгляда, зная, что может вынести все, что угодно, кроме сочувствия. «Нельзя терять самообладание», — говорила она себе, сглатывая подкативший к горлу ком.

— Сара, я говорил вам вчера, что у Лори большое нервное истощение и сильная депрессия. Но я обещаю вам одно, и это нас очень обнадеживает: она не хочет, чтобы вам было плохо. Она сделает все, что угодно, чтобы избежать этого.

— Она понимает, что самое худшее для меня — это если она что-нибудь сделает с собой.

— Да, она понимает. И мне кажется, что она начинает мне доверять. Она знает, что благодаря мне судья отпустил ее сюда, а не отправил в тюрьму. Вам удалось понять, что было на фотографии, которую она разорвала?

— Софи даже ухитрилась склеить ее. — Сара достала восстановленный снимок из своей сумки и показала ему. — Я не понимаю, почему фотография привела Лори в такое состояние, — сказала она. — Снимок ничем не отличается от множества других фотографий в этом альбоме и во всем доме.

Джастин Донелли внимательно посмотрел на нее.

— На этих измазанных клеем мелких кусочках трудно что-либо разобрать. Я попрошу сестру, чтобы она привела Лори.

Лори была одета в то, что привезла ей Сара. В джинсах и голубом свитере, подчеркивавшем васильковую синеву ее глаз, с распущенными волосами и без косметики она выглядела не старше шестнадцати. Увидев Сару, она подбежала к ней, и сестры обнялись. Погладив Лори по волосам, Сара подумала: «Именно так она и должна выглядеть на суде. Юной. Беззащитной».

Эта мысль помогла ей взять себя в руки. Сара поняла, что, думая о том, как ей защищать Лори, она не дает воли своим эмоциям.

Лори села в кресло. Она явно не собиралась подходить к кушетке, что тут же недвусмысленно дала понять.

— А ты наверняка рассчитывал ее уложить.

Опять зазвучал тот резкий голос.

— Похоже, это говорит Кейт? — вежливо спросил Джастин.

Шестнадцатилетняя девочка словно куда-то делась. Лицо Лори ожесточилось.

«Нет, оно стало упрямым, — подумала Сара. — Она выглядит старше».

— Да, это Кейт. И я хочу поблагодарить тебя, что ты спас вчера эту плаксу от тюрьмы. Это бы окончательно добило ее. Я пыталась помешать ей написать то сумасшедшее письмо жене Элана, но разве она послушает? И вот что получилось.

— Это Лори написала письмо? — спросил Джастин.

— Нет, его написала Леона. Эта рева выразила бы лишь свои соболезнования, что было бы ничуть не лучше. Я просто не выношу ее, как и двух других! Одна из них все мечтает об Элане Гранте, а другая, совсем малышка, постоянно плачет. Если она скоро не заткнется, я ее придушу.

Сара не отрываясь смотрела на Лори. Эта другая личность, называвшая себя Кейт, жила в Лори, владела ею и пыталась ею управлять. Если она со своей наглостью и высокомерием проявит себя на суде, присяжные ни за что не оправдают Лори.

— Видишь ли, я еще не включил видеокамеру, — сказал Джастин. — Ты появилась сегодня утром слишком быстро. Ничего, если я ее сейчас включу?

Она раздраженно пожала плечами.

— Валяй. Все равно ведь включишь.

— Кейт, вчера Лори была страшно расстроена, да?

— Сам же знаешь. Ты ведь был там.

— Я пришел уже после того, как это случилось. Я просто хочу узнать, не можешь ли ты мне назвать причину.

— Это запрещенная тема.

Однако Донелли, кажется, не смутился.

— Хорошо. Значит, мы не будем об этом говорить. Но не могла бы ты показать мне, что делала Лори, когда у нее началась истерика?

— Не выйдет, приятель. — Она повернула голову. — Да хватит сопеть.

— Это Дебби плачет? — спросил Джастин.

— А кто же еще?

— Я не знаю. Сколько вас?

— Немного. Кое-кто ушел, когда Лори вернулась домой. Не имеет значения. Было слишком тесно. Я попросила всех замолчать.

— Кейт, может быть, если бы я поговорил с Дебби, я бы узнал, что ее беспокоит?

— Валяй. Я ничего не могу с ней поделать.

— Дебби, не бойся, пожалуйста. Я обещаю, ничто не причинит тебе вреда. Поговори со мной, хорошо?

Джастин Донелли говорил спокойным добрым голосом.

Перемена произошла мгновенно. Волосы свесились вперед, черты лица разгладились, поджатые губы задрожали. Она сцепила руки, подобрала ноги, и слезы ручьями потекли по ее щекам.

— Привет, Дебби, — обратился к ней Джастин. — Ты сегодня все время плачешь, да?

Она часто закивала головой.

— С тобой вчера что-то случилось?

Она утвердительно кивнула.

— Ты же знаешь, что я люблю тебя, Дебби. Стараюсь оберегать тебя. Как ты думаешь, ты можешь мне довериться?

Она неуверенно кивнула.

— Ты можешь мне сказать, что тебя напугало?

Она покачала головой из стороны в сторону.

— Значит, не скажешь. Тогда, может быть, покажешь мне? Ты что-то писала в дневнике?

— Нет. Это Лори писала.

Ее голос был тихий, грустный и совсем детский.

— Писала Лори, но ты, наверное, могла прочесть, что она писала?

— Не все. Я только учусь читать.

— Ну хорошо. Покажи мне, что делала Лори.

Она взяла воображаемую ручку, сделала движение, словно открыла блокнот, и начала писать в воздухе. Помедлила, будто задумавшись, подняла ручку, огляделась, и затем ее рука стала переворачивать воображаемую страницу.

Ее глаза округлились, рот открылся в немом крике. Подпрыгнув на стуле, она отшвырнула от себя тетрадь и словно начала что-то рвать. Она делала резкие движения руками с искаженным от ужаса лицом.

Неожиданно остановившись, она уронила руки и закричала:

— Дебби, ну-ка иди отсюда! Послушай, доктор, хоть эта малышка мне порядком надоела, но я все-таки забочусь о ней. Лучше сожги эту фотографию, ясно тебе? Только чтобы она больше ее не видела.

Кейт взяла бразды правления в свои руки.

В конце сеанса за Лори пришел дежурный ассистент.

— Ты сможешь еще прийти попозже? — умоляющим тоном спросила Лори Сару.

— В любое время, когда разрешит доктор Донелли.

Когда Лори ушла, Джастин протянул фотографию Саре.

— Вы здесь видите что-нибудь, что могло бы ее напугать?

Сара внимательно посмотрела на нее.

— Трудно что-то разобрать из-за мелких кусочков и засохшего клея. Судя по тому, как она сжалась, видно, что ей холодно. В библиотеке есть фотография, на которой она в этом же купальнике, но со мной. Тот снимок сделан за несколько дней до ее похищения. И именно этот купальник был на ней, когда она исчезла. Вы думаете, это могло вызвать у нее страх?

— Очень возможно. — Доктор Донелли убрал фотографию в папку. — Сегодня она будет занята. Утром у нее психотерапия, а во второй половине дня она займется дневником. Лори по-прежнему отказывается от традиционных тестов. В перерыве между сеансами у меня будет возможность побеседовать с ней. Надеюсь, настанет такой момент, когда она согласится поговорить со мной без вас. Я думаю, такое случится.

Сара встала.

— В какое время мне прийти?

— Сразу после ужина, вас устроит в шесть часов?

— Конечно.

Уходя, Сара прикидывала время. Был почти полдень. Если повезет, то к часу она будет дома. Чтобы не попасть в час пик, ей нужно будет выехать в Нью-Йорк не позже половины пятого. Таким образом, она могла поработать дома три с половиной часа.

Проводив ее до двери приемной, Джастин смотрел ей вслед. Стройная, она шла прямо, с большой сумкой через плечо, высоко держа голову. «Крепись, девочка», — думал он. Провожая ее глазами, пока она шла по коридору, он увидел, как она сунула обе руки в карманы, словно ей неожиданно стало холодно и она хотела согреться.

ЧАСТЬ 4

68

Большое жюри, собравшееся 17 февраля, без особых колебаний предъявило Лори обвинение в умышленном преднамеренном убийстве Элана Гранта. Судебное заседание было назначено на 5 октября.

На следующий день Сара встретилась с Брендоном Моуди в «Соларисе», популярном ресторанчике за углом здания окружного суда. Входившие туда судьи и адвокаты останавливались, чтобы поговорить с Сарой. «Не так она должна с ними встречаться, — думал Брендон, — а пообедать с ними, пококетничать».

Все утро Сара провела в библиотеке суда, изучая случаи защиты невменяемых и умственно неполноценных подсудимых. Брендон видел тревогу в ее глазах, замечая, что, как только очередной знакомый отходил от нее, улыбка сразу сползала с лица Сары. Она выглядела бледной и осунувшейся. Он обрадовался тому, что она заказала себе довольно плотный обед, и не мог удержаться, чтобы не высказаться по этому поводу.

— Я не получаю от еды никакого удовольствия, но не могу позволить себе свалиться в такой ситуации, — грустно усмехнувшись, сказала Сара. —

А вы как, Брендон? Чем вас кормили в студенческом городке?

— Известно чем. — Он с удовольствием откусил от своего чизбургера. — Пока похвастаться нечем, Сара. — Он достал свои записи. — Основным и, скорее всего, наиболее опасным свидетелем является Сьюзен Граймс, живущая в комнате напротив Лори. Это та, которой ты пару раз звонила. Она заметила, как, начиная с октября, Лори стала куда-то уходить по вечерам, между восемью и девятью часами, и возвращаться не раньше одиннадцати. В эти вечера Лори выглядела совсем иначе, довольно сексуально: она была сильно накрашена, с невообразимой прической, в джинсах, заправленных в сапожки на высоких каблуках, — совсем не похожа на себя. Она уверена, что Лори встречалась с каким-то парнем.

— А есть ли какое-нибудь свидетельство того, что она встречалась именно с Эланом Грантом?

— Мы можем посмотреть по датам отдельных писем, которые она ему писала. Но они этого не подтверждают, — откровенно сказал Моуди. Он вытащил свой блокнот. — Шестнадцатого ноября Лори писала о том, как ей было хорошо в объятиях Элана накануне. Накануне была пятница. Пятнадцатое ноября, когда Элан и Карен Грант были вместе на факультетском вечере. Подобные фантазии относятся и ко второму декабря, и к двенадцатому, и к четырнадцатому, и к шестому января, и к одиннадцатому — я мог бы продолжать так до двадцать восьмого января. Я рассчитывал доказать, что Элан Грант соблазнял ее. Мы знаем, что она бывала возле его дома, но у нас нет доказательств, что он знал об этом. На самом деле все свидетельствует об обратном.

— Значит, вы хотите сказать, что все это происходило лишь в фантазиях Лори, что у нас нет ни малейшего намека на то, что Грант мог воспользоваться ее стрессовым состоянием?

— Я хотел бы побеседовать еще кое с кем — с преподавательницей, которая по болезни отсутствовала. Ее зовут Вера Уэст. До меня дошли коекакие слухи о ее отношениях с Грантом.

Все знакомые звуки, которые раньше были приятной частью ее рабочего дня: приглушенные голоса, смех, стук расставляемой на столах посуды, — весь этот фон внезапно показался ей раздражающим и чужим. Она понимала, что имел в виду Брендон Моуди. Если Лори придумала все свои свидания с Эланом Грантом, если в отсутствие жены Элан стал ухаживать за другой женщиной, а Лори узнала об этом, это еще больше укрепило бы уверенность прокурора в том, что она убила его из ревности.

— Когда вы поговорите с Верой Уэст? — спросила она.

— Надеюсь, скоро.

Допив остатки кофе, Сара попросила счет.

— Я, пожалуй, поеду. Мне нужно встретиться с теми, кто собирается купить наш дом. Ни за что не угадаете, кто это. Миссис Хоккинс, приезжавшая смотреть дом, оказалась женой преподобного Бобби Хоккинса.

— А кто это? — спросил Брендон.

— Это тот новый эмоциональный проповедник, который ведет программу «Церковь в эфире». В этой передаче принимала участие мисс Перкинс. Она сказала тогда, что человека, с которым много лет назад она увидела в ресторане Лори, звали Джим.

— А, это тот шарлатан. А как случилось, что он вдруг решил купить ваш дом? Интересное совпадение, учитывая то, что здесь еще примешивается и эта Перкинс.

— Да не такое уж интересное. Его жена подыскивала дом еще до того, как все это произошло. И это Перкинс написала ему, а не он. А не поступала ли какая-нибудь информация из гаррисбергской полиции на Джима?

Брендон Моуди надеялся, что Сара не спросит его об этом. Тщательно выбирая слова, он сказал:

— Сара, мы как раз получили такую информацию. Некто Джим Браун, с километровым послужным списком, орудовал в тех краях, похищая и насилуя малолетних, как раз в то время, когда Лори видели в ресторанчике. Мисс Перкинс показывали тогда его фотографию, но она не опознала его. Его хотели допросить, но после того, как Лори нашлась, он бесследно исчез.

— И он так и не объявлялся?

— Он умер в тюрьме в Сиэтле шесть лет назад.

— За что его посадили?

— За похищение и надругательство над пятилетней девочкой. На суде она рассказала о тех двух месяцах, что жила у него. Я читал ее показания. Смышленая девчушка. Ее выступление на суде было просто душераздирающим. Тогда об этом писали все газеты.

— И это значит, что если даже он похитил Лори, то нам от этого никак не легче. Если Лори и вспомнит его и расскажет, что он с ней делал, то прокурор просто принесет те газеты на заседание суда и заявит, что она их прочла и решила воспользоваться этим материалом.

— Мы даже не знаем, имел ли он вообще отношение к Лори, — поспешно возразил Моуди. — Но даже если и имел, то, что бы там Лори ни вспомнила, в это никто не поверит.

Никто из них не высказал вслух мысли, вертевшейся у обоих в голове. Судя по тому, как все складывалось, не исключено, что они вынуждены будут просить прокурора пойти на согласованное признание вины Лори. И если это окажется неизбежным, то к концу лета Лори будет в тюрьме.

69

Бик и Опал ехали с Бетси Лайенс к дому Кеньонов. Оба были одеты специально для этого случая. Бик надел серый в тонкую полоску костюм с белой рубашкой и голубовато-серый галстук. Его пальто и лайковые перчатки были темно-серыми.

Опал только что осветлила волосы и сделала прическу в салоне Элизабет Арденс. Ее серое шерстяное платье было украшено бархатным воротником и манжетами. Поверх она надела черное пальто с узким собольим воротником. Туфли и сумка из черной змеиной кожи были от Гуччи.

Бик сидел рядом с Лайенс на переднем сиденье ее машины. Без умолку болтая, показывая им разные достопримечательности городка, Лайенс все время поглядывала на Бика. Она была поражена, когда одна из ее коллег спросила:

— Бетси, тебе известно, кто это такой?

Она знала, что он связан с телевидением, но понятия не имела, что у него есть своя передача. Лайенс пришла к мнению, что преподобный Хоккинс чрезвычайно привлекательный и обаятельный мужчина. Он рассказывал о своем желании переехать в окрестности Нью-Йорка.

— Когда меня пригласили проповедовать в «Церкви в эфире», я понял, что нам нужно купить дом где-нибудь поблизости. Я не люблю жить в городе. Карле пришлось проделать малоприятную работу, подыскивая нам дом. Но она неизменно возвращалась к этому местечку и к этому дому.

«Слава богу», — подумала Бетси Лайенс.

— Единственное, что вызывало у меня опасения, — говорил проповедник своим приятным мягким голосом, — что в итоге Карлу ждет разочарование. Откровенно говоря, я думал, что дом вообще снимут с продажи.

«Я тоже этого боялась», — подумала Бетси Лайенс, содрогнувшись от такой перспективы.

— Девочкам будет удобнее в квартире поменьше, — доверительно сказала она. — А вот и эта улица. Едете по Линкольн-авеню, проезжаете эти красивые домики, затем поворот, и вот мы на Твин-Оукс-роуд.

Свернув на Твин-Оукс-роуд, она начала перечислять имена их будущих соседей:

— Это владелец банка Уильямс. В тюдоровском доме живут Кимболлы. А там живет актриса Кортни Майер.

Сидевшая на заднем сиденье Опал нервно теребила перчатки. Каждый раз, когда они приезжали в Риджвуд, ей казалось, что они ступают на тонкий лед и, словно испытывая его на прочность, неотвратимо приближаются к тому моменту, когда он треснет у них под ногами.

Сара ждала их. «Интересная, — отметила про себя Опал, впервые увидев ее вблизи. — Она из тех, кто с возрастом становится привлекательнее. Бик не обратил бы на нее внимания, когда она была маленькой». Как бы Опал хотелось, чтобы у Ли не было золотистых волос длиной до талии! Как бы ей хотелось, чтобы Ли не стояла тогда возле дороги!

«Молодящаяся старушка», — подумала Сара, протягивая руку Опал. Она удивилась, почему вдруг ей пришло в голову именно это выражение, частенько употреблявшееся ее бабушкой. Миссис Хоккинс была хорошо одетой и модно причесанной женщиной сорока с небольшим лет. Маленькие губы и подбородок придавали ей безвольное, почти забитое выражение. А может, так только ка-

залось на фоне покоряющей внешности преподобного Бобби Хоккинса. Он словно заполнил собой всю комнату и казался каким-то всепоглоща-
ющим. Он сразу же заговорил о Лори.

— Не знаю, известно ли вам, что во время своей часовой телеслужбы мы молили Господа о том,
чтобы Он помог мисс Томазине Перкинс вспомнить имя похитителя вашей сестры.

— Я смотрела эту передачу, — ответила Сара.

— Вы пробовали что-либо выяснить о человеке по имени Джим? Возможно, здесь есть какая-
то связь. Пути Господни неисповедимы. Порой
Он указывает нам путь, а порой лишь подсказывает направление.

— Мы выясняем все, что может помочь в защите сестры.

В ее голосе недвусмысленно прозвучало неже-
лание продолжать разговор на эту тему.

Он понял намек.

— Какая прекрасная комната, — сказал Хоккинс, оглядывая библиотеку. — Жена все время
повторяла, как мне было бы удобно здесь работать — много стеллажей и большие окна. Я люблю, чтобы всегда было светло. А теперь я не хочу
больше отнимать у вас время. Если вы не возражаете, мы в последний раз обойдем дом вместе с
миссис Лайенс, а затем мой адвокат свяжется с
вашим по поводу оформления документов...

Бетси Лайенс повела супругов наверх, а Сара
вернулась к работе, разбирая записи, сделанные
ею в библиотеке суда. Неожиданно она вспомнила, что пора собираться в Нью-Йорк.

Перед уходом Хоккинсы и Бетси Лайенс заглянули к ней попрощаться. Преподобный Хоккинс сказал, что он хотел бы как можно быстрее привести своего архитектора, но только чтобы тот не мешал Саре работать в библиотеке. Когда это будет ей удобно?

— Завтра или послезавтра с девяти до двенадцати или ближе к вечеру, — ответила ему Сара.

— В таком случае завтра утром.

Когда на следующий день, вернувшись из клиники, Сара прошла в библиотеку, ей и в голову не пришло, что с этого дня от каждого произнесенного ею в этой комнате слова включалась реагирующая на голос аппаратура и все разговоры записывались на магнитофон, спрятанный в стенном шкафу гостиной.

70

В середине марта Карен Грант ехала в Клинтон, как она надеялась, в последний раз. В течение нескольких недель после смерти Элана она каждую субботу проводила в доме, разбирая нажитое за шесть лет их совместной жизни, отбирая ту мебель, которую она хотела бы перевезти в нью-йоркскую квартиру, договариваясь с агентом по продаже подержанной мебели насчет оставшейся. Она продала машину Элана и передала дом в ведение агента по продаже недвижимости. Сегодня должна состояться поминальная служба по Элану в церкви студенческого городка.

Завтра она уезжает на четыре дня в Сент-То-мас. «Как хорошо куда-нибудь уехать», — думала она, мчась по Нью-Джерси-Тернпайк. Работа в бюро путешествий имела неоценимые преимущества. Ее пригласили на Френчменс-Риф, в одно из ее любимых мест.

И Эдвин тоже поедет. Ее сердце учащенно забилось, и она невольно улыбнулась. К осени им уже не надо будет скрывать свои отношения.

Поминальная служба была похожа на похороны. Невозможно было остаться равнодушным к тому, как превозносили Элана. Карен громко разрыдалась. Сидевшая рядом Луиза Ларкин обняла ее.

— Если бы только он послушал меня, — сказала Луизе Карен. — Я предупреждала его, чтобы он остерегался этой девочки.

После службы в доме Ларкинов был небольшой прием. Карен всегда восхищалась их домом. Ему было более ста лет, и он был великолепно отреставрирован. Он напоминал ей дома в Куперстауне, где жило большинство ее университетских друзей. Она же выросла на стоянке жилых автоприцепов и до сих пор помнила, как кто-то из ее одноклассников насмешливо спросил, не хотят ли ее родители нарисовать на рождественской открытке свой домик на колесах.

Ларкины пригласили не только руководство и преподавателей, но и с десяток студентов. Кто-то из них выражал искренние соболезнования, кто-то подходил к ней со своими воспоминаниями об Элане. Со слезами на глазах Карен сказала собравшимся, что с каждым днем она все сильнее чувствует утрату.

В противоположном конце комнаты Вера Уэст, недавно появившаяся на факультете, сидела с бокалом белого вина. Ей было сорок лет. Ее круглое приятное лицо обрамляли короткие, вьющиеся от природы каштановые волосы, карие глаза Веры прятались за темными очками. У нее было вполне нормальное зрение. Но она опасалась, что глаза могут выдать ее чувства. Она пила вино, стараясь не вспоминать, что всего несколько месяцев назад на одном из факультетских вечеров в противоположном конце комнаты сидел Элан, а не его жена. Вера надеялась, что за время болезни у нее будет достаточно времени справиться со своими эмоциями, о которых никто не должен догадываться. Откинув назад прядь волос, постоянно падавшую ей на лоб, она вспомнила строчку из стихотворения, написанного поэтом девятнадцатого века: «Невысказанное горе — тяжелейшее бремя».

К ней подсела Луиза Ларкин.

— Как хорошо, что вы вернулись, Вера. Нам не хватало вас. Как вы себя чувствуете?

Ларкин смотрела на нее понимающим взглядом.

— Спасибо, гораздо лучше.

— Мононуклеоз так изматывает.

— Да, да.

После похорон Элана Вера поспешила уехать на свою летнюю дачу на Кейп-Код. И, позвонив декану, она сослалась на мононуклеоз.

— Карен великолепно выглядит для человека, который понес такую утрату, как вы думаете, Вера?

Поднеся бокал к губам, Вера сделала глоток, затем спокойно ответила:

— Карен красивая женщина.

— Я заметила, что вы так похудели, у вас осунулось лицо. Клянусь, если бы я увидела здесь всех впервые и меня спросили, кто вдова, я бы показала на вас.

Сочувственно улыбнувшись, Луиза Ларкин сжала Вере руку.

71

Проснувшись, Лори услышала в коридоре приглушенные голоса. Этот звук успокаивал ее, она слышала его уже три месяца. Февраль, март, апрель. Сейчас было начало мая. За стенами клиники, до того как она пришла сюда, где бы она ни находилась — на улице, в колледже, даже дома, — у нее появлялось ощущение, словно она летит куда-то и не в силах предотвратить падение. Здесь, в клинике, время будто остановилось для нее. Ее падение замедлилось. Она была благодарна за эту отсрочку, хотя понимала, что в конечном итоге никто не сможет спасти ее.

Она не спеша села в кровати и обхватила колени руками. Это был один из самых приятных моментов дня, когда, проснувшись, она сознавала, что кошмарный сон про нож не мучил ее ночью и что все преследовавшие ее страхи были где-то вдалеке.

Именно об этом ее и просили писать в дневнике. Она потянулась к тумбочке за блокнотом и ручкой. Перед тем как одеться и идти на завтрак, у нее было еще время записать несколько мыслей. Подложив под спину подушку, она села повыше и открыла блокнот.

Страницы оказались исписанными, хотя накануне вечером они были чистыми. На нескольких строчках детским почерком было выведено: «Я хочу к маме. Я хочу домой».

В то же утро несколько позже они с Сарой сидели напротив доктора Донелли у него в кабинете. Пока он читал ее дневник, Лори изучающе смотрела на него.

«Какой он рослый, — думала она, — с широкими плечами, с мужественными чертами лица, с такими густыми темными волосами».

Ей нравились его глаза. Они были темно-голубые. Она вообще не любила усов, но ему они очень шли, особенно в сочетании с ровными белыми зубами. Еще ей нравились его руки, большие и с длинными пальцами, загорелые, но совсем не волосатые. Интересно, что усы доктора Донелли казались ей великолепными, однако она ненавидела, когда у мужчин были волосатые руки. Она вдруг произнесла это вслух.

Донелли поднял глаза.

— Ты что-то сказала, Лори?

Лори пожала плечами.

— Не понимаю, как это у меня вырвалось.

— Повтори, пожалуйста, что ты сказала.

— Я сказала, что ненавижу, когда у мужчин волосатые руки.

— Почему ты вдруг подумала об этом?

— Она не собирается отвечать на этот вопрос.

Сара сразу же узнала голос Кейт.

Джастин не смутился.

— Ладно тебе, Кейт, — добродушно сказал он. — Перестала бы ты давить на Лори. Она хочет со мной поговорить. Возможно, и Дебби хочет. По-моему, накануне в дневнике писала Дебби. Похоже, это ее почерк.

— Ну уж конечно не мой.

В последние три месяца ее тон стал менее категоричным. Появился слабый намек на взаимопонимание между Джастином и личностью Кейт.

— Можно мне сейчас поговорить с Дебби?

— Хорошо. Только не доводи ее до слез. Я уже устала от этого хныканья.

— Зачем ты притворяешься, Кейт? — воскликнул Джастин. — Мы с тобой прекрасно знаем, что ты пытаешься защитить Дебби и Лори. Так дай же мне помочь тебе. Тебе одной не справиться.

Свесившиеся вперед волосы были известным знаком. У Сары разрывалось сердце, когда она слышала голос этого запуганного ребенка, называвшего себя Дебби. Неужели такой была Лори все те два года ее отсутствия — все время в слезах, в страхе, в тоске по любимым ею людям?

— Привет, Дебби, — сказал Джастин. — Как сегодня наша большая девочка?

— Спасибо, лучше.

— Дебби, я так рад, что ты опять стала писать в дневнике. Ты помнишь, почему ты это написала вчера вечером?

— Я знала, что в блокноте ничего нет. Я сначала его потрясла.

— Потрясла? А что же ты могла там найти?

— Не знаю.

— Что ты боялась там найти, Дебби?

— Другие фотографии, — прошептала она. — Мне надо идти. Меня ищут.

— Кто? Кто тебя ищет?

Но ее уже не было.

Послышался ленивый смешок. Лори положила ногу на ногу и несколько развалилась в кресле. Нарочито небрежным жестом она поправила волосы.

— Вот-вот, так она всегда, пытается спрятаться, думая, что ее не найдут.

Сара напряглась. Это была Леона, та самая личность, которая писала письма Элану Гранту, та отвергнутая женщина, что убила его. За эти месяцы она появлялась лишь дважды.

— Привет, Леона. — Джастин подался вперед с видом подчеркнутого внимания к привлекательной женщине. — Я надеялся, что ты навестишь нас.

— Жизнь проходит. Нельзя же все время сидеть в тоске. Есть закурить?

— Конечно. — Открыв ящик стола, он вытащил пачку и дал ей прикурить. — А ты тосковала,
Леона?

Она пожала плечами.

— Да, ты же знаешь. Я с ума сходила по этому
красавчику профессору.

— По Элану Гранту?

— Да, но послушай, все кончено. Мне очень
жаль его, но такое бывает.

— Что бывает?

— Я имею в виду то, что он выдал меня психиатру и декану.

— Ты очень разозлилась на него за это, да?

— Еще бы! И Лори тоже, правда по другому
поводу. Она устроила потрясающий спектакль,
когда приперла его в коридоре к стенке.

«Все-таки мне придется договариваться о согласованном признании вины, — думала Сара. —
Если эта личность проявит себя во время дачи
свидетельских показаний, не выказывая ни малейшего намека на угрызения совести по поводу
смерти Элана Гранта...»

— Ты же знаешь, что Элан умер...

— Я уже смирилась с этим. Все-таки какой
ужас!

— Ты знаешь, как он умер?

— Разумеется. С помощью нашего кухонного
ножа. — Бравада исчезла. — Видит Бог, я до сих
пор не могу себе простить того, что не оставила
нож в своей комнате, когда решила заглянуть к
нему в этот вечер. Знаешь, я действительно была
без ума от него.

72

В течение трех месяцев, с начала февраля и до конца апреля, Брендон Моуди часто бывал в Клинтонском колледже. Нередко можно было видеть, как он беседует со студентами в кафе «Ратскеллер» или с педагогами в студенческом центре либо разговаривает с девушками из общежития.

По прошествии этого времени он не узнал почти ничего, что могло бы пригодиться при защите Лори, однако, возможно, кое-какие факты и смягчили бы ее приговор. Первые три года учебы в колледже она была образцовой студенткой. Ее любили и студенты, и преподаватели.

— К ней хорошо относились, но близко ее не знали, в определенном смысле этого слова, — поведала студентка с третьего этажа общежития, на котором жила Лори. — Вполне естественно, что по прошествии некоторого времени друзья довольно откровенны друг с другом и делятся своими впечатлениями о свиданиях, о своих семьях и о своих сокровенных мечтах. Лори была совсем не такой. Она была общительной и хорошо вписывалась в любую компанию, но если кто-то пытался пошутить с ней по поводу Грега Беннета, который был от нее без ума, она тут же отшучивалась в ответ. В ней всегда чувствовалась какая-то недоступность.

Брендон Моуди внимательно изучил биографию Грега Беннета. Из богатой семьи. Способный. Бросил колледж, решив стать предпринимателем, обжегся и вернулся в колледж. С отличием сдал экзамены по двум профилирующим дисциплинам. В мае заканчивает колледж. В сентябре собирается в Стэнфорд, чтобы получить степень магистра. «О таком муже для своей дочери может мечтать любая семья», — подумал Брендон и тут же вспомнил, что то же самое говорили и об убийце-рецидивисте Теде Банди.

Все студенты в один голос заявляли, что после смерти родителей Лори сильно изменилась: стала печальной и замкнутой. Часто жаловалась на головные боли, пропускала занятия, не выполняла в срок домашние задания.

— Иногда она, проходя мимо, даже не здоровалась или же смотрела на меня так, словно впервые видит, — говорила одна из студенток.

Брендон никому не рассказывал, что у Лори расщепление личности. Сара приберегала это для суда и не хотела поднимать заранее шум.

Многие студенты отмечали, что по вечерам Лори куда-то уходила одна и возвращалась довольно поздно. Они обсуждали это между собой, пытаясь угадать, с кем она встречалась. Некоторые сделали простые выводы, отмечая, что на занятия к Элану Гранту Лори часто приходила раньше времени и старалась задержаться, чтобы поговорить с ним после занятий.

Жена декана Луиза Ларкин охотно беседовала с Моуди. Именно она намекнула ему на то, что Элан Грант стал проявлять интерес к одной из преподавательниц, недавно пришедшей на отделение английского языка. Приняв к сведению намек, он поговорил с Верой Уэст, но та не пожелала быть с ним откровенной.

— Элан Грант со всеми поддерживал дружеские отношения, — ответила Уэст на вопросы Брендона, намеренно стараясь не замечать их скрытый смысл.

«Внимательно проанализируй все еще раз», — мрачно думал Брендон. Проблема была в том, что учебный год подходил к концу и многие старшекурсники, хорошо знавшие Лори Кеньон, заканчивали колледж. Это относилось и к Грегу Беннету.

Исходя из этого, Брендон позвонил Беннету и предложил ему еще раз встретиться для разговора за чашечкой кофе. Однако Грег собирался уезжать на выходные, и они договорились встретиться в понедельник. Беннет, как обычно, поинтересовался, как дела у Лори.

— Судя по рассказам ее сестры, довольно неплохо, — ответил Брендон.

— Еще раз передайте Саре, чтобы она позвонила мне, если ей понадобится моя помощь.

«Еще одна потерянная неделя», — думал Брендон по дороге домой. К его большому неудовольствию, он узнал, что жена пригласила на вечер подруг.

— Я перекушу в «Соларисе», — сказал он, слегка раздраженно чмокнув ее в лоб. — Не представляю, как ты можешь заниматься такой ерундой.

— Отдыхай, дорогой. Тебе полезно будет пообщаться со своими сослуживцами.

В тот вечер Брендон наконец-то получил долгожданную возможность сдвинуть дело с мертвой точки. Он сидел в баре и беседовал со своими коллегами из прокуратуры. Разговор зашел о Саре и Лори Кеньон. По общему мнению, Саре было бы лучше договориться о согласованном признании вины. Если они изменят формулировку на «непредумышленное убийство в состоянии аффекта», то Лори могла бы получить от пятнадцати до тридцати, отбыть треть срока и выйти на свободу к двадцати шести — двадцати семи годам.

— Судьей назначили Армона, а он на сделку не пойдет, — сказал один из помощников прокурора. — И вообще, судьи не любят роковых страстей со смертельным исходом и в этих случаях не скупятся на сроки.

— Мне бы не хотелось видеть такую прелестную девочку, как Лори Кеньон, за решеткой среди этих отпетых красоток, — заметил другой.

Рядом с Брендоном стоял Оуэнз, частный детектив одной из страховых компаний. Он подождал, пока разговор не перешел на другую тему, затем сказал:

— Брендон, я мог бы тебе кое-что сообщить по секрету.

Не повернув головы, Моуди лишь скосил глаза в его сторону.

— И что же?

— Ты знаешь Дэнни О'Тула?

— Дэнни — брачного сыщика? Конечно. Кого же он теперь пасет?

— То-то и оно. Он тут недавно слегка перепил, и, как обычно, разговор зашел о деле Кеньон. Вот послушай. После смерти их родителей Дэнни наняли следить за сестрами. Что-то связанное со страховкой. Когда младшую арестовали, от его услуг отказались.

— Занятно, — отозвался Моуди. — Я займусь этим. Спасибо тебе.

73

— Эти люди, которые собираются купить наш дом, действуют Саре на нервы, — вдруг сказала Лори доктору Донелли.

Джастин удивился.

— Я об этом не знал.

— Да, Сара говорила, что они надоели ей своими приходами. Они собираются переезжать в августе и попросили разрешения кое-что переделать.

— Ты их когда-нибудь видела по телевизору, Лори?

Она покачала головой.

— Я не люблю такие передачи.

Джастин помолчал. У него на столе лежало заключение специалиста по художественной терапии. Понемногу в набросках Лори начало что-то вырисовываться. Несколько ее последних рисунков были похожи на коллаж, и на каждом неизменно присутствовали две вещи: кресло-качалка с толстой мягкой подушкой и застывшей рядом с ним фигурой женщины; дерево с толстым стволом и тяжелыми раскидистыми ветвями перед домом без окон.

Джастин показал на эти рисунки.

— Ты помнишь, что ты это рисовала?

Лори равнодушно взглянула на них.

— Конечно. Неважный из меня художник, да?

— Все нормально. Лори, взгляни на это кресло-качалку. Ты можешь его описать?

Он увидел, как она начала ускользать. Ее глаза расширились, тело напряглось. Но он не хотел, чтобы другая личность помешала ему добиться от нее ответа.

— Попытайся, Лори.

— У меня болит голова, — прошептала она.

— Лори, ты веришь мне. Ты что-то вспомнила, так ведь? Не бойся. Ради Сары расскажи мне об этом, выскажись.

Показав на кресло-качалку, она сжала губы и обхватила себя руками.

— Покажи мне, Лори. Если не можешь сказать, покажи мне, что случилось.

— Я покажу, — слегка шепелявя, ответила она детским голосом.

— Вот и хорошо, Дебби.

Джастин стал ждать.

Зацепившись ногами за стол, она отклонилась на стуле. Руки резко прижались к бокам, словно их держал кто-то другой. С глухим стуком передние ножки стула ударились об пол, затем она снова отклонилась назад. На ее лице застыл страх.

— Господь всемилостивый, как сладок этот звук, — запела она тоненьким детским голоском.

Ножки стула ударялись об пол и вновь поднимались, словно это было кресло-качалка. Изогнувшись и держа руки неподвижно, она имитировала ребенка, который сидел у кого-то на коленях. Джастин взглянул на верхний рисунок. Да, это именно то. Подушка напоминала чьи-то колени. Ребенок, сидя у кого-то на коленях, качался в кресле и пел. Назад-вперед. Назад-вперед.

— ...и Божьей милостью я попаду домой.

Стул остановился. Ее глаза вновь закрылись. Дыхание стало частым и судорожным. Она встала и поднялась на цыпочки, словно ее брали на руки.

— Пора наверх, — сказала она низким голосом.

74

— Опять они здесь, — с раздражением сказала Софи, увидев подъехавший к дому знакомый темно-синий «кадиллак».

Сара и Брендон Моуди сидели на кухне и ждали, когда сварится кофе.

— О боже, — вырвалось у Сары, в ее голосе слышалась неприязнь. — Я сама в этом виновата, — сказала она Брендону. — Вот что, Софи, когда кофе будет готов, принеси его нам в библиотеку и скажи им, что у меня важная встреча. Мне сейчас не до молитв.

Брендон поспешил за ней и, закрывая за собой дверь библиотеки, услышал, как зазвонил звонок.

— Хорошо хоть, что ты не дала им ключ, — сказал он.

— Я пока еще не сошла с ума, — с улыбкой ответила Сара. — Дело в том, что в этом доме слишком много всяких вещей, которыми я не смогу воспользоваться, и они хотят все это купить. Я произвела оценку. Они решили привести своих оценщиков, и у меня такое ощущение, будто меня берут на абордаж.

— А почему бы этот вопрос не решить сразу? — спросил Брендон.

— В основном это моя вина. Я говорю им, что хочу продать, потом похожу по дому и увижу что-то еще, что не войдет в квартиру, тогда я им предлагаю и это. А иногда они сами приходят ко мне и спрашивают то о какой-то картине, то о каком-то столе, то о какой-то лампе. Так все это и продолжается.

Сара откинула назад волосы. День был теплым и влажным, и ее волосы кудрявой копной цвета осенней листвы обрамляли лицо.

— И не только это, — добавила она, садясь за свой письменный стол. — Папа всегда был против кондиционеров, а они хотят установить здесь какую-то новую систему и собираются заняться этим, как только закончится оформление документов, а это значит, что здесь постоянно будут ходить всякие инженеры и вообще все, кому не лень.

«Попридержи язык», — сказал себе Брендон, усаживаясь в кожаное кресло напротив стола. Он знал, что Хоккинсы выложили за дом кругленькую сумму, и раз они покупают ненужную Саре мебель, то ей не придется искать других покупателей или думать, где ее хранить. Содержание Лори в клинике стоило огромных денег, и студенческая страховка едва покрыла лишь малую часть этих средств. Не говоря уже о том, во что обходилась подготовка защиты, учитывая то обстоятельство, что Сара не работала.

— У тебя была возможность разобраться со страховкой? — спросил он.

— Да. Я ничего не получу, Брендон. Там нечего оспаривать и не на что претендовать. Отец ясно написал, что его страховку получает мама, а в случае ее предшествующей смерти — мы. Поскольку он прожил на несколько минут дольше мамы, она сразу же должна перейти к нам. К несчастью, все, кроме дома, вложено в доверительную собственность, что было бы очень разумно, если бы ничего не произошло. Нам выплачивают по пятьдесят тысяч долларов в год в течение пяти лет, что составляет в общей сложности по четверти миллиона каждой, и невозможно изменить условия этих выплат.

— А как насчет автобусного парка? — спросил Брендон. — Ты пробовала предъявить им иск?

— Разумеется, — ответила Сара. — Но с какой стати они будут нам платить, если мы сами не пострадали в той аварии?

— Вот черт, — воскликнул Брендон. — А я рассчитывал здесь что-то выяснить. Я подпою сыщика и попробую что-нибудь у него выудить, но, вероятно, это связано именно с автобусной компанией. Как Лори?

— Ей намного лучше, — немного подумав, ответила Сара. — Похоже, она уже несколько свыклась с мыслью о потере матери и отца. Доктор Донелли молодец.

— Она что-нибудь вспомнила о смерти Элана Гранта?

— Ничего. Однако она начинает кое-что вспоминать о том, что с ней произошло, когда ее похитили. Какие-то обрывки воспоминаний. Джастин, я имею в виду доктора Донелли, уверен, что над ней тогда надругались. Но даже просмотр видеокассет с записью сеансов терапии, когда проявляются ее другие личности, не способствует полному возвращению памяти. — В спокойном голосе Сары послышалось отчаяние. — Брендон, уже май. За три месяца я не нашла ничего, что можно было бы использовать для ее защиты. Похоже, в ней сосуществуют три разные личности. Кейт, которая выполняет роль покровительницы и, словно крестная мать, оберегает ее. Она называет Лори плаксой и сердится на нее, но в то же время пытается оградить ее от неприятностей. Она блокирует память. Вторая личность — сексапильная Леона. Это она испытывала роковую страсть к Элану Гранту. На прошлой неделе она призналась доктору Донелли, что очень сожалеет о том, что в тот вечер взяла с собой нож.

— Боже мой, — пробормотал Брендон.

— И последней личностью является четырехлетняя девочка по имени Дебби. Она постоянно плачет. — Подняв руки, Сара в отчаянии уронила их. — Вот так, Брендон.

— Есть надежда, что она все вспомнит?

— Вероятно, да, но трудно сказать, когда это произойдет. Лори доверяет Джастину. Она понимает, что все может кончиться тюрьмой. Но похоже, ей никак не удается прорваться сквозь завесу в памяти. — Сара подняла на него глаза. — Брендон, только не предлагай мне согласованное признание вины.

— Я и не собираюсь этого делать, — проворчал Брендон, — по крайней мере пока.

В библиотеку вошла Софи, неся на подносе кофе.

— Я оставила их наверху одних, — сказала она. — Это ничего?

— Конечно, — ответила Сара. — Он же, в конце концов, проповедник. Не станет же он набивать себе карманы всякими мелочами.

— Сегодня они спорили по поводу того, как совместить твою ванную и ванную Лори, чтобы устроить там бассейн. А я-то считала, что священнослужители живут скромно, — проворчала Софи, ставя поднос на стол.

— Не обязательно, — сказал Брендон. Бросив в чашку три кусочка сахара, он принялся размешивать его. — Сара, Грег Беннет честно не знает, что оттолкнуло от него Лори в прошлом году. Я думаю, он все еще любит ее. Вечером накануне смерти Гранта какие-то студентки обсуждали увлечение Лори профессором, и Грег слышал их разговор. Он пулей вылетел из студенческого центра.

— Ревность? — быстро спросила Сара.

Брендон пожал плечами.

— Если и так, то вряд ли это имеет какое-нибудь отношение к смерти Элана Гранта, если только...

— Если только к Лори не вернется память.

В дверь постучали. Сара закатила глаза.

— Приготовься к благословению, — тихо сказала она, затем крикнула: — Войдите.

В дверях показались Бик и Опал с участливыми улыбками на лицах. Они были одеты довольно просто. Бик снял свою куртку, и майка с короткими рукавами обнажала его мускулистые руки, покрытые густыми седеющими волосами. Опал была в брюках и простенькой блузке.

— Мы не хотим вас беспокоить, просто зашли узнать, как дела, — сказала она.

Сара представила им Брендона Моуди. Он буркнул приветствие.

— А как ваша сестренка? — спросил Бик. — Вы и представить себе не можете, сколько человек молится за нее.

75

Джастин Донелли не хотел расстраивать Сару своими опасениями по поводу того, что память Лори вряд ли существенно восстановится к началу суда. С двумя своими сотрудницами, Пэт и Кэти, занимавшимися художественной терапией и ведением дневника, он просматривал видеозаписи своих сеансов с Лори.

— Обратите внимание на то, как эти личности теперь доверяют мне и охотно разговаривают со мной. Однако они все замыкаются, когда я прошу их вспомнить о ночи двадцать восьмого января или же о тех двух годах, когда Лори была похищена. Давайте вновь поговорим об этих трех личностях. Кейт тридцать два года, то есть она примерно одного возраста с Сарой. Я полагаю, Лори создала ее как образ своей покровительницы, которую она видит в Саре. Но в отличие от Сары Кейт постоянно злится на Лори, называет ее плаксой и раздражается из-за того, что та доставляет ей одни неприятности. На мой взгляд, это говорит о том, какого отношения со стороны Сары, по ее мнению, заслуживает Лори. Дебби, четырехлетняя девочка, хочет все рассказать, но очень боится или, может быть, просто не понимает, что произошло. Я подозреваю, что она очень похожа на Лори в том возрасте. Иногда она говорит весьма забавно. Сара Кеньон рассказывала, что Лори была не по годам остроумной до того, как ее похитили. Леона довольно сексуальная особа. Нет сомнения, что она была влюблена в Элана Гранта и ревновала его к жене. Она пришла в ярость от того, что она расценила как предательство с его стороны, и была способна убить его. Однако сейчас она говорит о нем с теплотой и нежностью, как обычно говорят о бывших любовниках. Борьба окончена, гнев прошел, и вспоминается только хорошее.

Они сидели в комнате для персонала, примыкающей к кабинету Джастина. Через окна в комнату светило солнце. Со своего места Джастину был виден солярий, где несколько пациентов грелись на солнце. Он увидел, как в солярий, держась за руки, вошли Лори и Сара.

Пэт, специалист по художественной терапии, держала несколько новых рисунков.

— У вас есть тот снимок, который Лори разорвала дома? — спросила она.

— Он здесь.

Джастин порылся в папке.

Пэт внимательно посмотрела на фотографию, сравнила ее с набросками Лори и положила рядом.

— Ну что ж, взгляните на это. — Она показала на неподвижно стоящую фигуру. — И на это. И на это. Что вы скажете?

— Она начала надевать на эту фигуру пляжный костюм или купальник, — отметил Джастин.

— Верно. А теперь обратите внимание, что на этих трех рисунках у фигуры длинные волосы. На этих же двух — совсем короткие. Видите разницу? Похоже, она нарисовала мальчика. Руки сложены так же, как и на склеенной фотографии. Я думаю, что она воспроизводит свой образ, но меняет его на мальчишеский. Если бы этот снимок не был так изорван. Надо же было так его изничтожить!

Кэти, изучавшая дневник, держала в руках последнее сочинение Лори.

— Это почерк ее воплощения Кейт. Но посмотрите, как он изменился с февраля. Он все больше и больше становится похож на почерк самой Лори. И послушайте, что она пишет: «Я так устала. У Лори хватит сил принять то, что ее ждет. Ей бы хотелось пройтись по центральному парку, поиграть в гольф, заехать в клуб. Как ей нравилось находиться на площадке для гольфа! Неужели меньше года назад ее называли лучшей девушкой среди игроков в гольф в Нью-Джерси? А может, тюрьма ничем не отличается от клиники? Может быть, там так же безопасно, как и здесь? Может быть, в тюрьме ее не будет беспокоить сон про нож? Благодаря охране никто не сможет проникнуть в тюрьму. Туда не смогут прийти ночью с ножом. В тюрьме проверяют всю почту. Значит, фотографии сами не залезут в книгу». — Она протянула сочинение Джастину. — Доктор, это может свидетельствовать о том, что Кейт признает вину и наказание Лори.

Джастин смотрел в окно. Сара и Лори сидели рядом. Сара что-то говорила, а Лори смеялась. Они выглядели привлекательными молодыми женщинами, сидящими словно на террасе своего дома или на какой-нибудь загородной вилле.

Пэт проследила за его взглядом.

— Я вчера разговаривала с Сарой. Мне кажется, ее нервы на пределе. В день, когда двери тюрьмы закроются за Лори, у вас, доктор Донелли, может появиться новый пациент.

Джастин встал.

— Через десять минут они должны быть у меня в кабинете. Думаю, что вы правы, Пэт. Она рисует эту разорванную фотографию. Вы знаете кого-нибудь, кто мог бы аккуратно разъединить обрывки, счистить весь этот клей, вновь собрать и увеличить ее, чтобы мы могли лучше рассмотреть?

— Я попробую найти, — кивнула она.

Он повернулся к Кэти.

— Как вы думаете, если Лори, или Кейт, осознает, как скажется на Саре ее тюремное заключение, будет ли она так же покорно считать, что ее осуждение неизбежно?

— Возможно.

— Ну ладно. Я собираюсь сделать еще кое-что. Я хочу поговорить с Грегом Беннетом, бывшим приятелем Лори, и попытаться выяснить, что случилось в тот день, когда Лори так испугалась его.

76

Усаживаясь на стул возле стойки бара в «Соларисе» рядом с Дэнни — брачным сыщиком, Брендон заметил, что щеки пухлого лица Дэнни начали обвисать, прожилки на носу и щеках являлись свидетельством его пристрастия к «манхэттену».

Дэн приветствовал Моуди в своей обычной радостной манере:

— А, Брендон. Какое счастье видеть тебя!

Буркнув в ответ приветствие, Брендон едва удержался, чтобы не поддеть Дэна по поводу его ирландского акцента. Затем, вспомнив о цели своего прихода и о любви Дэнни к «манхэттену», он заказал выпивку и поинтересовался, как, по его мнению, выступит в этом сезоне команда.

— Классно. Кубок их, — радостно отозвался Дэнни. — Ребята смогут, ей-богу.

«Я знал тебя, когда ты еще умел говорить по-английски», — подумал Брендон, а вслух сказал:

— Чудесно, чудесно.

Через час, когда Моуди все еще потягивал первую порцию, Дэнни уже допивал третью. Пора. Брендон перевел разговор на Лори Кеньон.

— Я занимался этим делом, — доверительно прошептал он.

Дэнни прищурил глаза.

— Я слышал. Бедная девочка, похоже, свихнулась?

— Похоже на то, — согласился Брендон. — Думаю, что она сдвинулась после смерти родителей. Как жаль, что она не обратилась сразу же к психиатру.

Дэнни посмотрел по сторонам.

— Обратилась, — прошептал он. — Но забудь, от кого ты это узнал. Просто мне не нравится, что тебя держат в неведении.

Брендон изобразил крайнее удивление.

— Ты хочешь сказать, что она лечилась раньше?

— Прямо там, в Риджвуде.

— Откуда ты знаешь, Дэнни?

— Только между нами?

— Разумеется.

— Сразу после смерти ее родителей меня наняли разузнать все об этих сестрах и посмотреть, чем они занимаются.

— Серьезно? Наверное, страховая компания. Это связано с иском автобусной компании?

— Вот что, Брендон Моуди, ты знаешь, что отношения между клиентом и сыщиком строго конфиденциальны.

— Разумеется. Но этот автобус превысил скорость, и тормоза были неисправны. Авария была неминуема. Естественно, страховая компания занервничала и решила навести справки о тех, кто может подать на них иск. Кому еще понадобится следить за ними?

Дэнни упорно молчал. Брендон махнул бармену, но тот покачал головой.

— Я сам отвезу приятеля домой, — пообещал Брендон.

Он понял, что пора сменить тему разговора.

Часом позже, усадив Дэнни в свою машину, он вновь заговорил о Кеньонах. Когда Брендон уже подъезжал к скромному жилищу Дэнни, он наконец услышал, что хотел.

— Брендон, старина, ты хороший мужик, — медленно сказал Дэнни заплетающимся языком. — Думаешь, я не понимаю, что ты пытался расколоть меня? Между нами говоря, я не знаю, кто меня нанимал. Все это очень таинственно. Какая-то женщина. Она назвалась Джейн Грейвз. Я ни разу не встречался с ней. За очередной информацией она звонила мне каждую неделю. Я посылал ей отчеты на абонентский ящик в Нью-Йорк. Знаешь, кто это мог быть? Вдова покойного профессора. Разве эта бедная помешанная Кеньон не писала ему всякую любовную белиберду? И разве не является показателем то, что потребность в моих услугах пропала сразу после убийства?

Толкнув дверцу машины, Дэнни неуверенно вылез.

— Спокойной ночи. И в следующий раз говори прямо, что тебе нужно. Тебе не надо будет так щедро поить меня.

77

Тем «архитектором», которого Бик привел в дом Кеньонов в один из своих первых приездов, был бывший заключенный из Кентукки. Это он установил подслушивающее устройство в библиотеке и в телефоне и спрятал магнитофон в спальне для гостей, расположенной над кабинетом.

Когда Бик и Опал ходили по второму этажу с рулетками, материалами и образцами красок, им не составляло труда менять в магнитофоне кассеты. Как только они садились в машину, Бик сразу же ставил кассету и продолжал прослушивать ее снова и снова в номере гостиницы «Уиндхем».

По вечерам Сара регулярно звонила доктору Донелли, и эта информация была особенно ценной. Поначалу Опал стоило больших усилий сдерживать свое раздражение по поводу неуемной страсти Бика знать все, что касалось Ли. Но по мере того как проходили недели, она все больше терзалась двойственным чувством: страхом разоблачения, с одной стороны, и завороженным интересом, с каким она следила за возвращением памяти к Лори, — с другой.

Разговор Сары с доктором о всплывшем в памяти Лори кресле-качалке доставил Бику особое удовольствие.

— Милая малышка, — вздохнул он. — Помнишь, какая она была очаровательная и как чудесно пела. Мы хорошо научили ее. — Он покачал головой. — Боже мой. — Затем он нахмурился. — Однако она начинает говорить.

Бик открыл окна, и комната наполнилась теплым майским воздухом, легкий ветерок шевелил штору. Он отрастил волосы немного длиннее, и сегодня они были не причесаны. Он был в старых брюках и майке, обнажавшей его руки, покрытые густыми курчавыми волосами, которые Опал называла своей любимой подушкой. Она смотрела на него с благоговением.

— О чем ты думаешь, Опал? — спросил он.

— Ты сочтешь меня сумасшедшей.

— И все-таки.

— Мне только что пришло в голову, что если к твоим взлохмаченным волосам и к твоему виду в майке без куртки добавить золотую серьгу, какую ты носил раньше, то преподобный Хоккинс исчезнет. Ты вновь станешь Биком, певцом в ночном клубе.

Бик долго внимательно смотрел на нее. «Мне не нужно было говорить это, — в страхе подумала она. — Он не захочет даже думать о том, что такое возможно». Но он вдруг сказал:

— Опал, сам Господь навел тебя на эту мысль. Я много думал о той старой ферме в Пенсильвании и о том кресле-качалке, где я сидел, держа на руках эту милую крошку, и у меня зрел план. Сейчас ты помогла завершить его.

— О чем ты?

Благожелательное выражение сползло с его лица.

— Никаких вопросов. Я же говорил тебе. Никогда не задавай мне вопросов. Об этом знаем лишь я и Всевышний.

— Прости, Бобби.

Она нарочно назвала его Бобби, зная, что это смягчит его.

— Ничего. Из всего этого я понял, что мне не стоит появляться перед этими людьми в рубашках с коротким рукавом. Волосатые руки упоминаются слишком часто. А больше ты ничего не заметила?

Она молчала.

На его лице появилась зловещая улыбка.

— Похоже, здесь начинается романтическая любовная история. Послушай, как между собой разговаривают доктор и Сара. В их голосах с каждым разом все больше тепла. Он все больше и больше заботится о ней. Хорошо, что будет кому ее утешить, после того как Ли присоединится к небесному хору.

Подняв глаза от стола, Карен ослепительно улыбнулась. Она уже где-то видела этого маленького лысеющего человека с морщинистым лбом. Она предложила ему сесть. Он показал ей свою визитную карточку, и Карен поняла, почему он показался ей знакомым.

Это был нанятый Кеньонами детектив, и он присутствовал на похоронах. Луиза Ларкин говорила ей, что он беседовал с преподавателями и студентами в студенческом городке.

— Миссис Грант, если я не вовремя, вам стоит только намекнуть, — сказал Моуди, оглядывая офис.

— Нет-нет, все в порядке, — заверила она его. — Сегодня спокойное утро.

— Насколько я понимаю, путешествуют сейчас не очень-то активно, — как бы невзначай заметил Моуди. — Так, по крайней мере, говорят мои друзья.

— Как и все остальное — ни шатко ни валко. Может быть, вы хотите куда-нибудь поехать?

«Шустрая женщина, — подумал Брендон. — И вблизи она выглядит не менее привлекательно, чем на расстоянии, когда я видел ее на кладбище».

На Карен Грант был бирюзовый костюм и блузка гармонирующего оттенка. Этот цвет подчеркивал зелень ее глаз.

«Такой наряд не купишь в "Кей-Марте", — отметил про себя Брендон, — так же как и тот не-

фрит в виде полумесяца и бриллианты, что у нее
на лацканах».

— Не сегодня, — ответил он. — Я бы хотел задать вам несколько вопросов о вашем покойном
муже.

Улыбка сползла с ее лица.

— Мне очень тяжело говорить об Элане, —
сказала она. — Луиза Ларкин рассказывала мне
о вас. Вы собираете сведения для защиты Лори
Кеньон. Мистер Моуди, мне очень жаль Лори, но
она отняла у меня мужа и угрожала мне.

— Она ничего об этом не помнит. Она очень
больна, — тихо произнес Брендон. — Моя задача
помочь присяжным понять это. Я читал копии тех
писем, которые она или кто-то другой написал
профессору Гранту. Когда вам стало известно, что
он их получает?

— Сначала Элан не показывал их мне. Полагаю, не хотел меня расстраивать.

— Расстраивать?

— Понимаете, они откровенно нелепы. Я имею
в виду, что некоторые описанные в них «воспоминания» относятся к тем дням, которые мы с Эланом проводили вместе. Все это откровенная выдум-
ка и тем не менее весьма неприятная. Я случайно
наткнулась на письма в ящике его стола и спросила его о них.

— Насколько хорошо вы были знакомы с
Лори?

— Не очень хорошо. Она превосходно играет
в гольф, и я читала о ее достижениях в газетах.

На нескольких мероприятиях, проводившихся в колледже, я встречала родителей Лори. Вот, пожалуй, и все. Мне было искренне жаль ее, когда они погибли. Я знаю, Элан опасался, что у нее может быть нервный срыв.

— В ту ночь, когда он умер, вы были в Нью-Йорке?

— Я была в аэропорту, встречала клиента.

— Когда вы в последний раз разговаривали с мужем?

— Я позвонила ему около восьми часов вечера. Он был ужасно огорчен. Элан рассказал мне о неприятной сцене, которую устроила ему Лори Кеньон. Ему казалось, что он неправильно повел себя в этой ситуации. Он считал, что ему надо было поговорить с Сарой и Лори, прежде чем ее вызовут к декану. Он сказал, что искренне верит в то, что она ничего не помнит об этих письмах. Она так негодовала и была потрясена, когда ее обвинили.

— Вы понимаете, что если вы расскажете это на суде, то поможете Лори?

В глазах Карен Грант заблестели слезы.

— Мой муж был самым добрым и отзывчивым человеком из всех, кого я знала. Он, как никто другой, не хотел бы, чтобы я причинила этой девочке вред.

Моуди прищурил глаза.

— Миссис Грант, был ли у вас когда-либо повод подозревать вашего мужа в том, что он увлекся Лори?

На ее лице отразилось изумление.

— Но это же смешно. Ей всего двадцать или двадцать один, а Элану было сорок.

— Такое случается. И конечно, не было бы ничего предосудительного в том, если бы вы захотели убедиться, скажем, проверить, что это не так.

— Не понимаю, о чем вы говорите.

— Может быть, нанять частного детектива, такого, например, как я...

Слезы на ее глазах тут же высохли. Карен Грант явно разозлилась.

— Мистер Моуди, я не позволила бы себе так оскорбить своего мужа. И вы оскорбляете меня. — Она встала. — Думаю, нам с вами больше нечего сказать друг другу.

Моуди медленно поднялся.

— Прошу вас простить меня, миссис Грант. Постарайтесь понять, что мне нужно объяснить как-то действия Лори. По вашим словам, профессор Грант считал, что Лори на грани нервного срыва. Если между ними что-то было и он рассказал об этом руководству, тогда в ней произошел надлом...

— Мистер Моуди, не выгораживайте девочку, которая убила моего мужа, пытаясь очернить его. Элан был скромным и замкнутым человеком, он чувствовал себя крайне неловко, когда студентки влюблялись в него. Вы не можете извратить этот факт ради спасения его убийцы.

Виновато кивая, Брендон Моуди обвел глазами офис. Он был обставлен со вкусом: красный кожаный диванчик и такие же стулья, на стенах плакаты с экзотическими видами, свежие цветы на столе Карен Грант и на кофейном столике возле дивана.

На ее столе не было никаких бумаг, и за все время, пока он был там, ни разу не зазвонил телефон.

— Миссис Грант, на прощание мне хотелось бы сказать вам нечто более приятное. Моя дочь работает стюардессой в «Американ эрлайнз». Она любит свою работу и говорит, что туристский бизнес невероятно захватывающее дело. Надеюсь, вы чувствуете то же самое и ваша работа помогает вам пережить потерю мужа.

Ему показалось, что она слегка смягчилась.

— Я бы просто пропала без работы.

В офисе больше никого не было.

— А сколько человек здесь работает? — ненавязчиво поинтересовался он.

— Моя секретарша вышла по делу. А Энни Уэбстер, владелица бюро, сегодня больна.

— Значит, всеми делами занимаетесь вы?

— Энни скоро уходит на пенсию. И я все возьму в свои руки.

— Понятно. Ну что ж, я отнял у вас уже достаточно времени.

Моуди не сразу вышел из гостиницы. Усевшись в вестибюле, он стал наблюдать за бюро путешествий. За два часа туда не вошел ни один человек. Через стеклянную стену офиса он видел, что Карен ни разу не сняла трубку телефона. Отложив в сторону газету, которой он закрывался, Брендон не спеша подошел к портье и завел с ним беседу.

Грег Беннет ехал по Тернпайк, направляясь к туннелю Линкольна. Стоял теплый туманный день, словно уже был июль, а не последняя неделя мая. Грег ехал в своем новом «мустанге» с открытым верхом.

Это был подарок деда по случаю окончания колледжа. От такого подарка молодой человек чувствовал себя неловко.

— Дедушка, мне уже двадцать пять, и я в состоянии сам заработать себе на машину, — пытался возразить он, но мать отвела его в сторону.

— Ради бога, Грег, не будь таким заносчивым. Дед так рад, что тебя приняли в Стэнфорд, его просто распирает от гордости.

По правде говоря, Грегу был больше по душе старенький подержанный «форд», на котором он ездил в Клинтоне. Он до сих пор помнил, как небрежно закидывал в багажник мешки с клюшками для гольфа, а Лори садилась рядом, подшучивая над его игрой.

Лори.

Он свернул на Третью магистраль, подъезжая к туннелю. Здесь обычно все ехали медленнее, и он взглянул на часы на панели управления. 15.40. Хорошо. У него было достаточно времени, чтобы добраться до клиники. Грег надеялся, что выглядит вполне прилично. Он долго раздумывал, что надеть, и выбрал бежевый пиджак, рубашку без воротничка, твидовые брюки и легкие кожаные туфли. Лори не одобрит его, если он слишком вырядится. От мысли о том, что он увидит ее после стольких месяцев, у него пересохло во рту.

Сара ждала в приемной. Он поцеловал ее в щеку. Ему сразу бросилось в глаза, как она измучилась. Под глазами образовались темные круги. По контрасту с темными бровями и ресницами ее кожа казалась прозрачной. Она сразу же повела его к доктору, лечившему Лори.

— Возможно, однажды Лори расскажет нам о тех годах, когда ее похитили, и о смерти Элана Гранта, но на данном этапе она не может помочь нам подготовить ее защиту. Мы пытаемся помимо Лори воссоздать картину обстоятельств, на которые у Лори возникла неадекватная реакция, и попробовать узнать, что послужило толчком к нервному расстройству. Вы рассказывали Саре и детективу Моуди о том, что произошло в вашей квартире год назад. Мы хотели бы воспроизвести этот эпизод. Лори согласна на эксперимент. Мы запишем вас с ней на видеопленку. Нам необходимо, чтобы вы в ее присутствии описали, что вы делали, что говорили и где вы находились относительно друг друга. Прошу вас, ради нее, ничего не изменяйте и не скрывайте. Ничего, я подчеркиваю.

Грег кивнул.

Доктор Донелли поднял телефонную трубку.

— Приведите, пожалуйста, Лори.

Грег не знал, к чему готовиться. Конечно, это была не та очаровательная Лори в коротенькой юбочке и майке с узеньким ремешком, подчеркивавшим ее тонкую талию, и в сандалиях. Увидев его, она напряглась. Что-то подсказало Грегу, чтобы он не вставал. Он небрежно махнул ей рукой.

— Привет, Лори.

Усаживаясь рядом с Сарой, она настороженно смотрела на него, затем кивнула, но ничего не сказала.

Грег включил камеру.

— Грег, около года назад Лори пришла к тебе в гости, и по непонятной причине ее охватила паника. Расскажи нам об этом.

Грег слишком часто вспоминал то утро и поэтому сразу начал рассказывать.

— Это было воскресенье. Я спал дольше обычного. В десять часов Лори позвонила в дверь и разбудила меня.

— Опиши свою квартиру, — вмешался Джастин.

— Однокомнатная квартира над гаражом километрах в двух от студенческого городка. Маленькая кухня, стойка со стульями, раскладывающийся диван-кровать, книжные шкафы, комод, два встроенных шкафа, довольно просторный туалет. В общем, довольно неплохая квартира на фоне многих других.

Сара смотрела, как Лори закрыла глаза, словно вспоминая.

— Хорошо, — сказал Джастин. — Ты ждал, что Лори зайдет к тебе?

— Нет. Она собиралась провести тот день дома. Вообще-то она приглашала меня к себе, но мне нужно было сдавать курсовую работу. Она ходила на девятичасовую службу в церковь, затем заехала в булочную. Когда я открыл ей дверь, она сказала что-то вроде: «Твой кофе — мои горячие булочки. Идет?»

— Какое у нее было настроение?

— Хорошее, она смеялась. В субботу мы играли с ней в гольф, и игра была очень упорной. Она выиграла у меня с минимальным преимуществом. В воскресенье утром на ней было белое летнее платье, и выглядела она просто великолепно.

— Ты поцеловал ее?

Грег взглянул на Лори.

— В щечку, когда она подставила мне ее для поцелуя. Временами я чувствовал, что ей это нравится, но я всегда был очень осторожен. Я словно боялся ее отпугнуть. Когда я обнимал и целовал ее, я всегда делал это медленно и ненавязчиво и следил за ее реакцией. Если я чувствовал, что она напрягается, сразу же отпускал ее.

— И тебя, естественно, это огорчало? — спросил Джастин.

— Естественно. Но я всегда чувствовал, что в Лори был какой-то страх, и мне нужно было подождать, пока она станет мне доверять. — Грег прямо посмотрел на Лори. — Я ничем не обидел ее. Я убил бы любого, кто посмел бы обидеть ее.

Лори смотрела на него, уже не избегая его взгляда. Следующей заговорила она:

— Я сидела за столиком рядом с Грегом. Мы выпили по две чашки кофе и доедали третью булочку. Мы говорили о том, когда бы нам еще поиграть в гольф. Я чувствовала себя очень счастливой в тот день. Было такое прекрасное утро, и все казалось свежим и чистым.

На слове «чистым» ее голос дрогнул.

Грег встал.

— Лори сказала, что ей нужно ехать. Она поцеловала меня и направилась к двери.

— В этот момент не было никаких признаков страха или паники? — уточнил Джастин.

— Никаких.

— Лори, я хочу, чтобы ты встала возле Грега точно так же, как в тот день. Сделай вид, что ты собираешься уходить.

Лори нерешительно встала.

— Вот так, — прошептала она. Она протянула руку к воображаемой ручке двери, стоя спиной к Грегу. — И он...

— И я хотел было приподнять ее... — сказал Грег. — В шутку, конечно. Мне хотелось еще раз поцеловать ее.

— Покажи как, — велел Джастин.

— Вот так.

Грег встал позади Лори и, обхватив ее руками, начал приподнимать. Ее тело напряглось. Она начала всхлипывать. Грег сразу же отпустил ее.

— Лори, скажи, чего ты боишься, — поспешно спросил Джастин.

Всхлипывания сменились сдавленными детскими рыданиями, но она не отвечала.

— Дебби, это ты там плачешь, — обратился к ней Джастин. — Но скажи мне почему.

Она показала направо и вниз.

— Он хочет отнести меня туда, — сказала она сквозь слезы слабым детским голосом.

У Грега был ошарашенно-озадаченный вид.

— Погодите-ка, — сказал он, — если бы мы были в моей квартире, то она бы сейчас показывала на диван-кровать.

— Опиши его, — отрывисто вставил Джастин.

— Я только встал, так что он был разложен и не убран.

— Дебби, почему ты испугалась, решив, что Грег собирается отнести тебя на кровать? Что могло там с тобой произойти? Расскажи нам.

Она закрыла лицо руками и продолжала тихо по-детски плакать.

— Не могу.

— Почему, Дебби? Мы же любим тебя.

Подняв глаза, она бросилась к Саре.

— Сара, я не знаю, что было потом, — прошептала она. — Как только мы ложились в постель, я куда-то уносилась.

80

Вера Уэст не могла дождаться конца семестра. Ей было все труднее казаться невозмутимой, что, как она понимала, было крайне необходимо. Сейчас, когда она шла днем по территории городка, сжимая в руках кожаную сумку, набитую работами студентов, она неожиданно для себя начала молиться, чтобы не разрыдаться прежде, чем войдет в свой коттедж.

Ей нравился коттедж, который она снимала здесь. Он был со всех сторон окружен деревьями, и когда-то в нем жил садовник расположенного по соседству большого дома. Она устроилась на работу на английское отделение Клинтонского колледжа после того, как, проучившись дополнительно три года и получив в сорок лет докторскую степень, почувствовала, что ей нужно что-то изменить в своей жизни, и уехала из Бостона.

Клинтон оказался именно таким небольшим и опрятным городком, какие ей очень нравились. Поскольку она была завзятой театралкой, ее также устраивала близость Клинтона к Нью-Йорку.

В ее жизни было не много мужчин. Порой она мечтала встретить кого-то особенного, но потом пришла к выводу, что ей уготовано судьбой пойти по стопам своих незамужних теток.

И вот она встретила Элана Гранта.

Слишком поздно Вера поняла, что полюбила его. Он преподавал на том же факультете. Это был замечательный человек блестящего ума, и он по праву пользовался любовью у студентов.

Все началось в октябре. Как-то вечером после лекции о Киссинджере у Элана не заводилась машина, и она предложила его подвезти. Грант предложил ей зайти к нему что-нибудь выпить, и она согласилась. Она никак не могла предположить, что его жены не окажется дома.

Его дом удивил Веру своей роскошной обстановкой, учитывая, что она знала, сколько он получает. Однако не чувствовалось никаких усилий придать этому надлежащий вид. Квартира выглядела так, словно нуждалась в хорошей уборке. Она знала, что Карен, его жена, работает в Манхэттене, но она не предполагала, что у нее там квартира.

— Здравствуйте, доктор Уэст.

— А? Да, привет.

Вера попыталась улыбнуться, проходя мимо группы студентов. По их приподнятому настроению чувствовалось, что близится конец семестра. Никому из них не грозит одинокое лето и одинокое будущее.

В тот первый вечер у Элана дома она предложила приготовить лед, пока он наливал виски с содовой. В морозильнике лежала груда упаковок пиццы, лазаньи, куриные полуфабрикаты и бог знает что еще. Боже мой, неужели он так питается?

Через два дня вечером Элан занес ей домой книгу. Она только что поджарила курицу, и аппетитный запах разнесся по всему дому. Когда он что-то сказал по этому поводу, Вера, естественно, пригласила его поужинать.

Элан привык подолгу гулять перед ужином. Он стал нередко заходить к ней, затем — все чаще и чаще, когда Карен была в Нью-Йорке. Он звонил, спрашивал, не хотела бы она составить ему компанию, и если да, то что ему принести. Называя себя «мужчиной, который пришел поужинать», он приносил с собой то вино, то сыр, то фрукты.

Элан всегда уходил от нее в восемь или в половине девятого. Он был всегда к ней внимателен, но не более чем если бы они находились в окружении людей.

Несмотря на это, Вера не могла уснуть по ночам, думая о том, скоро ли о них начнут сплетничать. Она не спрашивала его, зная наверняка, что он не рассказывает жене об их встречах.

Элан показал ей письма Леоны, как только начал их получать.

— Я не собираюсь показывать их Карен, — сказал он. — Они только расстроят ее.

— Я уверена, что она не придаст им значения.

— Нет, Карен лишь выглядит умудренной опытом женщиной, на самом деле она далеко не так уверена в себе. И она зависит от меня гораздо в большей степени, чем ей кажется.

Через несколько недель он сказал ей, что Карен обнаружила письма.

— Как я и предполагал, она огорчена и встревожена.

В это время Вера подумала, что Карен ведет себя несколько странно. Встревожена за своего мужа и все время в отъезде. Глупая женщина.

Сначала Элан, казалось, намеренно избегал разговоров о себе. Затем, постепенно, он начал рассказывать ей о своем детстве.

— Отец ушел от нас, когда мне было восемь месяцев. Мама с бабушкой... такой дуэт! Они только и делали, что зарабатывали деньги. — Он рассмеялся. — Я имею в виду, что они почти только этим и занимались. У бабушки был большой старый дом в Итаке. Она сдавала комнаты старикам. Я всегда говорил, что вырос в доме престарелых. Четверо или пятеро стариков были в прошлом педагогами, так что у меня не было проблем с домашними заданиями. Моя мать работала в местном универмаге. Они экономили каждый цент, чтобы я мог получить образование, и с умом вкладывали деньги. Готов поклясться, что они были разочарованы, когда я получил право на большую стипендию в Йельском университете. Они обе хорошо готовили. Я до сих пор помню, как приятно было приходить домой холодным днем после занятий и, открывая дверь, чувствовать тепло и вдыхать вкусные запахи, разносившиеся из кухни…

Элан рассказывал ей все это за неделю до смерти. Затем он добавил:

— Вера, я чувствую то же самое, когда прихожу сюда. Тепло и ощущение, что я прихожу домой к тому, с кем я хочу быть и кто, я надеюсь, хочет быть со мной. — Он обнял ее. — Ты можешь немного подождать? Мне нужно что-то придумать.

Вечером перед смертью Элан в последний раз приходил к ней. Он был очень расстроен и подавлен.

— Мне надо было сначала поговорить с Лори и ее сестрой. Я слишком поторопился, обратившись сразу к декану. Теперь декан считает, что у меня со студентами слишком панибратские отношения. Он прямо спросил, какие проблемы у нас с Карен и что является причиной ее столь частого отсутствия.

В тот вечер уже в дверях он медленно поцеловал ее и сказал:

— Все изменится. Ты нужна мне, и я очень люблю тебя.

Какое-то предчувствие подсказывало ей, что надо попросить его остаться. Если бы она только прислушалась к нему и — плевать на все эти сплетни. Но она дала ему уйти. После половины одиннадцатого она позвонила ему. У него был радостный голос. Он уже поговорил с Карен и все выложил ей. Он принял снотворное.

— Я люблю тебя, — вновь сказал он, и это были последние слова, которые она от него услышала.

Слишком взволнованная, чтобы лечь спать, Вера посмотрела в одиннадцать часов новости и начала прибираться в гостиной, взбивая подушки и раскладывая журналы. Она заметила, как на кресле что-то блеснуло. Это был ключ зажигания от машины Элана. Видимо, выпал из его кармана.

Ее внезапно охватило какое-то непонятное беспокойство. Найденный ключ был предлогом для очередного звонка. Она набрала его номер и долго слушала гудки. К телефону никто не подходил. «Должно быть, снотворное уже подействовало», — убедила она себя.

Сегодня, под влиянием вновь нахлынувшего на нее чувства одиночества, Вера торопливо шла с опущенной головой по вымощенной булыжником дорожке. Перед ее глазами стояло лицо Элана. Ей мучительно хотелось обнять его. Она дошла до ступенек. «Элан. Элан. Элан».

— Элан...

Вера не заметила, что произнесла его имя вслух, пока не встретилась с проницательным взглядом Брендона Моуди, поджидавшего ее на крыльце.

81

Сидя за столиком в «Вилья Чезаре» в Хиллсдей-ле, в нескольких километрах от Риджвуда, Сара никак не могла понять, как ей пришло в голову согласиться на этот ужин с преподобным Бобби и Карлой Хоккинс.

Эта парочка показалась в дверях через пять минут после ее возвращения из Нью-Йорка. Как они объяснили, они ездили тут неподалеку, осматривая окрестности, и видели, как она обогнала их на Линкольн-авеню.

— У вас был такой вид, словно вам нужна помощь, — сказал преподобный Бобби. — И я почувствовал, что Господь велел мне развернуться и заехать к вам, чтобы узнать, как дела.

Когда Сара, распрощавшись с Грегом Беннетом, в семь часов приехала домой из клиники, то почувствовала сильную усталость и голод. Софи не было, и едва Сара открыла дверь пустого дома, как сразу поняла, что не хочет находиться там. «Вилья Чезаре» издавна был ее любимым рестораном, где можно великолепно поесть. Устрицы, креветки, белое вино, капучино, всегда теплая приветливая обстановка. Сара уже выходила из дому, когда подъехали Хоккинсы, и в конце концов они поехали в ресторан вместе.

Приветствуя кивком головы знакомых, сидевших за другими столиками, Сара сказала себе: «Это доброжелательные люди, и я выслушаю все их проповеди». Погруженная в свои мысли, она не сразу поняла, что преподобный Хоккинс спрашивает ее о Лори.

— Это дело времени, — объяснила она. — Джастин, я имею в виду доктора Донелли, совершенно не сомневается в том, что в конце концов Лори перестанет упорствовать и расскажет о той ночи, когда умер профессор Грант. Но похоже, что эти воспоминания тесно связаны со страхом, который она испытывала в прошлом. Доктор полагает, что в какой-то момент у нее наступит внезапное просветление памяти. Я молю Бога, чтобы это случилось.

— Аминь, — произнесли в унисон Бобби и Карла.

Сара поняла, что была неосмотрительна. Она рассказывала о Лори слишком много. Ведь она совершенно не знала этих людей, и единственное, что их связывало, это продажа дома.

Дом. Вот о чем можно говорить.

— Мама сажала цветы с таким расчетом, чтобы у нас постоянно что-то цвело, — сказала она, выбирая булочку поподжаристей. — Тюльпаны просто великолепны. Вы сами видели. Примерно через неделю зацветут азалии. Мне они нравятся больше всего. У нас они красивы, но у д'Андреас вообще необыкновенны. Это угловой дом.

Опал ослепительно улыбнулась.

— О каком доме вы говорите? О том, что с зелеными ставнями, или о белом, который прежде был розовым?

— О том, что был розовым. Отец просто видеть его не мог, когда прежние владельцы покрасили его в этот цвет. Я помню, как он говорил, что собирается ехать в муниципалитет и ходатайствовать о снижении налогов с него.

Опал почувствовала, как Бик обжег ее взглядом. Она чуть не ахнула, осознав свою чудовищную оплошность. И чего она сейчас вспомнила про этот угловой розовый дом? Сколько лет назад его перекрасили?

К счастью, Сара Кеньон, кажется, не заметила ее оплошности. Она заговорила о новой квартире и о том, как хорошо там идет строительство.

— Она будет готова к первому августа, — сказала Сара. — И мы сможем вовремя освободить для вас дом. Вы очень любезны, что дали нам столько времени.

— Возможно ли, что Лори будет жить дома? — как бы невзначай спросил Бик, пока официант подавал ему телячью отбивную.

— Помолитесь за это, преподобный Хоккинс, — сказала ему Сара. — Доктор Донелли утверждает, что она не представляет ни для кого угрозы. Он хочет, чтобы ее обследовал психиатр, назначенный прокуратурой, и подтвердил, что она может находиться на амбулаторном лечении. Он считает, что Лори необходимо преодолеть чувство

страха, вызывающее у нее стремление запереть-
ся, чтобы почувствовать себя в безопасности, а
это необходимо для ее защиты.

— Мне больше всего хочется увидеть вашу маленькую сестру дома в Риджвуде, — сказал Бик,
похлопав Сару по руке.

В ту ночь, когда Сара ложилась в постель, ее
не покидало чувство, что она упустила нечто такое,
на что должна была обратить внимание.

«Должно быть, Лори что-то сказала», — решила она, погружаясь в сон.

82

Джастин Донелли шел из клиники к себе домой
на Сентрал-Парк-Саут и был так погружен в свои
мысли, что впервые не обращал внимания на па-
нораму Нью-Йорка. В семь часов оставалось еще
минут сорок до захода солнца. Мягкая теплая погода выманила на улицу множество людей, которые не спеша прогуливались по Пятой авеню, оста-
навливаясь возле киосков на тротуаре вдоль парка
или возле картин художников-любителей.

Он не замечал ни пикантных запахов, исходив-
ших от лотков, которые уличные торговцы уже
убирали на ночь, ни лошадей на углу Пятой авеню, терпеливо стоящих в ожидании, когда их впря-
гут в празднично украшенные тележки, ни ряда
лимузинов перед отелем «Плаза». Мысли Джастина были заняты Лори Кеньон.

Ее случай, безусловно, был самым ярким и интересным в практике доктора Донелли. Обычно женщины, подвергшиеся в раннем возрасте сексуальным домогательствам, чувствовали, что они в какой-то степени сами виноваты в этом. Большинство из них приходит потом к выводу, что они бессильны были предотвратить случившееся. Лори же противилась пониманию этого факта.

Однако уже наблюдался какой-то прогресс. Перед уходом из клиники Джастин зашел повидаться с Лори. Она поужинала и сидела в солярии. Девушка была тихой и задумчивой.

— Я очень благодарна Грегу, что он пришел сегодня, — неожиданно начала она и потом добавила: — Я знаю, что он никогда не обидит меня.

Джастин ухватился за эту возможность.

— Он не только никогда не обижал тебя, Лори, он сделал гораздо больше. Когда он в шутку приподнял тебя, он помог тебе что-то вспомнить. Если ты напряжешь свою память и вспомнишь все, это поможет тебе выздороветь. Так что все зависит от тебя.

— Я знаю, — ответила Лори. — Я попытаюсь. Обещаю. Вы знаете, доктор, чего я хочу больше всего на свете? — Она не стала ждать его ответа. — Я хочу полететь в Шотландию и поиграть в гольф в Сент-Андрусе. Вам кажется, что я несу бред?

— Нет, мне кажется, это замечательная идея.

— Но этого, конечно, никогда не будет.

— Если только ты не поможешь себе.

Свернув к своему дому, он думал о том, что слишком давит на нее. Он также раздумывал над тем, не совершил ли он ошибку, попросив прислать назначенного прокуратурой психиатра, чтобы переосвидетельствовать состояние Лори для возможного восстановления поручительства.

Спустя несколько минут, когда он уже сидел на террасе своей квартиры, потягивая любимый австралийский шардонне, раздался телефонный звонок. Звонили из клиники. Извинившись за беспокойство, старшая сестра сказала:

— Здесь мисс Кеньон. Она говорит, что у нее к вам что-то срочное.

— Лори!

— Нет, не Лори, доктор. Кейт. Она хочет сказать вам что-то очень важное.

— Передайте ей трубку.

Он услышал знакомый резкий голос:

— Слушайте внимательно, доктор Донелли. Вы должны это знать. Один мальчонка страшно хочет поговорить с вами, но Лори не дает ему. Она боится.

— Что это за мальчик, Кейт? — быстро спросил Джастин.

«Я прав, — подумал он. — В Лори существует еще одна личность, которая пока не проявляла себя».

— Я не знаю, как его зовут. Он не говорит мне. Ему лет девять-десять, он очень сообразительный и много выстрадал из-за Лори. Он устал молчать. Продолжайте заниматься с ней. Она уже не выдерживает. Он чуть было не заговорил с вами сегодня.

И он услышал, как положили трубку.

83

15 июня преподобному Бобби Хоккинсу позвонила Лиз Пирс из журнала «Пипл» и попросила у него интервью. Ей поручили написать о нем в сентябрьском номере.

Бик начал отказываться, затем сказал, что ему очень приятно и он польщен.

— Я буду рад, если вы напишете о моей службе, — в итоге сказал он ей.

Но как только он положил трубку, его голос сразу изменился.

— Опал, если я откажусь, эта журналистка подумает, что я что-то скрываю. А так я, по крайней мере, смогу проследить, о чем она пишет.

84

Брендон Моуди с сочувствием смотрел на Сару. Был жаркий июньский день, но она так и не включила кондиционер в библиотеке. На ней был темно-синий жакет с белым воротником и белая юбка. Было только половина девятого, но она уже собралась ехать в Нью-Йорк. Это продолжается уже четыре месяца: она ест, пьет, дышит, думая только о защите, подготовка которой не сдвигается с мертвой точки. Она целыми днями сидит в психиатрической клинике и радуется, что ее сестра там, а не в Хантердонской тюрьме. А он еще собирается лишить ее последней надежды на успешную защиту.

В дверь постучала Софи и, не дожидаясь приглашения, вошла, неся поднос с кофе, булочками и апельсиновым соком.

— Мистер Моуди, — обратилась она к нему. — Надеюсь, вы убедите Сару съесть эту булочку. Она совсем ничего не ест, и от нее остались кожа да кости.

— Ах, Софи, — начала было Сара.

— Не надо вздыхать «ах, Софи», я говорю то, что есть. — Софи поставила поднос на стол, ее лицо выражало беспокойство. — Этот чудотворец не собирается сегодня прийти? — спросила она. — Говорю тебе, Сара, требуй с них арендную плату.

— Это они вправе требовать ее у меня, — ответила Сара. — Они с марта являются владельцами этого дома.

— По договоренности ты освобождаешь дом в августе.

— Они не беспокоят меня. Наоборот, они очень добры ко мне.

— Последнее время я каждое воскресенье смотрю их передачу, и, должна тебе сказать, это та еще парочка. Насколько я понимаю, он, прикрываясь именем Господа, берет за свои «чудеса» наличными и говорит так, словно Господь забегает к нему каждый день поболтать.

— Софи, — возмутилась Сара.

— Хорошо-хорошо, ты занята.

Качая головой, Софи вышла из библиотеки, ее тяжелые шаги свидетельствовали о том, что ей все это очень не нравится.

Сара подала Брендону чашечку кофе.

— Так мы говорили... А вообще-то, о чем мы говорили?

Брендон взял кофе, положил в него три ложки сахара и с шумом размешал.

— Мне бы очень хотелось чем-нибудь порадовать тебя, но, увы, нечем, — произнес он. — Мы надеялись на то, что Элан Грант воспользовался угнетенным состоянием Лори и довел ее до отчаяния, передав ее письма руководству. Так вот, Сара, если он и воспользовался, то нам этого ни за что не доказать. Его брак уже разваливался. Я почувствовал это и вышел на его жену. Она дамочка не простая. Судя по тому, что о ней говорят в гостинице, у нее было довольно много приятелей. Однако вот уже около года она задержалась на одном, от которого, похоже, без ума. Его имя — Эдвин Рэнд. Это один из тех красавчиков, что всю жизнь живут за счет женщин. Ему лет сорок — сорок пять. Он писатель-путешественник, который, не зарабатывая себе достаточно денег даже на пропитание, отдыхает на лучших курортах мира. Он мастерски обработал эту красотку.

— А Элан Грант знал о нем? — спросила Сара.

— Не уверен. Когда Карен приезжала домой, у них как будто бы все шло хорошо.

— Но предположим, что он все-таки знал и чувствовал себя оскорбленным и отвергнутым. Тогда он обратил свое внимание на Лори, которая была от него без ума.

Говоря это, Сара оживилась. «Бедняжка, она пытается ухватиться за что угодно, на чем можно было бы построить защиту Лори», — подумал Брендон.

— Не годится, — откровенно сказал он. — Элан встречался с преподавательницей факультета Верой Уэст. Она разрыдалась и рассказала мне, что в последний раз говорила с ним по телефону в день его смерти в половине одиннадцатого вечера. Он был в хорошем настроении, так как почувствовал облегчение после того, как все выложил жене.

— А именно?

— Как она поняла, он сказал своей жене, что хочет развестись с ней.

Брендон отвернулся, чтобы не видеть отчаяния в глазах Сары.

— В принципе, ты могла бы обвинить его жену, поскольку это не будет опровергнуто надлежащими доказательствами, — сказал он. — Мать Элана Гранта оставила ему довольно крупную сумму в доверительную собственность. По условиям он должен был получать около ста тысяч долларов в год, а остальное — миллиона полтора, и эта сумма продолжает расти — он мог взять по достижении шестидесяти лет. Мать, очевидно, понимала, что он не умеет обращаться с деньгами. Как я слышал, Карен Грант распоряжалась этими деньгами, как своими собственными. В случае развода эта доверительная собственность не подлежала разделу. Сколько бы она ни зарабатывала в бюро путешествий, она была бы не в состоянии оплачивать свою шикарную квартиру и наряды. И о писателе ей осталось бы только вспоминать. Однако в случае смерти Элана все переходило к ней. Единственная неувязка в том, что Карен Грант, разумеется, не позаимствовала нож у Лори, чтобы убить своего мужа и затем вернуть нож ей.

Сара не замечала, что ее кофе почти совсем остыл. Она пила его маленькими глотками, чувствуя, что это помогает ей в какой-то степени снять возникшее напряжение.

— До меня дошли слухи из хантердонской прокуратуры, — сказала она ему, — что психиатр, которого направили обследовать Лори, просмотрел видеозаписи сеансов. Он допускает возможность того, что Лори страдает расщеплением личности.

Она провела рукой по лбу, словно пытаясь прогнать головную боль.

— За то, что Лори признает себя виновной в непредумышленном убийстве, они не будут требовать максимального наказания. Лет через пять, а то и меньше ее, возможно, уже выпустят. А если дойдет до суда, ей будет предъявлено обвинение в умышленном преднамеренном убийстве. И вероятность того, что пройдет именно эта формулировка, тогда очень велика.

85

— Прошел уже месяц с тех пор, как Кейт позвонила мне и сказала, что существует еще одна личность — девяти-десятилетний мальчик, который

хочет поговорить со мной, — начал Джастин Донелли. — И, как ты знаешь, с тех пор Кейт отрицает, что ей что-либо известно об этой личности.

Сара кивнула.

— Знаю.

Надо было рассказать Джастину Донелли, что
они с Брендоном Моуди сошлись на том, что в
интересах Лори им следует пойти на «согласованное признание вины».

— Я приняла решение, — произнесла она.

Джастин слушал, не сводя глаз с лица Сары.
«Если бы я был художником, — думал он, — я бы
написал это лицо и назвал бы картину "Скорбь"».

— Так что, видишь, — продолжала Сара, —
судебные психиатры склоняются к тому, что над
Лори в детстве надругались и есть достаточные
основания считать, что у нее расщепление личности. Они знают, что присяжные отнесутся к ней с
сочувствием и вряд ли вынесут обвинение в умышленном убийстве. Однако наказание за непредна-
меренное убийство в состоянии аффекта тоже может караться сроком заключения до тридцати лет.
С другой стороны, если она признается в том, что
совершила убийство в состоянии сильного душев-
ного волнения, ее могут приговорить максимум к
десяти годам лишения свободы. И все зависит от
судьи, получит ли она пять лет без права досроч-
ного освобождения, или же он даст ей те же пять
лет, но не оговаривая этого условия, и она сможет
выйти на свободу через год или два. Я не имею
права рисковать тридцатью годами жизни Лори.

— Как она может признать себя виновной в преступлении, когда даже не помнит, совершала ли она его? — спросил Джастин.

— По закону это возможно. Ее заявление будет состоять в том, что, поскольку она не помнит, как совершала преступление, она, ознакомившись с уликами вместе с адвокатом, согласилась с фактом совершенного ею преступления.

— Сколько времени ты можешь еще потянуть? В голосе Сары послышалась неуверенность.

— А какой смысл? К тому же если мы перестанем давить на Лори, чтобы форсировать ее воспоминания, это в дальнейшем может благоприятно сказаться на ней. Путь все идет своим чередом.

— Нет, Сара.

Резко отодвинув стул, Джастин подошел к окну и тут же пожалел об этом. В солярии за садом стояла Лори. Прижав руки к стеклянной стене, она смотрела на улицу. Даже отсюда он видел, что она чувствовала себя птицей в клетке, мечтающей улететь. Он повернулся к Саре.

— Дай мне еще немного времени. Как ты думаешь, скоро ли судья разрешит ей вернуться домой?

— На следующей неделе.

— Хорошо. Ты занята сегодня вечером?

— Так, дай-ка подумаю. — Сара быстро заговорила, явно пытаясь скрыть свои эмоции. — Если я поеду домой, меня ждет одно из двух. Припрутся Хоккинсы, чтобы принести еще что-нибудь из своих вещей, и захотят со мной поужинать. Или Софи, которую я искренне люблю, будет заниматься разборкой родительских шкафов, избавляя меня от работы, которую я откладываю. Есть еще и третий вариант: я попытаюсь продумать блестящую защиту для Лори.

— Конечно, у тебя есть друзья, которые тебя куда-то приглашают.

— У меня много друзей, — ответила Сара. — Хороших друзей, родственников, замечательных людей, которые хотят помочь. Но, понимаешь, к концу дня я устаю вновь и вновь все им объяснять. Я уже не могу больше давать пустые обещания, что что-нибудь изменится и все будет хорошо. Мне надоело слышать, как они говорят о том, что ничего бы этого не случилось, если бы Лори в детстве не похитили. Я все это знаю. И от этого я просто схожу с ума. Ах да, и еще они говорят о том, что отцу было уже за семьдесят, а мама перенесла несколько лет назад операцию и прогнозы были неутешительны. И может, это и к лучшему, что они вместе покинули этот мир. Понимаешь, я согласна с ними, но не хочу слышать все это.

Джастин понимал, что стоит ему сказать хоть одно утешительное слово, и Сара разрыдается. Он не желал этого. С минуты на минуту должна была прийти Лори.

— Я хотел тебе предложить поужинать со мной сегодня, — мягко сказал он. — А вот то, что я хотел тебе показать.

Он достал из истории болезни Лори фотографию размером десять на восемь. Она вся была испещрена едва заметными линиями.

— Это увеличенный снимок фотографии, которую Лори разорвала в тот день, когда сюда поступила, — пояснил он. — Ее неплохо восстановили. Скажи, что ты видишь на ней.

Сара взглянула на фотографию, и ее глаза округлились.

— На прежнем снимке я не видела, что Лори плачет. Какое-то дерево. Какой-то полуразваленный дом. А это что такое? Сарай? Это совершенно не похоже на Риджвуд. Где же ее сфотографировали?

Она нахмурила лоб.

— Подожди, подожди. Три раза в неделю Лори ходила в детский сад. И детей часто возили на экскурсии в парки и на озера. Фермы, похожие на эту, есть в районе Хэрримэн-Стейт-Парк. Но почему же эта фотография вызвала у нее такую истерику?

— Я и хочу это выяснить, — сказал Джастин и включил видеокамеру, увидев показавшуюся в дверях Лори.

Лори заставила себя взглянуть на снимок.

— За домом курятник, — прошептала она. — Там происходят нехорошие вещи.

— Что за нехорошие вещи, Лори? — спросил Джастин.

— Не рассказывай, дура. Он узнает, и ты знаешь, что он с тобой сделает.

Сара впилась ногтями в ладони. Этот голос она никогда до этого не слышала. Звонкий мальчишеский голос. Лори начала хмуриться. Даже при том, что черты ее лица изменились до неузнаваемости, ее рот был решительно сжат. Одна рука шлепала по другой.

— Привет, — небрежно сказал Джастин. — С тобой я еще не знаком. Как тебя зовут?

— Эй ты, ну-ка назад! — Это был кошачий голос Леоны. — Послушай, доктор, я знаю, что эта корова Кейт попыталась обойти меня. Но этому не бывать.

— Леона, что ты все время встреваешь? — строго спросил Джастин.

Сара поняла, что он решил прибегнуть к новой тактике. Его тон был несколько угрожающим.

— Потому что меня все время обманывают. Я верила Элану, а он сделал из меня посмешище. Я поверила тебе, когда ты попросил нас вести дневник, а ты подсунул туда эту фотографию.

Волосы падали Лори на лицо. Она откидывала их назад привычно кокетливым жестом.

— Этого не может быть. Ты не могла найти эту фотографию в дневнике, Леона.

— А вот нашла. Точно так же, как обнаружила этот проклятый нож в своей сумке с учебниками. Я так хорошо выглядела, когда отправилась к Элану для решающего разговора. А он так мирно спал, что я даже не стала будить его, а теперь все обвиняют меня в его смерти.

Сара затаила дыхание. «Замри, — говорила она себе. — Не спугни ее».

— Ты даже не пыталась его разбудить? — спросил Джастин таким тоном, словно говорил о погоде.

— Нет. Я собиралась устроить ему спектакль. Я хочу сказать, что деваться мне было некуда. Этот пропавший кухонный нож. Сара. Софи. Доктор Карпентер. Всем надо было знать, почему я взяла его. А я его не брала. Тут Элан делает из меня дуру. И знаешь, что я решила? — Не дожидаясь ответа, она продолжала: — Убить себя прямо на его глазах. Пусть бы он потом раскаивался в том, как он со мной обошелся. Какой смысл жить? Ничего хорошего меня уже не ждет.

— Ты пришла к его дому и большое окно было открыто?

— Нет. Я не лазаю в окна. На террасе есть стеклянная дверь. Замок не защелкивается. Он был уже в постели. Я прошла в его комнату. Дай мне, ради бога, сигарету.

— Конечно. — Донелли подождал, пока Леона, держа зажженную сигарету в руке, облокотилась на спинку стула, затем спросил: — Что делал Элан, когда ты вошла?

Ее губы искривились в улыбке.

— Он храпел. Можешь себе представить? И мой спектакль сорвался. А он лежит себе в кровати, свернувшись, как ребенок, обхватив руками подушку, и храпит. — Ее голос стал мягче и несколько неувереннее. — Мой папа часто храпел. Мама говорила, что это был его единственный недостаток. От его храпа мертвый мог проснуться.

«Да, — думала Сара. — Верно».

— А нож был у тебя?

— Ах да. Я поставила свою сумку на пол возле кровати. А нож был уже у меня в руке. Я положила его сверху на сумку. Я так устала. И знаешь, о чем я подумала?

— О чем?

Голос совершенно изменился и стал похожим на голос четырехлетней Дебби.

— Я подумала о том, что не позволяла папе держать меня на коленях или целовать после того, как я вернулась из дома с курятником, и я прилегла на кровать рядом с Эланом, а он так и не знал об этом, он все храпел и храпел.

— А что случилось потом, Дебби?

«Господи, помоги», — молила Сара.

— Потом мне стало страшно, я испугалась, что он проснется, рассердится на меня и опять пожалуется декану. Поэтому я встала и на цыпочках вышла. Он так и не узнал, что я была у него.

Она радостно захихикала, как маленькая девочка, которая нашкодила и ей это сошло с рук.

Джастин пригласил Сару поужинать с ним в ресторане «Ниэри», на Пятьдесят седьмой восточной улице.

— Я здесь частенько бываю, — сказал он ей, когда сияющий Джимми Ниэри поспешил им навстречу.

Джастин представил Сару.

— Ее надо бы откормить, Джимми.

Когда они сели за столик, он спросил:

— Мне кажется, у тебя сегодня был довольно трудный день. Хочешь, я расскажу тебе про Австралию?

Сара ни за что бы не поверила, что полностью съест сэндвич с бифштексом и жареную картошку. Когда Джастин заказал бутылку кьянти, она было запротестовала:

— Послушай, ты пойдешь домой пешком, а мне придется вести машину.

— Я знаю, но сейчас всего лишь девять часов. И мы не спеша прогуляемся до моего дома и выпьем там кофе.

«Нью-Йорк летним вечером», — думала Сара, когда они сидели на его маленькой террасе, попивая кофе эспрессо. Огоньки на деревьях вокруг ресторана «Таверна на Грин», пышная листва, лошади с повозками, прогуливающиеся и бегущие трусцой люди. Все это было так далеко от тюремных камер и решеток.

— Давай поговорим, — предложила она. — Насколько вероятно, что рассказанное нам сегодня Лори или, скорее, Дебби — как она лежала рядом с Эланом Грантом и ушла, не разбудив его, — правда?

— Раз об этом знает Дебби, это, вероятно, правда.

— Ты хочешь сказать, что, когда Дебби уходила, ее сменила Леона?

— Леона или другая личность, с которой мы пока незнакомы.

— Понятно. Мне показалось, что Лори что-то вспомнила, когда она смотрела на эту фотографию. Что бы это могло быть?

— Я думаю, что там, где в течение двух лет держали Лори, вероятно, был курятник. И, глядя на снимок, она вспомнила о чем-то. Со временем мы, возможно, узнаем, о чем именно.

— Но времени почти не остается.

Сара поняла, что плачет, только когда по ее щекам полились слезы. Она зажала рот руками, пытаясь подавить вырывавшиеся рыдания.

Джастин обнял ее.

— Не сдерживай себя, Сара, — сказал он нежно.

86

По теории Брендона Моуди, долгое ожидание всегда вознаграждается. Его ожидание было вознаграждено 25 июня благодаря совершенно неожиданным обстоятельствам. Дон Фрейзер, студент младшего курса Клинтонского колледжа, был задержан за торговлю наркотиками. Понимая, что он пойман с поличным, Фрейзер намекнул на то, что в ночь убийства Элана Гранта он видел Лори Кеньон и может рассказать об этом в обмен на некоторую снисходительность к нему.

Прокурор ничего не гарантировал, но сказал, что сделает все возможное. Распространение наркотиков в пределах тридцати метров от высшего учебного заведения каралось трехлетним тюремным заключением. Поскольку Фрейзера поймали как раз на границе этой тридцатиметровой зоны, прокурор согласился не настаивать на формулировке «распространение наркотиков на территории учебного заведения», если Фрейзер сообщит что-нибудь важное.

— И в обмен на информацию я хотел бы, чтобы меня освободили от судебного преследования.

— Из тебя получился бы неплохой адвокат, — раздраженно сказал прокурор. — Я еще раз тебе говорю: если ты поможешь нам, мы поможем тебе. Пока это все, что я могу тебе обещать. Как хочешь.

— Ладно. Я случайно оказался на углу Норт-Черч и Мэпл вечером двадцать восьмого января, — начал Фрейзер.

— Случайно оказался? Сколько же было времени?

— Десять минут двенадцатого.

— Хорошо. И что было потом?

— Я разговаривал с двумя своими друзьями. А после того как они ушли, я остался ждать одного человека, который так и не появился. Было холодно, и я решил вернуться в общежитие.

— И это было в десять минут двенадцатого.

— Да. — Фрейзер тщательно выбирал слова. — Вдруг откуда ни возьмись появилась эта «подруга». Я знал, что это была Лори Кеньон. Все ее знают. Ее снимки все время появлялись в газете, потому что она хорошо играла в гольф, а потом — в связи со смертью ее родителей.

— Как она была одета?

— Лыжная куртка, джинсы.

— На одежде были следы крови?

— Нет. Абсолютно никаких.

— Ты разговаривал с ней?

— Она подошла ко мне. Вела себя так, словно хотела провести со мной время. Она выглядела очень сексапильно.

— Давай-ка вернемся немного назад. Угол Норт-Черч и Мэпл находится кварталах в десяти от дома Гранта?

— Около того. Короче говоря, она подошла ко мне и попросила сигарету.

— Ну и что ты?

— Только чтобы это не было использовано против меня, ладно?

— Ладно. Так что ты сделал?

— Я подумал, что она имела в виду травку, и предложил ей.

— А потом?

— Она разозлилась, сказала, что не любит эту гадость и хочет нормальную сигарету. У меня были с собой, и я предложил ей купить пачку.

— А почему ты не дал ей одну сигарету?

— А с какой стати?

— Она купила у тебя сигареты?

— Нет. Она полезла за кошельком, а потом сказала какую-то ерунду вроде: «Черт побери. Мне придется вернуться. Этот глупый мальчишка забыл принести».

— Какой мальчишка? Что принести?

— Не знаю, какой мальчишка. Я уверен, что она имела в виду свой кошелек. Она просила подождать двадцать минут, пока она вернется.

— Ты подождал?

— Я подумал, почему бы нет. Может, появился бы тот приятель, которого я ждал.

— Значит, ты остался стоять там.

— Нет, я не хотел, чтобы меня видели. Я ушел с тротуара и встал между двух кустов на газоне углового дома.

— Через сколько Лори вернулась?

— Минут через пятнадцать. Но она даже не остановилась. Она бежала как сумасшедшая.

— Так, теперь ответь мне на следующий вопрос. Это очень важно. Она несла сумку?

— Она что-то сжимала обеими руками, так что я думаю, что да.

87

Бик и Опал жадно слушали запись разговора Сары с Брендоном Моуди о показаниях студента, продававшего наркотики.

«Это совпадает с тем, что говорила нам Лори, — сказала Сара. — Личность Дебби, маленькой девочки, помнит, как она уходила от Элана Гранта. Но ни одна из личностей Лори не говорит о том, что произошло после того, как она вернулась».

— Выскользнуть из дома мужчины, затем вернуться и совершить убийство — какой ужас, — зловеще проговорил Бик.

Опал пыталась подавить ревность, успокаивая себя тем, что это должно скоро кончиться. Всего через несколько недель Сара Кеньон переедет из этого дома, а в их квартиру Бик уже не сможет приходить.

Бик решил еще раз прослушать последний кусок пленки.

— Судья разрешил Ли выйти из клиники восьмого июля. То есть в следующую среду, — сказал он. — Мы поедем в Риджвуд и поздравим Ли с возвращением.

— Бик, неужели ты хочешь показаться ей на глаза?

— Я знаю, что я хочу, Опал. Мы будем с тобой строго одеты. Мы не будем говорить о молитвах или о Господе, хоть мне и хочется, чтобы во всех наших деяниях присутствовал Господь. Наша задача — подружиться с ней. А потом, если она вдруг слишком много вспомнит, у нее в голове будет путаница. Мы долго не задержимся. Мы извинимся за вторжение и уедем. А теперь примерь-ка вот это, и мы посмотрим, идет ли тебе.

Он протянул ей коробку. Она открыла ее и вытащила оттуда парик. Подойдя к зеркалу, Опал надела его, поправила и повернулась к Бику.

— Боже, просто замечательно, — оценил он.

Раздался телефонный звонок. Опал взяла трубку.

Это был Родни Харпер с радиостанции Даблю-эл-ай-эс в Бетлехеме.

— Вы помните меня? — спросил он. — Я работал здесь менеджером, когда вы много лет назад вели отсюда свои передачи. Скажу вам не без гордости, теперь радиостанция принадлежит мне.

Опал сделала Бику знак, чтобы он взял параллельную трубку, а сама ответила:

— Родни Харпер. Конечно же, я вас помню.

— Я собирался поздравить вас с успехом. Вы многого добились. Я звоню вам в связи с тем, что здесь была журналистка из «Пипл», она расспрашивала меня о вас.

Опал и Бик переглянулись.

— Что она спрашивала?

— Что вы за люди. Я сказал ей, что Бобби — лучший проповедник в этих краях. Затем она поинтересовалась, не сохранилось ли у меня вашей фотографии того времени.

Опал обратила внимание на то, что Бик внезапно встревожился, и поняла, что на ее лице отразилось то же самое.

— И что же?

— К сожалению, мы не смогли найти ни одной фотографии. Десять лет назад наша станция переехала в другое здание, и мы много чего повыбрасывали. Наверное, туда случайно попали и ваши фотографии.

— Ничего страшного, — сказала Опал, чувствуя облегчение. — Одну минуту. Подошел Бобби, и он хочет поприветствовать вас.

— Родни, друг мой, как я рад слышать твой голос, — шумно вступил Бик. — Я никогда не забуду, что это благодаря тебе мы чего-то добились. Если бы мы не оказались в Бетлехеме и не попали бы к тебе на радиостанцию, мы бы вряд ли вели сейчас «Церковь в эфире». И все-таки, если ты наткнешься на какую-нибудь старую фотографию, я буду тебе очень благодарен, если ты просто разорвешь ее. Тогда мы были слишком похожи на хиппи, а это никак не вяжется с моими проповедями в «Церкви в эфире».

— Конечно, Бобби. Вот еще что, надеюсь, ты не рассердишься на меня. Я возил эту журналистку из «Пипл» на ферму, где ты жил те два года, что работал у нас. Черт побери. Я совсем забыл, что она сгорела дотла. Дети или какой-нибудь кретин, наверное, залезли туда и нечаянно подожгли.

Подмигнув Опал, Бик показал ей жестом, что все в порядке.

— Бывает, хотя мне искренне жаль. Мы с Карлой любили это скромное местечко.

— Они сделали там пару снимков. Журналистка, правда, сказала, что вряд ли она использует их в своей статье. Хорошо хоть курятник сохранился, а это будет служить доказательством того, что ты жил скромно и начинал с малого.

88

Карен Грант пришла в офис в девять часов и, увидев, что Энни Уэбстер еще нет, облегченно вздохнула. Грант с большим трудом сдерживала раздражение, которое вызывала у нее уходящая на пенсию владелица бюро. Уэбстер не хотела передавать Карен бюро раньше середины августа. Она была приглашена на первый рейс компании «Нью уорлд эрлайнз» в Австралию и не собиралась упускать такой возможности. Карен сама надеялась отправиться туда. Эдвина тоже пригласили, и они рассчитывали приятно провести время вместе.

Карен говорила Энни, что ей не стоит больше приходить в офис. Работы было мало, и Карен могла управиться сама. В конце концов, Энни было уже почти семьдесят, а дорога из Бронксвилла до центра Нью-Йорка весьма утомительна. Но Энни оказалась неожиданно упрямой, она упорно приходила на работу и, приглашая постоянных клиентов пообедать с ней, заверяла их, что Карен позаботится о них ничуть не хуже, чем она сама.

Конечно, в этом был определенный смысл. В течение трех лет Уэбстер будет получать процент с прибыли, и не было сомнений в том, что, несмотря на наблюдавшийся в течение двух последних лет спад туризма, отношение людей менялось и они начинали больше путешествовать.

Как только Энни окончательно уберется, Эдвин сможет занять ее офис. Но жить вместе они смогут не раньше конца осени. До суда над Лори Кеньон ей лучше остаться в роли скорбящей вдовы. Если бы не назойливая Энни и не этот чертов детектив, который зачастил к ней, Карен была бы безмятежно счастлива. Она обожала Эдвина. Наследство Элана было теперь переведено на ее имя. Сто тысяч, а то и больше в год в течение двадцати лет, к тому же основной капитал все возрастает. В определенной степени Карен и не жалела, что не может получить все сразу. Не обязательно же она всю жизнь будет любить Эдвина, а случись что, у него были еще более высокие запросы, чем у нее.

Она любила украшения. Ей было трудно пройти мимо ювелирного магазина «Л. Краун» в вестибюле гостиницы, чтобы не взглянуть на витрину. Часто, когда она покупала то, что ей приглянулось, ее беспокоило, что в один прекрасный день Элан выйдет из своего мечтательного состояния и поинтересуется своим лицевым счетом. Он считал, что она вкладывает основные средства, полученные по доверительной собственности, на сберегательный счет под хорошие проценты. Теперь Карен была избавлена от таких тревог. С выплаченной страховкой Элана и перешедшим к ней его наследством ей жилось совсем неплохо. Когда ей удастся продать этот проклятый дом в Клинтоне, она сделает себе подарок в виде изумрудного колье. Проблема была в том, что люди с предубеждением относились к покупке дома, в котором кого-то убили. Ей уже дважды приходилось сбавлять цену.

Этим утром она раздумывала над тем, что подарить Эдвину на день рождения. Впрочем, у нее в запасе было еще две недели.

Открылась дверь. При виде входящей в офис Энни Уэбстер Карен выдавила из себя улыбку. «Сейчас я услышу о том, что она плохо спала ночью, но ей, как обычно, удалось вздремнуть в поезде», — подумала она.

— Доброе утро, Карен. Боже, ты выглядишь очаровательно. Ты в новом платье?

— Да, я только вчера его купила. — Карен не могла удержаться, чтобы не назвать имя модельера. — Это от Скаази.

— Сразу видно. — Энни вздохнула и убрала назад прядь седых волос, выбившуюся из косы, уложенной пучком на макушке. — Да, сегодня утром я чувствую свой возраст. Полночи не спала, а потом, как всегда, крепко уснула в поезде. Я сидела рядом с Эдом Андерсоном, своим соседом. Он неизменно называет меня «спящей красавицей» и говорит, что однажды я проснусь в депо.

Карен тоже рассмеялась. «Господи, сколько же мне еще слушать эту историю о "спящей красавице"? — думала она. — Еще три недели, — зареклась она. — Как только мы заключим сделку, Энни Уэбстер уйдет в историю».

Но с другой стороны... На этот раз она подарила Энни искренне теплую улыбку.

— Вы и есть «спящая красавица»!

Они вместе засмеялись.

89

Брендон Моуди наблюдал, как без четверти десять в бюро путешествий вошла Конни Сантини, секретарша, а Карен Грант вышла из офиса. В рассказе Энни Уэбстер о вечере, проведенном ею с Карен Грант в ньюаркском аэропорту, что-то настораживало его. Он беседовал с Уэбстер неделю назад, и сегодня он вновь хотел поговорить с ней. Моуди подошел к бюро. Открывая дверь, он попытался изобразить на своем лице улыбку случайного посетителя.

— Доброе утро, миссис Уэбстер. Я случайно проходил мимо и решил зайти. Вы хорошо выглядите. Рад вас видеть. Я боялся, как бы вы не ушли на пенсию.

— Приятно, что вы помните обо мне, мистер Моуди. Я решила подождать со своей пенсией до середины августа. Честно говоря, наши дела сейчас идут в гору, и я подумываю, не стоит ли мне повременить с продажей бюро. Но когда по утрам мне приходится вставать, бежать на поезд, а мой муж остается пить кофе и читать газеты, я говорю себе: «Все, с меня хватит».

— Вы с Карен Грант умеете достойно обслужить клиента, — заметил Моуди, усаживаясь в кресло. — Помните, вы рассказывали мне, что в тот вечер, когда умер профессор Грант, вы с Карен были в ньюаркском аэропорту? Немногие сотрудники бюро путешествий лично поедут в аэропорт встречать своих клиентов, пусть даже самых лучших.

Энни Уэбстер была польщена.

— Леди, которую мы встречали, довольно преклонного возраста, — сказала она. — Она обожает путешествовать и обычно берет с собой много друзей и родственников. В прошлом году мы бронировали ей и восьми ее спутникам кругосветное путешествие с обслуживанием по первому классу. В тот вечер, когда мы встречали ее, она прервала свою поездку и возвращалась одна, потому что неважно себя чувствовала. Ее шофера не было на месте, и мы сами вызвались встретить ее в аэропорту. Понадобилось не так много усилий, чтобы ей было приятно. Карен вела машину, а я разговаривала с ней, сидя сзади.

— Насколько я помню, самолет прилетел в половине десятого, — невзначай заметил Брендон.

— Нет, он должен был прилететь в половине десятого. Мы приехали в аэропорт в девять. Но рейс был задержан в Лондоне. Нам сообщили, что самолет прилетит в десять, и мы пошли в зал ожидания для пассажиров первого класса.

Брендон посмотрел в свои записи.

— И, согласно вашему утверждению, он прилетел в десять.

Энни Уэбстер заметно смутилась.

— Я ошиблась. Потом я вспомнила и поняла, что это было почти в половине первого.

— В половине первого ночи?

— Да. Когда мы пришли в зал ожидания, сообщили, что в связи с неисправностью компьютеров рейс откладывается на более длительное время. Однако время прошло быстро, потому что мы с Карен смотрели по телевизору фильм.

— Не сомневаюсь, — рассмеялась секретарша, — что вы, миссис Уэбстер, проспали весь фильм.

— Ничего подобного, — возмутилась Энни Уэбстер. — Шел «Спартак». Много лет назад это был мой любимый фильм, а сейчас восстановили то, что тогда вырезали. Я не сомкнула глаз.

Моуди не стал допытываться.

— У Карен Грант есть приятель по имени Эдвин, он писатель-путешественник, вам это известно?

От него не ускользнуло выражение лица секретарши, ее поджатые губы. «Вот с ней-то мне и нужно поговорить, только наедине».

— Мистер Моуди, у деловой женщины много знакомых мужчин. Она может ходить с ними обедать, ужинать, и мне обидно, что в наше время кто-то может усматривать в этом что-то предосудительное. — Энни Уэбстер твердо верила в то, что говорила. — Карен Грант — привлекательная трудолюбивая молодая женщина. Она была замужем за талантливым профессором, который понимал, что ей необходимо иметь свое дело в жизни. Он прилично зарабатывал и был весьма щедр по отношению к ней. Она всегда с восторгом отзывалась об Элане. Ее взаимоотношения с другими мужчинами были исключительно деловыми.

Стол Конни Сантини стоял несколько в глубине справа от стола Уэбстер. Поймав на себе взгляд Брендона, она закатила глаза, всем своим видом показывая полнейшее несогласие.

90

Совещание медицинского персонала клиники, назначенное на 8 июля, подходило к концу. Осталось обсудить только один вопрос — о Лори Кеньон. Джастин Донелли хорошо знал, что ее случай был в центре всеобщего внимания.

— У нас есть определенные успехи, — сказал он, — и, быть может, даже значительные: она начинает вспоминать, что произошло с ней за те два года. Плохо то, что у нас мало времени. Сегодня днем Лори едет домой и будет находиться у нас на амбулаторном лечении. Через несколько недель она идет в суд, чтобы признать себя виновной в непредумышленном убийстве. Истекает назначенный прокурором срок, в течение которого она могла бы сделать официальное заявление о своей виновности.

В комнате стояла тишина. Кроме доктора Донелли за столом сидело еще четверо: два психиатра и специалисты по художественной терапии и ведению дневника. Кэти, занимавшаяся изучением ее дневника, покачала головой.

— Доктор, ни одна из личностей Лори, писавших в ее дневнике, не признается в убийстве Элана Гранта.

— Я это знаю, — сказал Джастин. — Я просил Лори поехать с нами в Клинтон, в дом Гранта, и воспроизвести картину случившегося в тот вечер. Во время абреакции она наглядно изобразила, как сидела у кого-то на коленях в кресле-качалке, но наотрез отказывается проделать то же самое со своими воспоминаниями о смерти Гранта.

— Это говорит о том, что ни она, ни ее личности не хотят вспоминать, что там произошло?

— Возможно.

— Доктор, ее последние рисунки были более подробными, особенно когда она рисовала неподвижную женскую фигуру. Взгляните на это. — Пэт, специалист по художественной терапии, раздала рисунки. — Теперь уже хорошо видно, что на шее у женщины висит какое-то украшение. Может быть, она расскажет нам об этом?

— Нет. Она лишь скажет, что совершенно не умеет рисовать.

Часом позже, когда Лори вошла в кабинет Джастина, на ней был розовый льняной жакетик и белая юбка в складку. С ней была Сара, и на комплимент Джастина по поводу наряда Лори она ответила ему сдержанной улыбкой.

— Я приметила его, когда вчера вечером ходила в магазин, — пояснила она. — К тому же сегодня особенный день.

— Свобода, — тихо сказала Лори, — недолгая, пугающая и тем не менее желанная. — Затем она неожиданно добавила: — Может, мне уже попробовать лечь на вашу кушетку, доктор?

— Ну что ж, прошу, — как можно естественнее ответил Джастин. — А почему именно сегодня?

Она скинула туфли и легла.

— Наверное, просто потому, что мне с вами двумя так хорошо и в этой новой одежде я чувствую себя как раньше. К тому же мне очень хочется побывать в нашем доме перед тем, как мы переедем. — Она помолчала. — Сара говорит, что, после того как я признаю себя виновной, у меня будет шесть свободных недель до вынесения приговора. Прокурор согласен ходатайствовать перед судьей о моем освобождении под залог до этого времени. Я знаю, что, как только мне вынесут приговор, я отправлюсь в тюрьму, поэтому я собираюсь прожить эти шесть недель в свое удовольствие. Мы будем играть в гольф, устраиваться на новой квартире, чтобы мне было о чем вспоминать, пока я буду отсутствовать.

— Надеюсь, ты не будешь забывать приходить на мои сеансы, Лори?

— Конечно нет. Мы будем приезжать к вам каждый день. Просто мне хочется успеть сделать так много. Мне хочется покататься на машине.

Я всегда любила сидеть за рулем. У Грега новая машина. На следующей неделе я хочу поехать поиграть с ним в гольф. — Она улыбнулась. — Как приятно думать о том, что я поеду с ним и больше не буду бояться его. Поэтому я не боюсь лечь на кушетку. Я знаю, что вы тоже не обидите меня.

— Конечно нет, — сказал Джастин. — Ты любишь Грега, Лори?

Она покачала головой.

— Это слишком сильно сказано. Мне трудно сейчас кого-либо любить, по крайней мере так, как вы имеете в виду. Но ведь все обычно начинается с того, что просто приятно с кем-то быть, правда?

— Да, Лори. Могу я поговорить с Кейт?

— Если хотите, — ответила она безразличным тоном.

Уже в течение многих недель Джастину не приходилось гипнотизировать Лори, чтобы вызывать ее другие личности. Лори села, расправила плечи, прищурила глаза.

— Что на этот раз, доктор?

Они услышали голос Кейт.

— Кейт, я несколько обеспокоен, — сказал Джастин. — Я хочу, чтобы Лори внутренне успокоилась и чтобы все, что произошло, больше не тревожило ее, но прежде нужно узнать правду. А она все глубже прячет ее.

— Доктор, вы мне уже порядком надоели. Вы можете сказать прямо, что вам надо? Она готова принимать лекарства. Она поклялась, что ни за что не будет ночевать дома, а теперь хочет опять вернуться туда. Она понимает, что ее родители погибли в результате несчастного случая, а не по ее вине. У парня на станции техобслуживания, где она договорилась насчет ремонта своей машины, были волосатые руки. Она не виновата, что из-за этого до смерти испугалась его. Она все прекрасно понимает. Вам этого мало?

— Послушай, Кейт, ты знала, почему Лори отказалась от осмотра своей машины, и ни разу не сказала мне об этом. А почему сейчас решила сказать?

Сара вспомнила Сэма, механика станции техобслуживания в городке. Она только вчера заправляла у него свою машину. Сэм работал там с конца прошлого лета. Он был крупный, со здоровыми ручищами. Вчера он был в рубашке с коротким рукавом, и она обратила внимание, что даже кисти его рук покрыты густыми кудрявыми волосами.

Кейт пожала плечами.

— Я говорю, потому что уже устала от секретов. К тому же этой плаксе в тюрьме будет безопаснее.

— Безопаснее от чего? Безопаснее от кого? — тут же спросил Джастин. — Кейт, ты делаешь ей только хуже. Расскажи все, что ты знаешь.

— Я знаю, что, пока она на свободе, они могут добраться до нее. Она никуда не денется, и она это знает. Если она вскоре не отправится в тюрьму, это случится.

— Кто угрожал ей? Кейт, прошу тебя.

Джастин упрашивал и чуть ли не умолял ее. Она покачала головой.

— Доктор, я уже устала повторять вам, что я не знаю всего, а мальчишка, который знает, не хочет с вами разговаривать. Он очень сообразительный. Вы меня утомили.

Сара смотрела, как с лица Лори исчезло выражение агрессивности, она вновь легла на кушетку, ее глаза закрылись, и дыхание стало ровным.

— Кейт теперь вряд ли появится, — прошептал Джастин Саре. — По некоторым причинам она считает свою работу законченной. Сара, взгляни-ка. — Он протянул ей рисунки Лори. — Посмотри на эту неподвижную фигуру. Тебе ни о чем не говорит ожерелье на ее шее?

Сара нахмурилась.

— Что-то знакомое. Я где-то видела его.

— Сравни эти два рисунка, — сказал Джастин. — Они самые подробные из всех. Здесь виден овал с бриллиантами в центре квадрата. Это тебе о чем-то говорит?

— Странно... — произнесла Сара. — У матери было несколько красивых украшений. Они хранятся в сейфе. Среди них есть один кулон. Маленькие бриллианты обрамляют центральный камень. Что же это за камень? Аквамари... нет, не аквамарин. Я сейчас вспомню... это...

— Не произноси этого слова. Оно запретное.

Это был звонкий, встревоженный, но решительный мальчишеский голос. Лори приподнялась и пристально смотрела на Сару.

— Что за запретное слово? — спросил Джастин.

— Не произноси его.

Мальчишеский голос из уст Лори звучал одновременно и требовательно, и просяще.

— Ты тот самый мальчик, который хотел поговорить с нами в прошлом месяце? — спросил Джастин. — Мы до сих пор не знаем, как тебя зовут.

— Запрещено называть имена.

— Может, тебе это и запрещено, но Саре-то можно. Сара, ты помнишь, какой камень был в центре маминого кулона?

— Это был опал, — тихо сказала Сара.

— Что у тебя связано с опалом? — спросил Джастин, повернувшись к Лори.

Сидевшая на кушетке Лори потрясла головой. Выражение ее лица стало естественным. Она выглядела несколько озадаченной.

— Я отключалась? На меня вдруг напал сон. О чем вы меня спрашивали? Опал? Это драгоценный камень. Сара, кажется, у мамы был красивый кулон с опалом.

91

Опал чувствовала возраставшее в ней напряжение, это неизменно происходило всякий раз, когда они проезжали дорожный указатель «Риджвуд». «Мы выглядим совершенно иначе», — успокаивала она себя, разглаживая на коленях темно-синее с белым рисунком платье строгого покроя с длинными рукавами и узким ремешком. Туфли и сумочка тоже были темно-синими. Из украшений на ней была лишь нитка жемчуга и обручальное кольцо. Несколько часов назад она сделала стрижку и покрасила волосы, и теперь каждая прядь волос пепельного цвета была аккуратно уложена в прическу. Она надела большие синеватые солнцезащитные очки, неуловимо менявшие овал лица.

— Ты потрясающе выглядишь, Карла, — одобрительно заметил Бик перед выездом из «Уиндхема». — Не волнуйся. Нет ни малейшего шанса, что Ли тебя узнает. А что ты скажешь обо мне?

Он надел белую накрахмаленную рубашку с длинным рукавом, бежевый однобортный летний костюм и галстук в бежево-белых тонах с коричневыми крапинками. Его волосы были абсолютно седыми. И хотя он отпустил волосы немного длиннее, но зачесал их назад так, чтобы не было видно волнистых прядей, которыми он так гордился в молодости. Он также сбрил волосы с кистей рук. Его вид полностью соответствовал образу почтенного священника.

Они свернули на Твин-Оукс-роуд.

— Вот этот дом и был розовым, — язвительно усмехнувшись, показал Бик. — Постарайся больше не упоминать его и не называй малышку Ли. Называй ее Лори, когда будешь обращаться к ней, и вообще старайся говорить поменьше.

Опал хотела было напомнить Бику, что это он назвал ее Ли в передаче, но не осмелилась. Вместо этого она еще раз мысленно произнесла те слова, которые собиралась сказать Лори при встрече.

Перед домом стояли три машины. В одной они узнали машину Софи. Другая — «БМВ» — машина Сары. А кому же принадлежала третья машина — «олдсмобиль» с нью-йоркскими номерами?

— Кто-то к ним приехал, — сказал Бик. — Наверное, сам Господь посылает нам свидетеля, который в случае необходимости сможет подтвердить, что мы только сегодня познакомились с Ли.

Было всего пять часов. Косые лучи послеполуденного солнца участками освещали темно-зеленый газон и пробивались сквозь голубые цветы гортензий, окаймлявших дом.

Бик подъехал к дому.

— Мы зайдем лишь на минуту, даже если они предложат нам остаться.

Саре вряд ли пришло бы в голову попросить Хоккинсов остаться. Она, Лори и Джастин сидели в комнате, а Софи, в течение целой минуты не выпускавшая Лори из своих объятий, с улыбкой готовила чай.

Когда Лори укладывала свои вещи в клинике, Джастин, к удивлению Сары, предложил поехать вместе с ними.

— Я думаю, мне лучше быть с вами, когда Лори окажется дома, — объяснил он. — Дело не в том, что я опасаюсь негативной реакции, но ее все-таки не было там пять месяцев, и на нее нахлынут воспоминания. Вы подкинете меня до дома, я возьму свою машину и поеду за вами.

— Ты еще, видимо, хочешь быть с нами на тот случай, если она вспомнит что-то существенное, — вставила Сара.

— И поэтому тоже.

— В общем-то, мне будет лучше, если ты поедешь. Кажется, я не меньше Лори боюсь этого возвращения домой.

Сара машинально протянула руку, и Джастин взял ее.

— Сара, обещай мне, что ты придешь к нам немного подлечиться, когда Лори начнет отбывать наказание. Не волнуйся. Не ко мне. Я знаю, что тебе этого не хочется, что будет тяжело...

На какое-то мгновение, чувствуя тепло его руки, Сара стала меньше бояться того, как Лори поведет себя, вернувшись домой; того, что произойдет на следующей неделе в суде, когда она будет стоять рядом с Лори и слушать, как та признает себя виновной в убийстве.

Когда позвонили в дверь, Сара почувствовала еще большую признательность Джастину за то, что он сейчас с ними. Лори, уже с радостью показавшая доктору дом, неожиданно встревожилась.

— Я не хочу никого видеть.

— Чтоб мне провалиться, если это не та парочка, — пробормотала Софи.

Сара раздраженно закусила губу. Боже, эти люди просто вездесущие. Она слышала, как преподобный Хоккинс объяснял Софи, что они потеряли какую-то коробку с важными бумагами и поняли, что по ошибке отправили ее с другими вещами в Нью-Джерси.

— Я был бы вам очень благодарен, если бы вы позволили мне спуститься в подвал и забрать ее, — говорил он.

— Это люди, которые купили наш дом, — сказала Сара Джастину и Лори. — Не волнуйтесь, я не собираюсь предлагать им посидеть, но думаю, что мне придется с ними поговорить. Они наверняка видели мою машину.

— По-моему, тебе не придется идти к ним, — сказал Джастин, услышав шаги в вестибюле.

В следующее мгновение в дверях появился Бик, позади него стояла Опал.

— Сара, милая, я прошу прощения. Моему бухгалтеру срочно понадобились кое-какие документы. А это Лори?

Лори сидела на диване возле Сары. Она встала.

— Сара рассказывала мне о вас и о миссис Хоккинс.

Бик все еще стоял в дверях.

— Мы очень рады познакомиться с вами, Лори. Ваша сестра — замечательная девушка, она много рассказывала о вас.

— Замечательная девушка, — эхом откликнулась Опал, — и мы очень довольны, что покупаем такой чудесный дом.

Повернувшись, Бик посмотрел на Джастина.

— Преподобный мистер Хоккинс и его супруга, доктор Донелли, — представила Сара.

После обмена приветствиями, к облегчению Сары, Хоккинс сказал:

— Не будем мешать вашей встрече. С вашего позволения, мы лишь спустимся вниз, возьмем, что нам надо, и выйдем через боковую дверь. Желаю вам всем самого лучшего.

Сара поняла, что за эти одну-две минуты Хоккинсы ухитрились уничтожить недолгую радость возвращения Лори домой. Лори смолкла и не реагировала на веселый рассказ Джастина о том, как он рос на овцеферме в Австралии.

Сара обрадовалась, когда Джастин согласился с ними поужинать.

— Софи наготовила столько, что хватит на целую армию, — сказала она.

Было видно, что и Лори хотела, чтобы Джастин остался.

— Мне лучше, когда вы рядом, доктор Донелли.

Ужин прошел в неожиданно приятной обстановке. Возникшая с появлением Хоккинсов скованность исчезла, когда они ели вкусно приготовленного фазана с рисом. Джастин с Сарой потягивали вино, а Лори пила перье. Когда они заканчивали пить кофе, Лори, извинившись, тихо вышла из-за стола. Она спустилась вниз с небольшой сумкой в руках.

— Доктор, — проговорила она. — Я ничего не могу с собой поделать. Я хотела бы вернуться с вами и ночевать в клинике. Прости меня, Сара, но я чувствую, что в этом доме со мной случится что-то ужасное, и не хочу, чтобы это случилось сегодня.

92

Когда на следующее утро Брендон Моуди позвонил Саре, он услышал в трубке стук дверей и шум передвигаемой мебели.

— Мы переезжаем, — сообщила ему Сара. — Лори больше не может оставаться в этом доме. Квартира еще не совсем готова, но отделку можно будет закончить и потом.

Она рассказала ему, как Лори накануне вечером вернулась в клинику.

— Я хочу забрать ее сегодня ближе к вечеру, — сказала она. — И мы с ней сразу поедем в квартиру. Она поможет мне там разобраться. Эта работа пойдет ей на пользу.

— Только Хоккинсам не давай ключи от своей новой квартиры, — мрачно пошутил Брендон.

— Да уж, точно. Я их видеть уже не могу. Но следует помнить, что...

— Знаю, знаю. Они заплатили самую высокую цену. Они позволили тебе остаться после продажи. Как тебе удалось так быстро договориться насчет перевозки?

— Пришлось постараться.

— Давай я приеду и помогу тебе. По крайней мере, я смогу упаковать книги и картины.

Переезд был в разгаре, когда приехал Брендон. Сара, одетая в защитного цвета шорты и простенькую блузку, с завязанными платком волосами, отмечала мебель, которую купили Хоккинсы.

— Сегодня я не смогу все вывезти, — сказала она Брендону. — Но будет вполне справедливо, если мы поменяемся ролями. Мы договорились, что я могу жить здесь до двадцать пятого августа. Так что я спокойно буду приходить сюда и разбирать вещи, с которыми пока не знаю, что делать.

Софи была на кухне.

— Вот уж не думала, что когда-нибудь буду с радостью уезжать из этого дома, — поделилась она с Брендоном. — Какие же наглые эти Хоккинсы. Они еще спрашивали, не помогу ли я им устроиться, когда они сюда окончательно переедут. Конечно же, я отказалась.

Брендон навострил уши.

— Чем они тебе не нравятся, Софи? Ты же слышала, что они сделали Саре большое одолжение.

Софи фыркнула. Ее круглое, обычно добродушное лицо скривилось от отвращения.

— В них что-то не то. Помяните мои слова. Сколько же можно осматривать комнаты и шкафы, чтобы решить, увеличивать их или уменьшать! Слишком много трепотни, на мой взгляд. Готова поклясться, что последние месяцы их машина просто патрулировала рядом с домом. А все те коробки, которые они оставили в подвале! Попробуйте поднять любую. Они легкие как пух. Уверена, что они не заполнены и наполовину. А Хоккинсы все привозят и привозят новые. Предлог, чтобы зайти сюда, — вот как я это расцениваю. Могу дать голову на отсечение, что преподобный хочет вставить историю Лори в одну из своих передач.

— Софи, вы очень мудрая женщина, — мягко сказал Брендон. — Возможно, вы попали в самую точку.

Сара доверила Брендону упаковать содержимое ее письменного стола, включая большой ящик, в котором находились все документы, связанные с Лори.

— Мне нужно, чтобы все лежало в таком же порядке, — сказала она ему. — Я их постоянно перечитываю в надежде, что вдруг до чего-нибудь додумаюсь.

Брендон обратил внимание, что на верхней папке было написано: «Курица».

— А это что такое?

— Я рассказывала вам, что на фотографии Лори, которую доктор Донелли отдал восстановить и увеличить, на заднем плане виднеется курятник. И что-то в нем очень пугает Лори.

— Да, я помню, — кивнул Моуди.

— Это все время не давало мне покоя, и теперь я поняла почему. Прошлой зимой Лори ходила на сеансы к доктору Карпентеру, психиатру в Риджвуде. За несколько дней до смерти Элана Гранта она выходила из приемной доктора, и у нее произошел шок. Причиной этому явилось то, что она наступила на голову мертвой курицы, валявшуюся в вестибюле.

Моуди вздернул голову, как охотничья собака, почуявшая запах дичи.

— Сара, ты что, хочешь сказать, что отрезанная куриная голова случайно оказалась на полу вестибюля в офисе психиатра?

— Доктор Карпентер занимался лечением одного душевнобольного, который мог неожиданно прийти к нему и который, как считала полиция, исповедовал какой-то культ. Моуди, тогда ни мне, ни доктору Карпентеру даже не пришло в голову, что это имело какое-то отношение к Лори. А теперь я вспоминаю это.

— Я не знаю, что и думать, — сказал он ей. — Но мне известно, что какая-то женщина наняла Дэнни О'Тула следить за вами. Дэнни знал, что Лори посещает психиатра в Риджвуде. Он обмолвился об этом в разговоре со мной. А это значит, что тот, кто платил ему, тоже знал об этом.

— Брендон, возможно ли то, что некто предполагал, какую реакцию это вызовет у Лори, и специально подложил куриную голову?

— Не думаю. Но вот что я могу тебе сказать. Я всем своим нутром чувствовал, что вся эта история со страховой компанией, которая якобы наняла Дэнни, далека от истины. Дэнни решил, что его клиентом была жена Элана Гранта. Я никогда в это особо не верил.

Он заметил, что Сара дрожит от волнения и усталости.

— Успокойся, — сказал он. — Завтра я подъеду к Дэнни О'Тулу, и, будь уверена, Сара, еще до конца нашего с ним разговора мы оба узнаем, кто нанял его следить за вами с Лори.

93

Накануне вечером по дороге в клинику Лори была очень тихая. На следующее утро дежурившая ночью медсестра сообщила Джастину, что Лори спала очень беспокойно и разговаривала во сне.

— Вы слышали, что она говорила? — спросил Джастин.

— Только отдельные слова, доктор. Я заходила несколько раз. Она что-то бормотала об узле, который связывает.

— Об узле, который связывает? — Джастин нахмурился. — Подождите-ка. Это строчка из церковного гимна. Попробую вспомнить. — Он напел несколько нот. — Ага, вот: «Благословен священный узел, что связывает...»

Позже, когда Лори пришла к нему на сеанс лечения, она выглядела спокойной, но усталой.

— Доктор, только что звонила Сара. Она приедет за мной лишь к вечеру. Отгадайте, почему? Мы сегодня переезжаем на новую квартиру. Здорово, правда?

— Надо же, так быстро.

«Молодец Сара, — подумал Джастин. — С тем домом у нее связано слишком много воспоминаний». Он по-прежнему не знал, что вызвало вчера в Лори такую резкую перемену. Это случилось после того, как заехали Хоккинсы. Но они пробыли не больше минуты. Неужели это оттого, что они — незнакомые ей люди и поэтому ей кажется, что они ей чем-то угрожают?

— Мне нравится в новой квартире то, что у ворот стоит охрана, — продолжала Лори. — Если кто-то звонит в квартиру, там установлен телемонитор, и вы никогда не впустите по ошибке незнакомца.

— Лори, вчера ты сказала, что в этом доме с тобой может произойти что-то ужасное. Давай поговорим об этом.

— Я не хочу об этом говорить, доктор. Я не собираюсь там больше оставаться.

— Хорошо. Прошлой ночью во сне ты болтала без умолку.

Она с удивлением посмотрела на него.

— Правда? Папа говорил, что, если я не успевала что-то рассказать днем, я обязательно выскажу это ночью.

— Медсестра почти ничего не поняла, но она ясно слышала, как ты упоминала «узел, что связывает». Ты не помнишь, что тебе при этом снилось?

Доктор увидел, как у Лори побелели губы. Она потупила взгляд, сложила руки и подобрала ноги.

— «Благословен священный узел, что связывает...»

Чистый детский голос пропел эти слова и стих.

— Дебби, это ты? Расскажи мне, что это за песня. Где ты ее выучила?

Она вновь запела:

— «...наши сердца любовью к Господу...»

И вдруг замолчала.

— Хватит, отстань от нее, мистер, — требовательно произнес мальчишеский голос. — Если уж тебе так надо знать, она выучила это в курятнике.

94

На этот раз Брендон Моуди не стал усердно поить Дэнни — брачного сыщика. Наоборот, он пришел к нему в офис ровно в десять часов с твердым намерением застать его трезвым. «Чего бы мне это ни стоило», — думал Брендон, усаживаясь напротив Дэнни за его обшарпанный стол.

— Дэнни, — начал он, — я буду с тобой откровенен. Ты, наверное, слышал, что Лори Кеньон уже дома?

— Слышал.

— Тебя больше никто не просил последить за ней?

Дэнни сделал обиженное лицо.

— Брендон, ты же прекрасно знаешь, что тайна отношений между детективом и клиентом так же священна, как тайна исповеди.

Брендон ударил кулаком по столу.

— Не в этой ситуации. И не в том случае, когда из-за добросовестной работы детектива человеку угрожает опасность.

Красная физиономия Дэнни побледнела.

— Что ты хочешь этим сказать?

— Я хочу сказать, что кто-то, посвященный во все дела Лори, пытался намеренно испугать ее, подложив отрезанную куриную голову туда, где она неминуемо наткнулась бы на нее. Я хочу сказать, что я на сто процентов уверен, что тебя не нанимали ни страховая компания, ни вдова Элана Гранта. Дэнни, у меня к тебе три вопроса, и я хочу, чтобы ты на них ответил. Первый: кто и как тебе платил? Второй: куда ты посылал собранную тобой информацию о сестрах Кеньон? Третий: где копии этой информации? После того как ты ответишь на эти вопросы, ты дашь мне копии своих донесений.

Они обменялись пристальными взглядами. Потом Дэнни встал, взял ключ, открыл свою картотеку и порылся в ней. Достав какую-то папку, он протянул ее Брендону.

— Здесь все ответы, — сказал он. — Мне позвонила женщина, назвавшаяся Джейн Грейвз, и сказала, что она представляет одного из возможных ответчиков по делу о несчастном случае с Кеньонами. Ей нужна была информация о сестрах. Как я говорил тебе, это произошло сразу после похорон родителей и продолжалось до ареста Лори Кеньон за убийство Элана Гранта. Я посылал свою информацию вместе со счетом на абонентский ящик в Нью-Йорке. Предварительный гонорар, как и все последующие счета, оплачивался чеком банка в Чикаго.

— Банковский чек, — хмыкнул Брендон. — Абонентский ящик. И тебе не пришло в голову, что здесь что-то нечисто?

— Когда гоняешься за неверными супругами, как это делаю я, часто сталкиваешься с тем, что заплативший тебе проявляет изрядную изобретательность, чтобы не быть узнанным, — огрызнулся Дэнни. — Можешь сделать копии бумаг на моем ксероксе. И помни: я их тебе не давал.

На следующий день Брендон Моуди заехал к Саре на новую квартиру. Сара была с Софи, а Лори поехала в Нью-Йорк.

— Она сама повела машину. Ей очень хотелось. По-моему, это здорово.

— Она не нервничает?

— Она всегда запирает дверцы машины. Лори подъедет к самой двери клиники. Теперь у нее в машине есть телефон. Так она чувствует себя спокойнее.

— Предосторожность никогда не помешает, — заметил Брендон и решил сменить тему разговора. — Кстати, мне здесь нравится.

— Мне тоже. Здесь будет замечательно, когда мы приведем все в порядок. Думаю, это не займет много времени. Я хочу, чтобы Лори здесь понравилось, чтобы ей здесь было хорошо, прежде чем... — Сара не закончила, вместо этого она сказала: — Все эти этажи заставляют нас здорово побегать. Наверху получится замечательный кабинет. Спальни будут этажом ниже, а потом уже гостиная, столовая и кухня на нижнем этаже, комната отдыха выходит на задний дворик.

Брендону было ясно, что Сара с удовольствием занималась новой квартирой, лишь бы отвлечься от проблем, связанных с Лори. К сожалению, ей нужно было сообщить то, о чем она должна была знать.

Он положил на стол папку.

— Взгляни на это.

Она стала читать, и ее глаза округлились от удивления.

— Господи, да здесь расписана по минутам вся наша жизнь. Кому же понадобилась такая информация о нас? Зачем она могла понадобиться?

Подняв глаза, она посмотрела на Моуди.

— Я намерен узнать кому, даже если мне придется взорвать сейфы с документацией чикагского банка, — мрачно отозвался Моуди.

— Брендон, если нам удастся доказать, что на Лори оказывалось сильное психическое давление кем-то, кто знал, как напугать ее, я уверена, что это подействует на судью.

Брендон Моуди отвел взгляд, чтобы не видеть появившейся в глазах Сары нескрываемой надежды. Он решил пока не рассказывать ей о том, что, руководствуясь исключительно внутренним чутьем, он все чаще думал о Карен Грант. «В этом запутанном клубке по крайней мере одна ниточка ведет к этой леди». Как бы там ни было, он был твердо намерен найти ответ.

95

Абонентский почтовый ящик в Нью-Йорке был арендован некой Дж. Грейвз. Арендная плата вносилась наличными. Клерк, в ведении которого были почтовые ящики, коротышка в мятом костюме с прилизанными волосами, абсолютно не помнил, кто забирал из него почту.

— С февраля этот ящик трижды переходил из рук в руки, — сказал он Моуди. — Мне платят за разборку почты, а не за абонентов.

Моуди знал, что такими почтовыми услугами пользовались поставщики порнолитературы и брошюрок «Как быстро разбогатеть», стремящиеся остаться неизвестными. Теперь он собирался позвонить в чикагский «Ситизенс банк». Там его тоже могла постичь неудача. В некоторые банки можно было просто прийти, выложить деньги и купить банковский чек. В других же такой чек могли получить только вкладчики. Взывая ко всем святым, он набрал номер.

Менеджер банка сообщил Моуди, что они выдают банковские чеки только своим вкладчикам, снимающим деньги со счетов. «Слава богу», — вздохнул Брендон. Затем, как и предполагалось, менеджер сообщил ему, что любую другую информацию о вкладчиках и их счетах можно получить только на основании судебного предписания.

— Я получу судебное предписание, будьте уверены, — угрюмо сказал менеджеру Моуди.

Он позвонил Саре.

— Один из моих приятелей, с которым мы вместе учились на юридическом факультете, работает в Чикаго, — ответила Сара. — Я поговорю с ним, чтобы он взял судебное предписание. На это уйдет пара недель, но, по крайней мере, хоть что-то сдвинется с места.

— Не стоит предвосхищать событий, — предупредил Моуди, — но у меня есть одна версия. У Карен Грант было достаточно денег, чтобы нанять Дэнни. Мы знаем, что Лори хорошо относилась к профессору Гранту и верила ему. Предположим, она что-то рассказала ему о своих страхах, а он, в свою очередь, рассказал об этом своей жене.

— Ты хочешь сказать, что Карен Грант могла заподозрить, что у Элана с Лори что-то есть, и попробовала запугать ее?

— Это пока лишь мои домыслы, и все может оказаться совсем не так. Но вот что я скажу тебе, Сара: эта женщина способна на все.

96

24 июля, стоя в суде рядом с Сарой, Лори признала себя виновной в непредумышленном убийстве профессора Элана Гранта.

Места, отведенные в зале для прессы, были забиты репортерами и журналистами радио и телевидения, корреспондентами газет и журналов. Карен Грант в узком черном платье, дополненном золотыми украшениями, находилась позади прокурора. Присутствующие в зале студенты Клинтонского колледжа и прочая публика внимательно следили за ходом судебного заседания.

Джастин Донелли, Грег Беннет и Брендон Моуди сидели в первом ряду позади Лори и Сары. Чувство беспомощности охватило Джастина, когда он услышал традиционное: «Встать, суд идет», и в зал вошел судья. На Лори был бледно-голубой костюм, подчеркивающий ее хрупкую красоту. Она выглядела моложе своих двадцати двух лет, ей можно было дать не больше восемнадцати, когда она отвечала на вопросы судьи тихим, но ровным голосом. Сара казалась Джастину еще более хрупкой. Ее медные волосы ярко выделялись на фоне голубовато-серого жакета. Костюм буквально висел на ней. «Насколько же она похудела с тех пор, как начался весь этот кошмар», — думал Джастин.

В зале царило настроение грусти и печали, когда Лори спокойно отвечала на вопросы судьи. Да, она понимает, что означает ее признание. Да, она внимательно ознакомилась с уликами. И она, и ее адвокат признают, что это она убила Элана Гранта в порыве гнева после того, как он передал ее письма администрации колледжа. Она закончила словами:

— На основании представленных мне доказательств я признаю, что совершила это преступление. Я ничего не помню об этом, но знаю, что я, должно быть, виновна. Я глубоко раскаиваюсь. Он был очень добр ко мне. Меня сильно оскорбило и разгневало, когда он отдал эти письма руководству, но это потому, что я не помню, как писала их. Обращаясь к друзьям профессора Гранта, студентам и преподавателям факультета, я очень прошу простить меня. Из-за меня они потеряли такого замечательного человека. Этой потери уже не восполнить. — Повернувшись, она посмотрела на Карен Грант. — Я очень сожалею и раскаиваюсь. Я бы с радостью отдала свою жизнь, чтобы вернуть вашего мужа, если бы это только было возможно.

Днем вынесения приговора судья назначил 31 августа. Сара закрыла глаза. Все происходило так стремительно. Меньше года назад она потеряла своих родителей, а теперь у нее отнимали сестру.

Чтобы избавить Лори и Сару от встречи с журналистами, помощник шерифа вывел их через боковой выход. Они сели в машину и быстро уехали. За рулем сидел Грег, возле него — Моуди, Джастин с Сарой и Лори сидели на заднем сиденье. Они направлялись к Двести второй магистрали, когда Лори неожиданно сказала:

— Я хочу поехать в дом профессора Гранта.

— Лори, ты так упорно не хотела ехать туда. Что это с тобой сейчас? — спросила Сара.

Лори сжала голову руками.

— Когда во время заседания я стояла перед судьей, мысли громко, как тамтам, стучали у меня в голове. Маленький мальчик кричал, что я лгу.

Нарушая правила, Грег развернул машину.

— Я знаю, где это.

На лужайке стояла табличка о продаже дома. Белый, похожий на сельский дом был закрыт и выглядел опустевшим. Траву давно не подстригали, вокруг дома среди кустарника разрослись сорняки.

— Я хочу войти внутрь, — сказала Лори.

— Здесь есть номер телефона агента по продаже недвижимости, — показал Моуди. — Мы можем позвонить и узнать насчет ключа.

— На стеклянной раздвижной двери, ведущей в кабинет, не закрывается замок, — сказала Лори. Она усмехнулась. — Уж я-то знаю. Я часто открывала ее.

Сара почувствовала, как по коже пробежал холодок, когда она узнала вульгарный смешок Леоны. Они молча последовали за ней вокруг дома и оказались в мощенном булыжником внутреннем дворике. Сара обратила внимание на высокие ели, отгораживавшие дворик от дороги.

В своих письмах Элану Гранту Леона писала о том, как она наблюдала за ним через эту дверь. Неудивительно, что прохожие не замечали ее.

— На первый взгляд она кажется запертой, но стоит чуть-чуть покачать...

Дверь открылась, и Леона шагнула внутрь.

В комнате стоял затхлый запах. Там все еще была какая-то мебель. Леона показала на старое кожаное кресло с пуфиком перед ним.

— Это было его любимое место. Он мог сидеть здесь часа по два. Мне очень нравилось смотреть на него. Иногда, после того как он ложился спать, я устраивалась здесь.

— Леона, в тот вечер, когда умер Элан Грант, ты вернулась сюда за своей записной книжкой. Дебби сказала нам, что он спал, когда ты уходила, а твоя сумка и нож оставались на полу возле кровати. Покажи нам, что было дальше.

Она кивнула и, осторожно и бесшумно ступая, вышла в коридор, который вел в спальню. Затем остановилась.

— Там так тихо. Он больше не храпит. Может, он проснулся?

Она на цыпочках подошла к двери в спальню и вновь остановилась.

— Дверь была открыта? — спросил Джастин.

— Да.

— Свет горел?

— Только ночник в ванной. Боже мой! Нет!

Шатаясь она вышла в центр комнаты и посмотрела вниз. В ее облике тут же произошли перемены.

— Смотрите! Он умер! И опять во всем обвинят Лори. — В звонком мальчишеском голосе, вылетавшем из уст Лори, слышался ужас. — Нужно уводить ее отсюда.

«Опять этот мальчик, — думал Джастин. — Мне необходимо как-то к нему подобраться. У него все ключи к разгадке».

Потрясенная Сара смотрела, как Лори, совсем уже не похожая на себя, с округлившимися щеками и поджатыми губами, расставив ноги и закрыв глаза, наклонилась и словно выдернула что-то обеими руками.

«Она вынимает из тела нож, — подумала Сара. — Боже милостивый!» Джастин, Брендон и Грег в оцепенении стояли рядом, точно зрители на сюрреалистическом спектакле. В пустой комнате словно возник смертный одр Элана Гранта. Ковер был вычищен, но Сара живо представляла себе пятна крови на нем, как это было в ту ночь.

Теперь «мальчик» протянул за чем-то руку к ковру. «Ее сумка, — подумала Сара. — Он прячет в нее нож».

— Нужно уводить ее отсюда, — вновь раздался звонкий испуганный голос.

Ноги, совсем не похожие на ноги Лори, понесли ее к окну, затем остановились. Туловище, совсем не ее, повернулось. Взгляд, совсем не похожий на взгляд Лори, метнулся по комнате. Наклонившись, она словно что-то подняла и сунула в карман.

«Вот почему в джинсах Лори был найден браслет», — подумала Сара.

Повернулась ручка, открывавшая окно. По-прежнему сжимая воображаемую сумку, «мальчик» перешагнул через низкий подоконник и оказался во дворике.

— За ним, — шепнул Джастин.

Их ждала Леона.

— В ту ночь мальчишке не надо было открывать окно, — сказала она обыденным тоном. — Когда я вернулась за сумкой, оно было уже открыто. Поэтому в комнате и было так холодно. Надеюсь, вы взяли сигареты, доктор.

97

Бик и Опал не пришли в суд на слушание дела Лори. Для Бика соблазн был очень велик, но он понимал, что его наверняка узнают журналисты.

— Как слуге Господа и другу семьи мне следовало бы там быть, — сказал он, — но на все наши приглашения пообедать вместе или приехать к нам с Ли Сара отвечает отказом.

Теперь они проводили много времени в этом доме в Нью-Джерси. Опал ненавидела его. Ее угнетало, что Бик слишком часто заходит в бывшую спальню Ли. Единственной мебелью в этой комнате было ветхое кресло-качалка, похожее на то, что стояло у них на ферме. Он мог часами сидеть в нем, раскачиваясь взад-вперед, поглаживая выцветший розовый купальник. Иногда он пел гимны. А иногда, открыв музыкальную шкатулку Ли, слушал одну и ту же тренькающую песню.

«По всему городу… И мальчики, и девочки вместе гуляют…»

Лиз Пирс, корреспондентка журнала «Пипл», несколько раз звонила Бику и Опал, чтобы уточнить факты и даты.

— Вы жили в штате Нью-Йорк, и именно там вы нашли свое призвание. Вы читали проповеди на радиостанциях в Бетлехеме, штат Пенсильвания, затем в Мариетте, штат Огайо, Луисвилле, штат Кентукки, Атланте, штат Джорджия, и наконец в Нью-Йорке. Правильно?

Опал всегда пугало то, что Пирс с такой точностью говорит о датах их пребывания в Бетлехеме. Но, по крайней мере, никто никогда не видел там Ли. Нет никого, кто не подтвердил бы, что они там жили одни. «Все будет хорошо», — успокаивала она себя.

В тот день, когда Ли признала себя виновной в убийстве, Пирс позвонила, чтобы договориться с ними насчет очередных фотографий. Одна из них будет помещена на обложке журнала «Пипл», готовившегося к выпуску 31 августа.

Брендон Моуди подъехал к зданию окружного суда на своей машине. Оттуда он планировал поехать домой, но, после того как Брендон стал свидетелем происшедшего в спальне Элана Гранта, он захотел в спокойной обстановке поговорить с доктором Джастином Донелли. Поэтому он охотно согласился с предложением Сары пообедать у нее дома.

Ему предоставилась эта возможность, когда Сара попросила Донелли развести огонь для барбекю. Моуди вышел за ним во дворик. Там он тихо спросил его:

— Насколько можно верить тому, что Лори или ее другие личности ушли, когда Элан Грант был еще жив, а вернувшись, нашли его мертвым?

— Боюсь, что более вероятно то, что одно из воплощений, с которым мы еще не знакомы, и убило Элана Гранта.

— Как вы думаете, есть ли хоть какая-то вероятность того, что она абсолютно невиновна?

Донелли аккуратно сложил угольные брикеты и потянулся за зажигательной смесью.

— Вероятность? На мой взгляд, возможно все, что угодно. Сегодня вы имели возможность наблюдать за двумя воплощениями Лори — Леоной и мальчиком. Их может быть около дюжины, некоторые еще не проявили себя, и не уверен, что когда-нибудь проявят вообще.

— И все-таки я нутром чую...

Брендон не договорил, так как из кухни во двор вышла Сара.

99

— Я вам очень благодарна за то, что в пятницу вы пришли в суд, доктор Донелли, — сказала Лори Джастину.

Она лежала на кушетке и казалась спокойной, чуть ли не умиротворенной. И только по ее сжатым рукам можно было догадаться о ее внутреннем смятении.

— Я хотел быть с тобой и с Сарой, Лори.

— Знаете, когда я делала это заявление, я больше волновалась за Сару, чем за себя. Она так переживает.

— Да, я знаю.

— Сегодня около шести утра я услышала, как она плачет, и зашла к ней в комнату. Забавно, все эти годы она заходила ко мне. Так знаете, что она делала?

— Нет.

— Сидя в постели, она составляла список людей, которых собиралась просить походатайствовать за меня перед судьей. Она надеялась, что мне придется отбыть два года, прежде чем я получу право на досрочное освобождение. Но теперь она боится, что судья Армон может дать мне пять лет без права на досрочное освобождение. Я надеюсь, что, пока я буду в тюрьме, вы не оставите Сару. Вы будете нужны ей.

— Я не собираюсь оставлять Сару.

— Грег — замечательный парень, правда, доктор?

— Да.

— Я не хочу в тюрьму, — не выдержала Лори. — Я хочу остаться дома. Я хочу быть с Сарой и Грегом. Я не хочу в тюрьму.

Выпрямившись, она села на кушетке, спустила ноги на пол и сжала кулаки. Выражение ее лица ожесточилось.

— Послушайте, доктор, не поощряйте эти ее мысли. Лори должна сидеть взаперти.

— Но почему, Кейт, почему? — настойчиво спросил Джастин.

Она не ответила.

— Кейт, пару недель назад ты сказала мне, что мальчик готов поговорить со мной. Он появлялся вчера в доме Гранта. Правду ли говорили они с Леоной о том, что произошло? Или мне нужно поговорить с кем-нибудь еще?

В одно мгновение лицо Лори вновь изменилось. Черты смягчились, глаза сузились.

— Вам не следует так много спрашивать обо мне.

Голос мальчика был вежливым, но в нем чувствовалась решительность.

— Привет, — непринужденно сказал Джастин. — Рад был снова видеть тебя вчера. Ты очень помог Лори в ночь, когда умер профессор. Ты весьма сообразительный для своих девяти лет. Но я все-таки взрослый. Мне кажется, я бы мог помочь тебе заботиться о Лори. Разве не пора уже поверить мне?

— Вы не заботитесь о ней.

— Почему ты так говоришь?

— Вы позволили ей рассказать людям, что она убила профессора Гранта, а она этого не делала. Какой же вы друг?

— А может, это сделал кто-то еще, с кем я не разговаривал?

— Нас всего четверо: Кейт, Леона, Дебби и я. И никто из нас никого не убивал. Поэтому я и пытался заставить Лори замолчать вчера на суде.

100

Брендон Моуди никак не мог отделаться от одолевавших его сомнений относительно Карен Грант. В июле, на прошлой неделе, когда он с нетерпением ждал выдачи предписания чикагского суда, он расхаживал по вестибюлю отеля «Мэдисон армз». Было очевидно, что Энни Уэбстер наконец ушла на пенсию. Ее стол заменили красивым столом вишневого дерева, и вся обстановка бюро в целом приобрела более изысканный вид. Моуди решил, что пришло время вновь навестить бывшую коллегу Карен Грант, на сей раз в ее доме в Бронксвилле.

Энни тут же рассказала Брендону, что была очень обижена отношением к ней Карен.

— Она постоянно торопила меня с продажей бюро. На контракте еще не успели высохнуть чернила, как она сказала, что мне вообще больше не нужно приходить в офис, что она все возьмет в свои руки. Она сразу же вынесла мою мебель и поставила новую для своего приятеля. Когда я вспоминаю, как защищала ее, когда люди говорили что-то в ее адрес, я чувствую себя просто дурой. Скорбящая вдова!

— Миссис Уэбстер, — начал Моуди, — то, о чем я попрошу вас, очень важно. Я считаю, что существует вероятность невиновности Лори Кеньон в убийстве Элана Гранта. Но в следующем месяце она сядет в тюрьму, если только мы не сможем доказать, что его убил кто-то другой. Вспомните, пожалуйста, еще раз тот вечер, который вы провели в аэропорту с Карен Грант. Расскажите мне все до мельчайших подробностей, какими бы незначительными они вам ни казались. Начните с того, как вы туда поехали.

— Мы выехали в аэропорт в восемь часов. Карен поговорила со своим мужем. Она была ужасно огорчена. Когда я спросила ее, что случилось, она сказала, что какая-то истеричка угрожала ему, а он выместил все на ней.

— Выместил на ней? Что она имела в виду?

— Не знаю. Я не люблю сплетничать и выведывать.

«Уж в этом-то можно не сомневаться», — мрачно подумал Брендон.

— Миссис Уэбстер, что она имела в виду?

— В эти последние месяцы Карен все больше и больше времени проводила в своей нью-йоркской квартире, с тех самых пор, как познакомилась с Эдвином Рэндом. И мне кажется, Элан Грант дал ей понять, что все это ему порядком надоело. По дороге в аэропорт она сказала что-то вроде: «Мне бы нужно было сейчас выяснить отношения с Эланом, а не работать здесь шофером». Я напомнила ей, что это была одна из наших самых ценных клиенток и она терпеть не могла взятые напрокат автомобили.

— Затем вы узнали, что самолет опаздывает.

— Да. Это очень расстроило Карен. Но мы пошли в зал ожидания для клиентов и немного выпили. Потом начался «Спартак». Это...

— Это ваш самый любимый фильм. И к тому же очень длинный. А в кино вы частенько засыпаете. Вы можете с уверенностью сказать, что Карен Грант высидела полностью весь фильм?

— Я помню, что она узнавала о прибытии самолета и несколько раз выходила звонить.

— Миссис Уэбстер, от аэропорта до ее дома в Клинтоне сорок две мили. Не могла ли она отсутствовать на протяжении двух — двух с половиной часов? Я хочу сказать, была ли у нее возможность съездить домой?

— Вообще-то, мне кажется, я не спала, но...

Она замолчала.

— В чем дело, миссис Уэбстер?

— Просто когда мы встретили нашу клиентку и вышли из аэропорта, машина Карен оказалась совершенно в другом месте. Когда мы только приехали, машин было так много, что нам пришлось идти до здания довольно приличное расстояние. А когда мы собрались уезжать, машина стояла прямо напротив центрального выхода.

У Моуди вырвался вздох.

— Почему же вы мне не сказали об этом раньше, миссис Уэбстер?

Она озадаченно посмотрела на него.

— Но вы же меня не спрашивали.

101

«Все опять так же, как в те месяцы, перед тем как Ли положили в клинику», — думала Опал. Они с Биком вновь брали напрокат машины и следили за ней. Иногда они останавливали машину на противоположной стороне улицы и смотрели, как Ли спешила из гаража в клинику, затем ждали, сколько бы там ни было, пока она вновь не появлялась из клиники. Все это время Бик не отрываясь смотрел на дверь, боясь пропустить момент ее появления. Когда она выходила, у него на лбу выступали капельки пота, руки судорожно сжимали руль.

— Интересно, о чем она рассказывала сегодня? — спрашивал он, и в его голосе слышался гнев и страх. — Опал, она ведь там наедине с этим доктором. Может быть, она соблазняет его.

По будням Ли приезжала в клинику утром. Днем они с Сарой часто ездили играть в гольф, как правило на одной из местных площадок. Опасаясь, что Сара может заметить следующую за ними машину, Бик обзванивал клубы и узнавал, не была ли заказана площадка для игры на имя Кеньон. Если была, то они с Опал ехали в тот клуб и, словно невзначай, встречали Сару и Ли в кафетерии.

Он никогда не задерживался возле их столика, просто приветствовал их и проходил, но ничто в Ли не ускользало от его взгляда. Потом Бик с волнением делился своими впечатлениями о том, как она выглядела.

— Эта кофточка для гольфа так облегает ее стройное тело... Я едва удержался, чтобы не протянуть руку и не снять с ее золотистых волос заколку.

Из-за подготовки передачи «Церковь в эфире» большую часть выходных дней они проводили в Нью-Йорке. Опал в глубине души была этому рада. Если им и удавалось увидеть Ли и Сару в субботу или в воскресенье, то неизменно в компании доктора и молодого человека по имени Грег Беннет. Это бесило Бика.

Как-то днем в середине августа Бик позвал Опал в комнату Ли. Шторы были задернуты, и он сидел в кресле-качалке.

— Я просил Господа наставить меня, и он ответил мне, — сказал он. — Ли всегда ездит в Нью-Йорк одна. У нее в машине есть телефон. Мне удалось узнать номер этого телефона.

Опал содрогнулась. Лицо Бика исказилось, и в его глазах блеснул странный зловещий огонек.

— Опал, — загремел его голос, — не думай, что я не знаю о твоей ревности. Я запрещаю тебе впредь тревожить меня этим. Дни пребывания Ли в этом мире сочтены. А оставшееся время ты не должна мешать мне упиваться видом, голосом и запахом этого прелестного ребенка.

102

Томазину Перкинс очень взволновало письмо Сары Кеньон, в котором она обращалась к Томазине с просьбой написать судье, выносившему приговор, и попросить за Лори.

«Вы так хорошо помните, как сильно напугана была Лори, — писала Сара, — и вы единственная, кто видел Лори с ее похитителями. Нам нужно постараться раскрыть судье глаза на то, какую травму Лори перенесла в детстве. Не забудьте написать имя, которым, как вам показалось, женщина назвала в ресторане мужчину, когда они вытаскивали оттуда Лори». В конце Сара написала, что похититель-рецидивист под таким же именем был в то время замечен в районе Гаррисберга, и, хотя пока доказательств нет, она все же намеревается сослаться на предположение о том, что он и был похитителем Лори.

Томазина так часто рассказывала историю о том, как она увидела Лори и позвонила в полицию, что все писалось у нее само собой. Пока она не дошла до щекотливого момента.

Та женщина назвала мужчину не Джимом. И теперь Томазина была твердо в этом уверена. Она не могла написать судье это имя. Это было бы похоже на клятвопреступление. И ей стало очень не по себе, когда она узнала, что Сара потеряла столько времени и денег на поиски совершенно не того человека.

Томазина начинала терять веру в преподобного Хоккинса. Она написала ему пару писем, выражая благодарность за оказанную ей честь выступить в его передаче. Еще она писала, что, поскольку она никогда не осмелилась бы предположить, что Господь мог допустить ошибку, возможно, им стоило бы подождать и подольше послушать Господа. Может быть, он просто сначала назвал имя мальчика, стоявшего за прилавком. Не могли бы они попробовать еще?

Преподобный Хоккинс не удостоил ее своим ответом, хотя она была уверена в том, что он про нее не забыл. Каждый раз, когда она посылала в качестве пожертвования два доллара, ей приходило письмо с просьбой прислать еще.

Ее племянница записала Томазину в передаче «Церковь в эфире» на видеокассету, и та любила смотреть эту запись. По мере того как росла ее неприязнь к преподобному Хоккинсу, она замечала все больше и больше промахов в записанном куске. Его рот был слишком близко к ее уху, когда она услышала то имя. Он даже не смог правильно произнести имя Лори, назвав ее один раз Ли.

Томазина с чистой совестью отправила судье проникновенное письмо, в котором в трагических

тонах описала панический страх Лори и ее истерику, но не упомянула при этом имени Джим. Она
послала копию письма с объяснением Саре и обратила ее внимание на ошибку, которую допустил
сам преподобный Хоккинс, назвавший Лори Ли.

103

— Все ближе и ближе, — уныло сказала Лори
доктору Донелли, скидывая туфли и ложась на
кушетку.

— О чем ты, Лори?

Он ожидал, что она скажет о тюрьме, но вместо этого услышал:

— Нож.

Он подождал.

Теперь с ним заговорила Кейт.

— Доктор, я полагаю, мы оба сделали все, что
могли.

— Кейт? — удивился он. — Это на тебя не похоже.

«Не появилась ли у Лори склонность к самоубийству?» — подумал он.

Последовала кривая усмешка.

— Кейт чует беду, доктор. Есть сигарета?

— Да, конечно. Как дела, Леона?

— Почти все прошло. Ты стал лучше играть в
гольф.

— Спасибо.

— Тебе ведь нравится Сара, правда?

— Очень.

— Пожалуйста, сделай так, чтобы она не слишком сильно страдала.

— В связи с чем?

Лори потянулась.

— У меня так болит голова, — пробормотала она. — Кажется, этот кошмар мучит меня теперь не только по ночам. Даже когда вчера мы с Сарой играли в гольф, я вдруг увидела руку, державшую нож.

— Лори, ты уже близка к тому, чтобы вспомнить. Почему ты не можешь дать волю воспоминаниям?

— Тогда мне придется рассказать о своей вине. — Говорила ли это Лори, или Леона, или Кейт? Впервые Джастин не мог понять. — Я занималась такими плохими вещами, — сказала она, — отвратительными вещами. Эти воспоминания скрыты где-то глубоко во мне.

Джастин неожиданно принял решение.

— Пойдем погуляем в парке. Давай посидим немного на детской площадке и понаблюдаем за детьми.

На качелях, горках, турниках и перекладинах было полно детей. Они сели на скамейку в парке возле бдительных мамаш и нянь. Дети смеялись, окликали друг друга, спорили, чья очередь качаться на качелях. Джастин заметил маленькую девочку, которой на вид было около четырех. Она радостно пинала мячик. Несколько раз няня окликала девочку:

— Не уходи далеко, Кристи.

Но девочка была так увлечена игрой, что словно не слышала. В конце концов няня встала, подошла к ней и решительно взяла мячик.

— Я сказала тебе, не уходи с площадки, — строго воскликнула она. — Если бы ты выскочила с мячиком на дорогу, тебя бы могла сбить машина.

— Я забыла. — Ее личико стало грустным и полным раскаяния, но она тут же просияла, повернувшись и увидев, что на нее смотрят Джастин и Лори. Подбежав к ним, она спросила: — Вам нравится моя красивая кофточка?

Подошла няня.

— Кристи, не приставай к людям. — Она смущенно улыбнулась. — Кристи думает, что все, что бы она ни надела, красиво.

— Конечно красиво, — сказала Лори. — Это очень красивая новая кофточка.

Через несколько минут они направились назад к клинике.

— Предположим, что эта маленькая девочка была очень увлечена своей игрой, — сказал Джастин. — Она подошла слишком близко к дороге, кто-то схватил ее, посадил в машину, увез и надругался над ней. Как ты думаешь, она будет чувствовать себя виноватой через несколько лет?

Глаза Лори наполнились слезами.

— Я все поняла, доктор.

— Тогда не вини себя точно так же, как ты не стала бы винить эту девочку, если бы с ней что-нибудь случилось по не зависящим от нее обстоятельствам.

Они вернулись в кабинет Джастина. Лори легла на кушетку.

— Если бы эту маленькую девочку сегодня схватили и посадили в машину...

Она заколебалась.

— Попробуй представить себе, что могло бы с ней произойти, — подсказал Джастин.

— Она хотела вернуться домой. Мама рассердится на нее за то, что она вышла на дорогу. У новых соседей был семнадцатилетний сын, который гонял на мотоцикле, как ненормальный. Мама говорила, что маленькой девочке нельзя больше бегать перед домом. Ее может задавить машина. Маленькую девочку сильно любили. Ее называли чудом.

— Но те, что увезли ее, не стали возвращать ее домой?

— Нет, они все ехали и ехали. Она плакала, и женщина шлепнула ее и велела замолчать. Мужчина с волосатыми руками взял ее и посадил к себе на колени.

Руки Лори то сжимались, то разжимались. Джастин увидел, как она обхватила себя за плечи.

— Зачем ты так делаешь?

— Маленькой девочке велели вылезти из машины. Так холодно. Ей нужно идти в ванную, но он хочет сфотографировать ее и заставляет встать возле дерева.

— Ты вспомнила это, глядя на фотографию, которую разорвала в тот день, когда пришла в клинику?

— Да, да.

— И потом маленькая девочка все время оставалась с ним… все то время, что ты оставалась с ним…

— Он насиловал меня, — вскрикнула Лори. — Я не могла знать, когда это будет, но каждый раз после того, как мы пели песни в кресле-качалке, он забирал меня наверх. Всегда после этого. Мне было так больно.

Джастин поспешил успокоить разрыдавшуюся девочку.

— Все хорошо, — говорил он. — Только скажи мне. Ты в этом виновата?

— Он был такой большой. Я пыталась сопротивляться. Я не могла остановить его! — крикнула она. — Я не могла остановить его.

Был подходящий момент спросить:

— А что такое опал?

— Она его жена.

Ахнув, Лори прикусила губу. Ее глаза сузились.

— Доктор, я же говорил тебе, что это запретное слово.

Девятилетний мальчик не позволит больше ничего вспомнить.

104

17 августа, когда Грег взял Лори поужинать и немного развлечься, Сара и Брендон отправились в ньюаркский аэропорт. Они приехали туда в 20.55.

— Примерно в это же время сюда приехали Карен Грант и Энни Уэбстер в тот вечер, когда умер Элан Грант, — сказал Моуди, въезжая на стоянку. — Самолет с их клиенткой задерживался более чем на три часа, как и другие самолеты в тот вечер. А это значит, что стоянка была переполнена. Энни Уэбстер сообщила, что им пришлось идти довольно далеко до здания аэропорта.

Он намеренно поставил машину в самом конце стоянки.

— Отсюда до аэропорта целое путешествие, — заметил он. — Давай засечем, сколько это займет времени нормальным шагом. Думаю, не меньше пяти минут.

Сара кивнула. Она убеждала себя не хвататься за соломинку, как это делали многие родственники ее подсудимых. Отрицание вины. Их муж, или дочь, или сестра, или брат были не способны на преступление, утверждали они. Даже поставленные перед фактами неопровержимых улик, они были уверены, что происходит какое-то чудовищное недоразумение.

Но когда она разговаривала с Джастином, он ненавязчиво поддержал версию Моуди, что у Карен Грант были и мотивы и возможность убить своего мужа. Он также сказал, что у Лори, по его мнению, не больше четырех личностей, с которыми они уже познакомились и которые все в один голос утверждают, что Лори невиновна.

Войдя вместе с Моуди в оборудованное кондиционерами здание аэропорта, Сара с удовольствием почувствовала прохладу после душного августовского вечера. Очереди для регистрации на рейсы напомнили ей о чудесной поездке в Италию, куда она с Лори и с родителями улетала не больше года назад. «Теперь кажется, что это было так давно», — с грустью подумала она.

— Вспомни, Карен Грант и миссис Уэбстер узнали о выходе из строя компьютерной системы и о том, что самолет задерживается с прибытием до половины первого ночи, только когда приехали сюда. — Моуди сделал паузу и посмотрел на расписание прилета и вылета самолетов. — Как бы ты повела себя на месте Карен Грант, если у вас с мужем неблагополучные отношения? Может быть, даже более чем неблагополучные: ты звонишь ему, а он сообщает, что хочет развестись с тобой?

В памяти Сары возник образ Карен Грант. Все эти месяцы она думала о ней как о скорбящей вдове. В суде, когда Лори призналась в своей виновности, та была одета во все черное. «Странно, — думала Сара, вспоминая об этом. — Не слишком ли она переигрывала? Теперь не многие из тех, кому едва за тридцать, в знак траура одеваются в черное».

Когда они направились к залу ожидания клиентов первого класса, Сара обратила на этот факт внимание Брендона. Он кивнул.

— Вдова Грант постоянно играет какую-то роль, и это заметно. Мы знаем, что они с Энни Уэбстер поднялись в этот зал и немного выпили. Фильм «Спартак» начался в тот вечер в девять часов по киноканалу. Сейчас работает та же дежурная, что и тогда, — сказал он Саре. — Мы поговорим с ней.

Дежурная не могла вспомнить вечер 28 января, но она знала Энни Уэбстер и хорошо относилась к ней.

— Я на этой работе уже десять лет и не знаю лучшего агента бюро путешествий. Единственная проблема с Энни Уэбстер — когда ей приходится здесь кого-то ждать, она оккупирует телевизор. Энни всегда переключает его на какой-нибудь фильм и не уступает, если кому-то хочется посмотреть новости или другую программу.

— Действительно, проблема, — с сочувствием сказал Брендон.

Дежурная рассмеялась.

— Да нет, я шучу. Я всегда советую тем, кто хочет посмотреть еще что-нибудь, подождать минут пять. Уэбстер способна уснуть просто моментально. И как только она засыпает, мы переключаем программу.

Они возвращались из аэропорта в Клинтон. По дороге Моуди рассуждал:

— Скажем, Карен бродила в ту ночь по аэропорту, и ее все больше и больше тревожила мысль о том, что она не сможет отговорить своего мужа от развода. Уэбстер или увлеченно смотрит фильм, или спит и не хватится ее. Самолет прилетит не раньше половины первого.

— И вот она села в машину и поехала домой, — вставила Сара.

— Именно так. Предположим, она открыла дверь своим ключом и вошла в спальню. Элан спал. Карен увидела сумку Лори с лежавшим на ней ножом и поняла, что если его найдут убитым, то обвинят в этом Лори.

По дороге они также обсудили и то, что судебное предписание, полученное для чикагского банка, пока им не помогло.

Счет был открыт на имя Джейн Грейвз, и значившийся там адрес на Багамских островах оказался очередным абонентским ящиком. Вклад был переведен с одного из номерных счетов банка в Швейцарии.

— Получить информацию о вкладчиках швейцарских банков практически невозможно, — сказал Брендон. — Теперь я склонен думать, что именно Карен Грант нанимала Дэнни. Возможно, она воспользовалась частью денег Элана Гранта, а поскольку она работала в бюро путешествий, то знала, как с ними обойтись.

Приехав в Клинтон, они увидели перед домом Гранта все ту же табличку о продаже. Некоторое время они сидели в машине и смотрели на дом.

— Возможно, все так и было, — сказала Сара, — но как мы это докажем?

— Я сегодня опять разговаривал с Конни Сантини, — произнес Моуди. — Она подтверждает все, что мы знаем. Карен Грант жила так, как ей хотелось, при этом она пользовалась деньгами Элана Гранта, как своими собственными. Она разыгрывала из себя скорбящую вдову, именно разыгрывала. По словам секретарши, она никогда не была в лучшем настроении, чем теперь. Я хочу, чтобы ты была со мной, когда Энни Уэбстер вернется из Австралии. Это будет двадцать шестого августа. Мы поговорим с этой леди вместе.

— Двадцать шестого августа, — сказала Сара. — За пять дней до того, как Лори сядет в тюрьму.

105

— Это последняя неделя, — сказала Лори Джастину Донелли 24 августа.

Он смотрел, как она легла на кушетку, сложив руки за головой.

— Здорово вчера было, правда, Джастин? Простите, здесь я лучше буду называть вас доктором.

— Да, здорово. Ты действительно великолепно играешь в гольф, Лори. Разгромила нас в пух и прах.

— Даже Грега. Да, скоро я буду лишена этого удовольствия. Прошлой ночью я долго не могла уснуть. Я думала о том дне, когда меня похитили. Я вспоминала, как в розовом купальнике вышла на дорожку и наблюдала за похоронной процессией. Мне казалось, что они едут на праздник. Когда этот мужчина схватил меня, я держала в руках свою музыкальную шкатулку. Эта песня все еще вертится у меня в голове... «На востоке, на западе, по всему городу... И мальчики, и девочки вместе...»

Она замолчала.

Джастин тоже молчал.

— Когда мужчина с волосатыми руками посадил меня в машину, я спросила его, куда мы едем. Музыкальная шкатулка все еще играла.

— Что-нибудь конкретное навело тебя на эти воспоминания?

— Возможно. Когда вчера вы с Грегом ушли, мы с Сарой долго сидели и вспоминали тот день. Я рассказала ей, что, когда мы проезжали мимо углового дома, того, что был раньше выкрашен в безобразный розовый цвет, старая миссис Уэлан стояла на крыльце. Забавно, что я об этом вспоминаю, верно?

— Да нет. Все эти воспоминания хранятся в твоей памяти. Как только ты их выскажешь, страх, вызываемый ими, исчезнет.

— «И мальчики, и девочки вместе...» — тихо пропела Лори. — Поэтому они ко мне и пришли. Мы были все вместе: и мальчики, и девочки.

— Мальчики? Лори, что, есть еще какой-нибудь мальчик?

Лори свесила ноги с кушетки. Одна рука начала шлепать другую.

— Нет, доктор. Я один. — Звонкий голос понизился до шепота. — Ей больше никто не был нужен. Я всегда отсылал ее прочь, когда Бик делал ей больно.

Джастин не расслышал произнесенного шепотом имени.

— Кто причинял ей боль?

— Фу ты! — воскликнул «мальчик» с досадой. — Я ведь не хотел говорить. Хорошо, что вы не расслышали.

После сеанса Джастин Донелли отметил про себя, что, хоть ему и не удалось расслышать имени, случайно вырвавшегося у «мальчика», все шло к тому, что он вновь скоро услышит его.

Но в это же время на следующей неделе Лори будет уже в тюрьме. И дай бог, чтобы хотя бы раз в несколько месяцев она видела своего адвоката.

Джастин знал, что многие его коллеги не верят в расщепление личности.

106

Энни Уэбстер с мужем вернулись из поездки 26 августа рано утром. Моуди удалось дозвониться до Уэбстер в полдень и уговорить ее немедленно встретиться с ним и с Сарой. Когда они приехали в Бронксвилл, Энни неожиданно разоткровенничалась.

— Я много думала о том вечере, когда умер Элан, — начала она. — Понимаете, никому не хочется чувствовать себя дураком. Я не стала оспаривать, когда Карен заявила, что не трогала машину. Но знаете что? У меня есть доказательство, что она брала машину.

Моуди вскинул голову. У Сары пересохло во рту.

— Какое доказательство, миссис Уэбстер? — спросила она.

— Я говорила вам, что Карен была очень расстроена по дороге в аэропорт. Я забыла сказать вам, что она резко осадила меня, когда я отметила, что у нее на исходе горючее. Так вот, она не заправляла машину ни по дороге в аэропорт, ни по дороге обратно из аэропорта, и она не заправлялась на следующее утро, когда мы с ней поехали в Клинтон.

— А вы не знаете, платит ли Карен Грант за заправку наличными или выписывает счет? — спросил Моуди.

Уэбстер грустно усмехнулась.

— Я не сомневаюсь, что если она заправлялась в тот вечер, то по кредитной карточке компании.

— Где могут быть январские счета?

— В офисе. Карен не позволит мне просто так прийти и копаться в папках, но это может сделать Конни, если я попрошу ее. Надо позвонить ей.

Она долго разговаривала со своей бывшей секретаршей. Положив трубку, Энни сказала:

— Вам повезло. Сегодня Карен выехала на пикник, организованный «Америкэн эрлайнз». Конни с радостью просмотрит счета. Она ужасно зла на нее, так как просила прибавки к жалованью, а Карен отказала ей.

По дороге в Нью-Йорк Брендон решил предупредить Сару.

— Ты понимаешь, что если мы и сможем доказать, что Карен Грант была в Клинтоне в тот вечер, то нет ничего, что говорило бы о ее причастности к смерти мужа?

— Я понимаю, — ответила Сара. — Но, Брендон, должно же быть хоть что-то, за что мы могли бы ухватиться.

Конни Сантини встретила их с торжествующей улыбкой.

— Есть и январский счет автозаправочной станции, что неподалеку от Семьдесят восьмой автомагистрали и в четырех милях от Клинтона, и копия квитанции с подписью Карен. Нет, я уйду с этой работы. Это такая скряга. Целый год я не получала прибавки к жалованью, потому что дела шли не лучшим образом. И теперь, когда дела пошли в гору, она по-прежнему не прибавляет мне ни цента. Скажу вам, что она тратит на украшения больше, чем я зарабатываю за год.

Сантини показала через вестибюль на ювелирный магазин «Л. Краун».

— Она ходит туда так часто, словно там продают парфюмерию. Но и там она тоже проявила себя. В тот день, когда умер ее муж, Карен купила браслет, а потом потеряла его. В поисках этого браслета я тут из-за нее ползала на четвереньках. Когда позвонили насчет Элана, она была в «Крауне» и устраивала там скандал по поводу того, что у браслета была плохая застежка. Она опять потеряла его. И на этот раз не нашла. А ведь с застежкой было все в порядке. Она просто не успела его как следует застегнуть. Но уж будьте уверены, она заставила их дать ей взамен другой.

«Браслет, — вертелось в голове у Сары. — Браслет! В спальне Элана в тот день, когда Лори призналась в убийстве, она или, скорее, "мальчик" словно поднял что-то с пола и засунул себе в карман. Мне никогда не приходило в голову, что браслет, найденный в кармане испачканных кровью джинсов, мог оказаться не ее, — думала она. — Я никогда не просила разрешения взглянуть на него».

— Мисс Сантини, вы нам очень помогли, — сказал Моуди. — Вы здесь еще немного побудете?

— До пяти. Я не задерживаюсь здесь ни на минуту.

— Замечательно.

За прилавком ювелирного магазина «Л. Краун» стоял молодой продавец. На него произвело впечатление, когда Моуди многозначительно сказал ему, что он из страховой компании и хотел бы узнать об одном потерянном браслете. Он с готовностью просмотрел книгу учета.

— Вот здесь, сэр. Миссис Грант купила браслет двадцать восьмого января. Это был образец новой модели из нашего демонстрационного зала. Витое золото с серебром, создающим впечатление бриллиантов. Очень красивый. Он стоит полторы тысячи долларов. Я не понимаю, почему она предъявила нам претензию. Мы дали ей новый вместо утерянного. Она пришла на следующее утро очень расстроенная. Она была в полной уверенности, что он соскочил у нее с руки вскоре после того, как она его купила.

— Почему она была в этом уверена?

— Потому что, как она сказала, еще до того, как она его потеряла, он уже соскальзывал у нее с руки за столом в офисе. Честно говоря, сэр, у него действительно был новый замок, очень надежный, но лишь в том случае, когда вы не торопитесь и как следует его застегнете.

— У вас сохранились сведения о продаже?

— Конечно, но мы все же решили заменить его, сэр. Миссис Грант — наша постоянная клиентка.

— У вас случайно не осталось фотографии или такого же браслета?

— У нас есть и то и другое. С января мы изготовили несколько десятков таких браслетов.

— Все одинаковые? Они чем-нибудь отличаются от того?

— Замком, сэр. После случая с миссис Грант мы поменяли его на остальных браслетах. Нам не нужны лишние неприятности. — Он достал из-под прилавка блокнот. — Изначально на браслете стоял вот такой замок... а те, что у нас сейчас, закрываются вот так и имеют предохранительную защелку.

С копией чека о продаже от 28 января, с цветной фотографией браслета, с подписью продавца и печатью магазина на эскизе застежки Сара и Моуди вернулись в офис бюро путешествий. Сантини ждала их со светящимися от любопытства глазами. Она с готовностью набрала номер телефона Энни Уэбстер и протянула трубку Моуди.

— Миссис Уэбстер, — начал он, — в ту ночь, когда вы были с Карен Грант в ньюаркском аэропорту, она ничего не говорила вам о потерянном браслете?

— Да-да. Я уже говорила вам, что Карен везла нас с клиенткой в Нью-Йорк. И вдруг она сказала: «Проклятье, я его опять потеряла». Затем она повернулась ко мне, очень расстроенная, и спросила, не видела ли я на ней браслет в аэропорту.

— А вы видели?

Уэбстер в нерешительности помолчала.

— Я немножко соврала. На самом деле я видела, что он был на ней в зале ожидания, но, помня то, что с ней творилось, когда она решила, что потеряла его в офисе... Я не хотела, чтобы она устроила скандал в присутствии клиентки. И я с уверенностью сказала ей, что в аэропорту его на ней не было, что, видимо, он где-то под столом в офисе. Однако я в тот же вечер позвонила в аэропорт узнать, не был ли он кем-нибудь там найден. Впрочем, все утряслось. Ювелир дал ей взамен другой.

«Господи боже мой», — подумала Сара.

— Вы бы узнали этот браслет, миссис Уэбстер? — спросил Моуди.

— Конечно. Она показывала его и мне и Конни, сказав, что это совершенно новый дизайн.

Сантини энергично закивала головой.

— Миссис Уэбстер, я скоро еще позвоню вам. Вы нам очень помогли.

«Сами того не желая», — подумал Моуди, кладя трубку.

«Остается выяснить последнее, и все станет на свои места. Прошу Тебя, Господи», — мысленно молила Сара, набирая номер офиса окружного прокурора. Ее соединили с прокурором, и она объяснила свою просьбу.

— Я подожду у телефона. — В ожидании ответа она сказала Моуди: — Они проверяют вещественные доказательства по делу.

Десять минут прошло в молчаливом ожидании, затем Моуди увидел, как лицо Сары просияло, словно выглянувшее из-за туч солнце, и вслед за этим из ее глаз полились слезы.

— Витое золото с серебром, — проговорила она. — Благодарю вас. Мне необходимо встретиться с вами завтра же утром. Судья Армон будет у себя в кабинете?

107

В четверг утром, увидев, что Конни Сантини нет на рабочем месте, Карен Грант очень разозлилась. «Все-таки я ее уволю», — подумала она, включая свет и прослушивая записи телефонных звонков. Один из них оказался от Сантини. У нее было какое-то срочное дело, и она должна была прийти позже. «Что вообще у нее может быть срочного?» — думала Карен, открывая свой стол и доставая черновик заявления, которое она собиралась сделать на судебном заседании по вынесению приговора Лори Кеньон. Оно начиналось со слов: «Элан Грант был замечательным мужем».

«Знала бы Карен, где я сейчас нахожусь», — думала Конни Сантини, сидя вместе с Энни Уэбстер в маленькой приемной возле кабинета прокурора.

Сара Кеньон и мистер Моуди разговаривали с прокурором. Конни с восторгом наблюдала за всеобщей деловитостью. То и дело раздавались телефонные звонки. Мимо сновали молодые адвокаты с кипами бумаг. Женщина-адвокат, оглянувшись, кинула через плечо:

— Возьми трубку. Мне сейчас некогда. Я иду на заседание суда.

Сара Кеньон открыла дверь и позвала их.

— Зайдите, пожалуйста. Прокурор хочет с вами поговорить.

После того как их представили прокурору Ливайну, Энни Уэбстер взглянула на его стол и увидела знакомый ей предмет в надписанном пластиковом пакете.

— Боже мой, это же браслет Карен! — воскликнула она. — Где вы его нашли?

Через час прокурор Ливайн и Сара были в кабинете судьи Армона.

— Ваша честь, — обратился к нему Ливайн. — Даже не знаю, с чего начать, но мы с Сарой Кеньон просим вас отложить вынесение приговора Лори Кеньон на две недели.

Судья удивленно поднял брови.

— Почему?

— Господин судья, в моей практике такого еще не бывало, особенно после того, как обвиняемый признал себя виновным. У нас появились основания сомневаться, что Лори Кеньон совершила это убийство. Как вам известно, мисс Кеньон заявила, что не помнит, как она совершила это преступление, и призналась лишь на основании судебного расследования. Сейчас у нас появились доказательства, ставящие под сомнение ее причастность к убийству.

Сара молча слушала, как прокурор рассказал судье о браслете, о показаниях ювелира, о заправке горючим на клинтонской бензоколонке и затем предъявил ему письменные показания Энни Уэбстер и Конни Сантини.

Минуты три они молча сидели в ожидании, пока судья Армон читал показания и изучал квитанции. Закончив, он произнес, качая головой:

— За двадцать лет, что я сижу на этом месте, я еще ни разу не сталкивался ни с чем подобным. Разумеется, при данных обстоятельствах я отложу вынесение приговора.

Он с сочувствием посмотрел на Сару, которая сидела, вцепившись руками в подлокотники кресла. Ее лицо выражало целую гамму эмоций. Сара пыталась говорить ровным голосом.

— Господин судья, с одной стороны, я безумно рада, а с другой — я в отчаянии, что позволила ей признать себя виновной.

— Не казните себя, Сара, — ответил судья Армон. — Мы все понимаем, что вы сделали все возможное для ее защиты.

Прокурор встал.

— До вынесения приговора я собирался побеседовать с миссис Грант о заявлении, которое
она хотела сделать в суде. Вместо этого, я думаю,
мне стоит поговорить с ней о том, как умер ее муж.

— Как это приговор не будет вынесен в понедельник? — возмущенно спросила Карен. — Что
за проблема? Мистер Ливайн, мне кажется, вы
должны понимать, какое это для меня тяжелое
испытание. Я не хочу вновь видеть эту девушку.
Меня угнетает даже подготовка заявления, с которым я собираюсь выступить перед судьей.

— Возникли кое-какие юридические формаль-
ности, — успокоил ее Ливайн. — Не могли бы вы
подъехать завтра около десяти? Я бы хотел все
это с вами обсудить.

Конни Сантини приехала в офис в два часа дня,
уже предчувствуя, как набросится на нее Карен
Грант. Прокурор предупредил, чтобы она ничего
не говорила Карен об их встрече. Однако Карен
была слишком занята и ни о чем не спросила секретаршу.

— Посиди у телефона, — сказала она Конни. —
Меня нет. Я работаю над заявлением. Я хочу, чтобы судья понял, через что мне пришлось пройти.

Следующим утром Карен тщательно обдумала,
как ей одеться для этой встречи. Прийти сегодня
в суд в черном было бы уже слишком. Она выбрала
темно-синий костюм и туфли под цвет и не очень

ярко накрасилась. Ей не пришлось долго ждать. Прокурор сразу же пригласил ее войти.

— Проходите, Карен. Я рад вас видеть.

Он был очень привлекательным мужчиной, всегда любезным. Карен улыбнулась ему.

— Я приготовила судье свое заявление. Мне кажется, в нем я описала все свои чувства.

— Прежде чем мы побеседуем с вами об этом, я хотел бы у вас кое-что выяснить. Не угодно ли пройти сюда?

К ее удивлению, они пошли не в его кабинет. Вместо этого он провел ее в маленькую комнатку. В ней уже сидело несколько человек и стенографистка. Среди них она узнала двух детективов, которые разговаривали с ней в то утро, когда был найден труп Элана.

Что-то изменилось в прокуроре Ливайне. Его голос звучал официально и холодно.

— Карен, я хочу ознакомить вас с вашими конституционными правами.

— Что?

— Вы имеете право не отвечать на вопросы. Вы меня понимаете?

Карен Грант почувствовала, как кровь отхлынула от ее лица.

— Да.

— Вы имеете право на адвоката... все сказанное вами может быть использовано против вас...

— Да, я понимаю, но что, черт возьми, происходит? Я вдова жертвы.

Он продолжал зачитывать ее права, спрашивая, все ли ей понятно.

— Прочтите и подпишите, что вы ознакомились с этим. Вы будете отвечать на вопросы?

— Да, буду, но мне кажется, вы все тут посходили с ума.

Карен Грант дрожащей рукой подписала бланк.

Последовали вопросы. Она совершенно забыла про видеокамеру и едва слышала стук машинки стенографистки.

— Нет, разумеется, в тот вечер я никуда не уезжала из аэропорта. Нет, машина стояла на том же месте. Эта старая калоша Уэбстер спит на ходу. Я просидела весь этот дурацкий фильм, слушая ее храп.

Ей показали квитанцию оплаты за бензин, выданную автозаправочной станцией.

— Это ошибка. Не то число. Они всегда пишут неизвестно что.

Браслет.

— Там продается много таких браслетов. Вы что думаете, я единственная покупательница этого магазина? Как бы там ни было, я потеряла его в офисе. Даже Энни Уэбстер сказала, что в аэропорту его на мне не было.

В голове Карен застучало, когда прокурор заметил, что такой замок был только на ее браслете, а Энни Уэбстер официально заявила, что видела этот браслет на Карен в аэропорту и впоследствии звонила туда, чтобы заявить о его потере.

Шло время, а она по-прежнему раздраженно отвечала на вопросы.

Их взаимоотношения с Эланом?

— Идеальные. Мы были без ума друг от друга. Разумеется, ни о каком разводе речь не шла по телефону в тот вечер.

Эдвин Рэнд?

— Просто друг.

Браслет?

— Я не хочу больше говорить о браслете. Нет, я не могла потерять его в спальне.

Вены на шее Карен Грант пульсировали. В глазах стояли слезы. Она нервно теребила в руках носовой платок.

Прокурор и детективы почувствовали, что она начинает понимать бессмысленность своих отказов. И ей уже не выпутаться из этих сетей.

Пожилой детектив Фрэнк Ривз попробовал проявить сочувствие.

— Я могу представить, как все случилось. Вы приехали домой, чтобы выяснить отношения с мужем. Он спал. Вы увидели на полу возле его кровати сумку Лори Кеньон. Возможно, вы решили, что Элан обманывал вас в отношении его связи с Лори. Вас охватил гнев. Там оказался нож. Через мгновение вы поняли, что наделали. Вас, наверное, потрясло, когда я сказал вам, что мы нашли нож у Лори в комнате.

Пока Ривз говорил, Карен опустила голову и сникла. Ее глаза наполнились слезами, и она с горечью произнесла:

— Когда я увидела сумку Лори, я решила, что он мне лгал. По телефону он сказал мне, что хочет развода и что у него кто-то есть. Когда вы сказали, что нож нашли у нее, я не могла в это поверить. Я не могла поверить и в то, что Элан мертв. Я не хотела его убивать.

Она умоляюще смотрела в лицо прокурора и детективов.

— Я действительно любила его, — сказала она. — Он был таким щедрым.

108

Телефон звонил не переставая. Со всех сторон сыпались поздравления. Сара поймала себя на том, что повторяет одно и то же:

— Да, я знаю. Это чудо. Мне кажется, я еще не в полной мере осознала это.

Ей присылали букеты и корзины с цветами. Самая пышная корзина с благословениями и поздравлениями была от преподобного Бобби и Карлы Хоккинс.

— Она такая большая, словно ее прислал самый близкий родственник на похороны, — фыркнула Софи.

От этих слов Саре чуть не стало дурно.

— Софи, когда будешь уходить, возьми ее с собой, пожалуйста. Мне все равно, что ты с ней сделаешь.

— Я тебе точно сегодня не понадоблюсь?

— Отдохни немного. — Подойдя к Софи, Сара обняла ее. — Без тебя мы не смогли бы пережить все это. Скоро приедет Грег. На следующей неделе у него начинаются занятия, и завтра он уезжает в Стэнфорд. Они с Лори куда-то собираются на целый день.

— А ты?

— Я остаюсь дома. Мне нужно отдохнуть.

— Разве доктор Донелли не приедет?

— Сегодня нет. Ему надо ехать в Коннектикут на какое-то совещание.

— Мне он нравится, Сара.

— Мне тоже.

Когда зазвонил телефон, Софи была уже в дверях. Сара махнула ей рукой.

— Не беспокойся. Я подойду.

Это был Джастин. Его короткое приветствие чем-то насторожило Сару.

— Что-нибудь случилось? — тут же спросила она.

— Нет-нет, — успокаивающе сказал он. — Просто Лори сегодня назвала одно имя, и я пытаюсь вспомнить, где я недавно мог его слышать.

— Что за имя?

— Ли.

Сара нахмурилась.

— Сейчас. А-а, знаю. Письмо, которое Томазина Перкинс написала мне пару недель назад. Я говорила тебе о нем. Она решила, что больше не верит в чудеса преподобного Хоккинса. Она написала в письме, что когда он молился за Лори, то назвал ее Ли.

— Точно, — сказал Джастин. — Я сам обратил на это внимание, когда смотрел передачу.

— А в связи с чем у Лори всплыло это имя? — спросила Сара.

— Так зовет себя ее девятилетний «мальчик». Конечно, это может быть лишь совпадением. Сара, мне надо бежать. Меня ждут наверху. Лори едет домой. Я позвоню позже.

Сара медленно положила трубку. У нее возникла одна мысль, до невозможности страшная и невероятная и в то же время правдоподобная. Сара позвонила в агентство по продаже недвижимости Бетси Лайенс.

— Миссис Лайенс, приготовьте, пожалуйста, все документы по продаже нашего дома. Я сейчас подъеду. Мне нужны точные даты приездов Хоккинсов к нам домой.

«Лори уже едет сюда. С минуты на минуту подъедет Грег». Выбегая из квартиры, Сара не забыла оставить ему под ковриком ключ.

109

Лори пересекла Шестьдесят девятую улицу, поехала дальше по Уэст-Сайд-драйв, через мост Джорджа Вашингтона и, свернув на запад, выехала по Четвертой магистрали на Семнадцатую. Она знала, почему у нее появилось жуткое ощущение того, что конец близок. Называть имена было запрещено. Было запрещено и рассказывать, что он с ней делал. В машине зазвонил телефон. Она нажала на кнопку ответа.

Это был преподобный Хоккинс.

— Лори, Сара дала мне твой телефон. Ты едешь домой?

— Да. А где Сара?

— Она здесь. С ней произошла небольшая неприятность, но теперь уже все в порядке, милая.

— Неприятность? Что вы имеете в виду?

— Она пришла забрать почту и подвернула ногу. Ты можешь приехать сюда?

— Конечно.

— Приезжай скорее.

110

Читатели журнала «Пипл» по всей стране получили свежий номер с преподобным Бобби и Карлой Хоккинс на обложке.

В Гаррисберге Томазина Перкинс охнула, увидев эту фотографию, и готова была простить им невнимание по отношению к себе. Она открыла статью о них и едва не вскрикнула от удивления при виде совершенно иной фотографии Хоккинсов — двадцатилетней давности. Золотая серьга, сильные волосатые руки, борода, свисающие на лицо пряди длинных темных волос. Они оба держали гитары. Что-то всплыло в памяти Томазины, когда она прочла: «Бик и Опал, мечтающие стать рок-звездами». «Бик» — вот то имя, которое она не могла вспомнить на протяжении стольких лет.

Через пятнадцать минут после разговора с Сарой Джастин Донелли вышел из кабинета, собираясь ехать в Коннектикут на семинар. Проходя мимо своей секретарши, он заметил у нее на столе открытый журнал. Его взгляд случайно упал на одну из фотографий на развороте, и он похолодел от ужаса. Джастин схватил журнал. Большое дерево. Дома уже не было, но на заднем плане виднелся курятник... Под фотографией стояла подпись: «Здесь преподобный Хоккинс начинал свой путь проповедника».

Джастин бросился назад в кабинет, достал из папки Лори восстановленную фотографию и сравнил ее с той, что в журнале. На новой фотографии дерево было более разросшимся, но с таким же толстым сучковатым стволом. Край курятника на старом снимке целиком совпадал с углом видневшейся постройки на новом. Та же самая каменная стена возле дерева.

Джастин выбежал из клиники. Его машина стояла на улице. Саре он позвонит из машины. В памяти возникла телепередача с преподобным Бобби Хоккинсом, молившимся над Томазиной Перкинс за то, чтобы она вспомнила имена тех, кто похитил Ли.

В Тинеке Бетти Моуди, предвкушая удовольствие, уселась почитать последний номер журнала «Пипл». Брендон вопреки обыкновению решил пару дней отдохнуть.

Увидев на обложке фотографию Хоккинсов, он презрительно скривил губы.

— Не выношу их, — буркнул он, заглянув ей через плечо. — И что можно про них написать?

Бетти открыла журнал на той странице, где была напечатана статья.

— Боже милостивый, — пробормотал Брендон, прочитав: «Бик и Опал, мечтающие стать рок-звездами». — И как же это я? — воскликнул он. — Это ж было ясно как божий день!

Он бросился в прихожую, остановившись лишь для того, чтобы вытащить из ящика пистолет.

111

Сев за стол Бетси Лайенс, Сара стала просматривать папку с документами о продаже дома Хоккинсам.

— Впервые Карла Хоккинс пришла в агентство сразу после того, как появилось объявление о продаже, — заметила Сара.

— Но я не сразу же показала ей дом.

— А как получилось, что вы ей его показали?

— Она обратила на него внимание, просматривая каталог.

— Вы оставляли ее одну в нашем доме?

— Никогда, — возмутилась Лайенс.

— Миссис Лайенс, примерно в конце января у нас из кухни пропал нож. Насколько я понимаю, Карла Хоккинс до этого несколько раз смотрела дом. Не так-то просто утащить большой разделочный нож, если не остаться хоть ненадолго одной. Вы не помните, оставляли ли вы ее одну на кухне?

Лайенс прикусила губу.

— Да, — неохотно призналась она. — Она уронила в спальне Лори перчатку, и, пока я ходила за ней, она оставалась на кухне.

— Ладно. Еще один момент. Не странно ли то, что люди совершенно не торговались насчет цены?

— Вам повезло, Сара, что при нынешнем положении дел на рынке недвижимости вы продали дом по такой цене.

— Не знаю, можно ли это назвать везением. Не кажется ли вам странным, что после того, как сделка состоялась, они позволили бывшим владельцам жить в доме, сколько им нужно, и даже не потребовали с них арендной платы?

— Это невероятно.

— А меня это не удивляет. И последний момент. Взгляните на эти числа. Миссис Хоккинс часто приезжала в субботу около одиннадцати.

— Да.

— Именно в это время Лори ходила на лечение, — тихо сказала Сара, — и им это было известно.

Куриная голова, так испугавшая Лори. Нож. Фотография в ее дневнике. Эти люди, сновавшие взад-вперед с коробками весом едва ли больше фунта.

Настойчивое стремление Лори вернуться в клинику в тот же вечер, когда она приехала домой, возникшее сразу после визита Хоккинсов. «И... розовый дом! — думала Сара. — Карла Хоккинс обмолвилась о нем в тот вечер, когда я с ними ужинала».

— Миссис Лайенс, вы когда-нибудь говорили миссис Хоккинс о том, что угловой дом на нашей улице был раньше ядовито-розового цвета?

— А я и не знала, что он был розовым.

Сара бросилась к телефону.

— Мне нужно позвонить домой.

Трубку снял Грег Беннет.

— Грег, как хорошо, что ты пришел. Не отпускай Лори от себя ни на шаг.

— Ее нет, — ответил Грег. — Я надеялся, что она с тобой. Сара, здесь Брендон Моуди. Джастин тоже едет сюда. Сара, похитителями Лори были Хоккинсы. У Джастина и Моуди в этом нет никаких сомнений. Где Лори?

С какой-то безотчетной уверенностью Сара поняла.

— В нашем бывшем доме, — произнесла она. — Я еду туда.

112

Лори выехала на знакомую улицу, подавляя в себе желание нажать на педаль акселератора. На лужайке перед одним из домов играли дети. Много лет назад мама не разрешала ей играть одной перед домом из-за того, что соседский мальчишка гонял как сумасшедший.

«Сара. Если она подвернула ногу, то ничего страшного», — пыталась успокоить она себя. Но дело не в этом. Должно было произойти что-то ужасное. Она знала это. Она весь день это чувствовала.

Лори свернула с улицы к дому. Дом стал выглядеть иначе. «Мамины голубые портьеры и ажурные шторки смотрелись так мило». Хоккинсы заменили их на жалюзи, и, когда они были опущены, создавалось впечатление, что окна наглухо закрыты ставнями. Это придавало дому негостеприимный вид. Сейчас он напомнил ей о другом доме, темном и запертом, где происходили жуткие вещи.

Пробежав по дорожке, Лори поднялась по ступенькам крыльца к входной двери. Там был установлен домофон. Ее, наверное, уже увидели, потому что едва Лори дотронулась до звонка, как услышала женский голос:

— Входите. Дверь не заперта.

Она повернула ручку и, войдя в вестибюль, закрыла за собой дверь. Прихожая, обычно освещенная светом из соседних комнат, была окутана полумраком. Прищурившись, Лори осмотрелась. Кругом стояла тишина.

— Сара, — позвала она. — Сара.

— Мы ждем тебя в твоей комнате, — донесся до нее чей-то голос.

Она стала подниматься по лестнице, вначале быстро, затем все с большим трудом переставляя ноги.

На лбу выступила испарина. Рука, которой она держалась за перила, стала влажной и оставляла на поручнях мокрый след. Во рту пересохло. Дыхание участилось. Лори добралась до верха и свернула в коридор. Дверь в ее комнату была закрыта.

— Сара! — крикнула она.

— Входи, Ли!

На этот раз в мужском голосе послышалось нетерпение, знакомое ей с тех давних пор, когда она не хотела подчиняться его требованию и идти с ним наверх.

Лори в отчаянии стояла перед закрытой дверью в спальню. Она уже знала, что Сары там нет. Она всегда знала, что когда-нибудь они будут ждать ее. И вот это «когда-нибудь» наступило.

Дверь открылась, и перед ней появилась Опал. Она смотрела на Лори холодными злыми глазами, точно такими, как тогда, когда Лори впервые увидела ее; на губах у нее была улыбка, вовсе не похожая на улыбку. Опал была одета в короткую черную юбку и обтягивающую грудь майку. Длинные пряди ее волос, спутанных и нерасчесанных, разметались по плечам. Лори не сопротивлялась, когда Опал, взяв ее за руку, повела через комнату туда, где в старом кресле-качалке сидел Бик. Он был босиком, в черных блестящих брюках, расстегнутых на поясе, и в старой майке, обнажавшей волосатые руки. Тусклая золотая серьга качнулась в его ухе, когда он, наклонившись вперед, потянулся к Лори. Взяв ее за руки, он поставил ее перед собой, как провинившегося ребенка. На его коленях лежала розовая тряпочка. Ее купальник. Комната была освещена лишь ночником, торчавшим из розетки возле пола; мама всегда оставляла этот свет, потому что Лори боялась темноты.

В ее голове закричали разные голоса.

Один из них, сердитый, ругал ее: «Вот дурочка, зачем ты сюда пришла?»

Ребенок плакал: «Не надо. Не заставляйте меня».

«Беги! Беги!» — вопил мальчишеский голос.

А чей-то усталый голос говорил: «Пришло время умереть за все плохое, что мы делали».

— Ли, — со вздохом произнес Бик. — А ведь ты забыла о своем обещании. Ты рассказала про нас этому доктору.

— Да.

— Ты знаешь, что теперь с тобой будет?

— Да.

— Что случилось с цыпленком?

— Вы отрезали ему голову.

— Может быть, ты сама накажешь себя?

— Да.

— Хорошая девочка. Видишь тот нож?

Он показал в угол. Она кивнула.

— Возьми его и вернись ко мне.

Пока она шла по комнате, голоса кричали:

«Не делай этого!»

«Беги!»

«Возьми нож. Делай, что он тебе говорит. Мы с тобой обе шлюхи и сами прекрасно это знаем».

Сжав в руке нож, она вернулась к нему, содрогаясь от воспоминания о трепыхавшемся у него в руке цыпленке. Настал ее черед.

Он был совсем близко. Она ощущала на своей щеке его горячее дыхание. Она знала, что когданибудь, войдя в комнату, она увидит его вот так качающимся в этом кресле.

Он обхватил ее руками. Она обнаружила, что сидит у него на коленях; ее ноги не доставали до пола, его щека касалась ее лица. Он стал раскачиваться взад-вперед, взад-вперед.

— Ты была моим искушением, — прошептал он. — Когда ты умрешь, ты освободишь меня. Моли о прощении, пока мы будем петь эту прекрасную песню, которую всегда пели вместе. Затем ты встанешь, поцелуешь меня на прощание, отойдешь в угол, приставишь нож к сердцу и вонзишь его. Если ты ослушаешься, ты знаешь, что мне придется с тобой сделать. «Боже всемилостивый, как сладок этот звук», — начал он низким, но нежным голосом.

Кресло-качалка глухо стучало по полу.

— Пой, Ли, — строго велел он.

— «Что спас меня, заблудшего...»

Он гладил ее руки, плечи, шею. «Через минуту все будет кончено», — сказала она себе. Ее сопрано зазвучало чисто и нежно:

— «Я когда-то заблудился, но теперь обрел свой дом... был слеп, теперь прозрел!..»

Ее пальцы прижали лезвие ножа к сердцу.

«Не нужно тянуть, — настаивала Леона. — Давай сейчас».

113

Джастин на всей скорости гнал из Нью-Йорка в Нью-Джерси, убеждая себя, что Лори в безопасности. Она едет домой и встретит там Грега Беннета. Но сегодня утром в ней было нечто настораживающее. Обреченность. Да, именно обреченность. Но почему?

Едва усевшись в машину, он стал звонить Саре, чтобы предупредить ее о Хоккинсах, но у них дома никто не подходил к телефону. Каждые десять минут он вновь нажимал кнопку повторного вызова.

И только когда он, свернув на север, поехал по Семнадцатой магистрали, на том конце ответили. К телефону подошел Грег.

— Сары нет, — сказал он Джастину. — Лори должна прийти с минуты на минуту.

— Не отпускай Лори от себя ни на шаг, — велел Джастин. — Ее похитителями были Хоккинсы. Я уверен в этом.

— Хоккинс! Вот мерзавец!

От того, с какой яростью выпалил это Грег, Джастин еще острее почувствовал, через какие страдания пришлось пройти Лори. Все эти месяцы Хоккинс кружил вокруг нее, терроризировал ее, пытаясь довести до безумия. Джастин нажал на педаль. Машина рванулась вперед.

На повороте с Семнадцатой магистрали на Риджвуд-авеню зазвонил телефон. Это был Грег.

— Приехал Брендон Моуди. Сара думает, что Лори может быть у Хоккинсов в старом доме. Мы едем туда.

— Я был там только два раза. Как туда ехать?

Когда Грег начал скороговоркой объяснять, Джастин вспомнил дорогу. Объехать железнодорожную станцию, проехать мимо аптеки, дальше прямо по Годвин, налево на Линкольн...

Проезжая мимо Грейдон-Пул, он сбавил скорость. Там было очень многолюдно, и семьи с детьми то и дело переходили дорогу.

Джастину вдруг представилось, как хрупкая Лори пытается противостоять этому чудовищу, похитившему ее, когда она была четырехлетним ребенком в розовом купальничке.

114

«Бьюик» Лори стоял возле дома. Выскочив из машины, Сара бросилась вверх по ступенькам крыльца. Она несколько раз позвонила, затем дернула ручку двери. Дверь была не заперта. Толкнув ее, она вбежала в прихожую и услышала, как где-то на втором этаже открылась дверь.

— Лори, — крикнула она.

По лестнице, запахивая халат, с растрепанными волосами спускалась Карла Хоккинс. С ужасом в голосе она воскликнула:

— Сара, несколько минут назад сюда приехала Лори, у нее нож. Она грозится убить себя. Бобби пытается отговорить ее. Ты можешь испугать ее. Останься здесь со мной.

Сара оттолкнула ее и бросилась вверх по лестнице. Поднявшись, она лихорадочно огляделась по сторонам. Дверь в комнату Лори была закрыта. Едва касаясь ногами пола, она подлетела к ней и остановилась. Из комнаты доносился мужской голос. Сара очень осторожно открыла дверь.

Лори стояла в углу, безучастно глядя на Бобби Хоккинса. Она держала нож у сердца. Из-под прижатого к груди острия тоненькой струйкой текла кровь, окрашивая ее блузку.

Хоккинс был в махровом халате до пят, густые волосы ниспадали ему на плечи.

— Ты должна исполнить волю Господа, — говорил он. — Помни, чего он хочет от тебя.

«Он пытается принудить ее к самоубийству», — мелькнуло у Сары. Лори была в состоянии транса и не замечала ее. Сара боялась сделать какое-то неосторожное движение.

— Лори, — тихо позвала она. — Лори, посмотри на меня.

Рука Лори еще сильнее прижала нож к груди.

— За все грехи надо расплачиваться, — говорил Хоккинс монотонным голосом. — Ты не должна больше грешить.

Сара увидела на лице Лори выражение обреченности.

— Не надо, Лори! — крикнула она. — Лори, не смей!

Голоса орали на нее.

«Остановись!» — визжала Ли.

Дебби в ужасе плакала.

«Дура! Размазня!» — гневно повторяла Кейт.

Но громче всех был голос Леоны: «Давай же, кончай!»

И еще кто-то плакал. Сара. Сара, всегда такая сильная, заботливая, шла к ней, протянув руки, и слезы катились из ее глаз.

— Не покидай меня. Я люблю тебя, — умоляла она.

Голоса смолкли. Отшвырнув от себя нож, Лори, шатаясь, подошла к Саре и обняла ее.

Нож валялся на полу. Бик нагнулся. Его глаза блестели, волосы были всклокочены, халат, который Опал накинула на него, услышав раздавшийся звонок в дверь, сполз с плеч. Пальцы Бика сомкнулись вокруг рукоятки ножа.

Теперь Ли никогда уже не будет принадлежать ему. Все эти годы он страстно хотел ее и боялся воспоминаний. Этому пришел конец. Как пришел конец и его службе. Она была его гибелью. Ее сестра не отдала ее ему. Так пусть же они умрут вместе.

Лори услышала свистящий звук, преследовавший ее все эти годы. В полумраке блеснуло лезвие ножа, широкими кругами рассекающего воздух. Его сжимала сильная волосатая рука.

У Лори вырвался стон.

— Нет!

Она с отчаянием оттолкнула Сару от направленного на нее лезвия.

Потеряв равновесие, Сара отшатнулась назад и упала, ударившись головой о кресло-качалку.

Со страшной улыбкой на лице Бик приближался к Лори, неумолимое острие ножа отрезало ей путь к бегству. И вот уже некуда было отступать. Прижавшись спиной к стене, Лори посмотрела в лицо своему палачу.

115

Брендон Моуди на всей скорости несся по Твин-Оукс-роуд.

— Они обе здесь, — бросил он, увидев перед домом знакомые машины.

Вместе с Грегом они кинулись к дому. «Почему открыта входная дверь?»

В полутемных комнатах было необычно тихо.

— Осмотри здесь, — велел Брендон. — Я поднимусь наверх.

Дверь в конце коридора была открыта. Спальня Лори. Он бросился туда. Повинуясь какому-то инстинкту, вытащил на ходу пистолет. Он услышал стон и, подбежав к двери, увидел кошмарную картину. Сара лежала на полу и пыталась подняться на ноги. По ее лбу текла кровь. В нескольких шагах от нее в оцепенении застыла Карла Хоккинс.

Лори, зажатая в углу комнаты, с поднятыми к горлу руками дико смотрела на приближавшуюся к ней фигуру, размахивающую ножом.

Бик Хоккинс высоко занес нож, взглянул в лицо Лори и прошептал:

— Прощай, Ли.

Этого мгновения Брендону Моуди оказалось достаточно. Выпущенная им пуля попала в цель — в горло похитителя Лори.

Джастин влетел в дом в тот момент, когда Грег бежал через прихожую к лестнице.

— Наверх! — крикнул Грег.

Едва они успели подняться по лестнице, раздался выстрел.

Она всегда знала, что это будет именно так. Нож вонзается ей в горло. На лице и руках липкие брызги теплой крови. Но вот нож исчез. Она была забрызгана кровью, но это была не ее кровь. Не она, а Бик обмяк и рухнул на пол. Его, а не ее глаза отрешенно смотрели вверх.

Боясь пошевелиться, Лори смотрела, как эти блестящие безжалостные глаза, моргнув, закрылись навсегда.

Джастин с Грегом добежали до спальни одновременно. Стоя на коленях возле тела, Карла Хоккинс умоляла:

— Вернись, Бик. Сотвори чудо. Ты ведь можешь творить чудеса.

Брендон Моуди, все еще держа в руках пистолет, бесстрастно наблюдал за ней.

Трое мужчин смотрели, как Сара поднялась, протянула руки и Лори подошла к ней. Они долго стояли, глядя друг на друга. Потом Лори уверенным голосом сказала:

— Все, Сара. Теперь уже все кончено.

116

Две недели спустя Сара и Джастин стояли в ньюаркском аэропорту возле пункта личного досмотра и наблюдали, как Лори идет по коридору на посадку в самолет «Юнайтед эрлайнз», вылетающий рейсом 19 в Сан-Франциско.

— Быть рядом с Грегом, закончить колледж в Сан-Франциско — лучшего для нее сейчас и не придумаешь, — заверил Джастин Сару, заметив, как прощальную улыбку на ее лице сменило выражение озабоченности.

— Я знаю. Она сможет много играть в гольф, вернет себе прежнюю форму, получит степень. Будет самостоятельной и в то же время будет вместе с Грегом. Они так подходят друг другу. А я ей больше не нужна, по крайней мере так, как раньше.

Поворачивая за угол, Лори оглянулась, улыбнулась и послала им воздушный поцелуй.

«Она стала совсем другой, — подумала Сара. — Уверенная в себе и своих силах. Раньше я никогда не видела ее такой».

Прижав кончики пальцев к губам, она тоже ответила ей воздушным поцелуем.

Когда хрупкая фигурка Лори скрылась за углом, Сара почувствовала на своем плече заботливую руку Джастина.

— А остальные поцелуи оставь для меня, милая.

СОДЕРЖАНИЕ

Литературно-художественное издание

Мэри Хиггинс Кларк

ПРОГУЛКА ПО ГОРОДУ

Ответственный редактор *Е. Гуляева*
Выпускающий редактор *В. Краснощекова*
Художественный редактор *С. Власов*
Технический редактор *О. Шубик*
Компьютерная верстка *М. Львов*
Корректоры *Н. Кузнецова, Е. Думова*

Иллюстрация на переплете *Влада Лесникова*

ООО «Издательский дом «Домино».
191014, Санкт-Петербург, ул. Некрасова, д. 60.
Тел. (812) 272-99-39. E-mail: dominospb@hotbox.ru

ООО «Издательство «Эксмо»
127299, Москва, ул. Клары Цеткин, д. 18/5. Тел. 411-68-86, 956-39-21.
Home page: **www.eksmo.ru** E-mail: **info@eksmo.ru**

Подписано в печать 03.04.2011.
Формат 80x100 $^1/_{32}$. Печать офсетная. Усл. печ. л. 18,52.
Тираж 3 000 экз. Заказ 4562.
Отпечатано с электронных носителей издательства.
ОАО "Тверской полиграфический комбинат". 170024, г. Тверь, пр-т Ленина, 5.
Телефон: (4822) 44-52-03, 44-50-34, Телефон/факс: (4822)44-42-15
Home page - www.tverpk.ru Электронная почта (E-mail) - sales@tverpk.ru

ISBN 978-5-699-49685-3

9 785699 496853 >